rowohlt
BERLIN

MARKUS BERGES

IRRE WOLKEN

ROMAN

ROWOHLT · BERLIN

Originalausgabe
Veröffentlicht im Rowohlt · Berlin Verlag, Februar 2024

Satz aus der Calluna bei Pinkuin Satz und Datentechnik, Berlin
Druck und Bindung GGP Media GmbH, Pößneck
ISBN 978-3-7371-0103-5

Die Rowohlt Verlage haben sich zu einer nachhaltigen Buchproduktion verpflichtet. Gemeinsam mit unseren Partnern und Lieferanten setzen wir uns für eine klimaneutrale Buchproduktion ein, die den Erwerb von Klimazertifikaten zur Kompensation des CO_2-Ausstoßes einschließt. Weitere Informationen finden Sie unter www.klimaneutralerverlag.de

FSC www.fsc.org MIX Papier | Fördert gute Waldnutzung FSC® C014496

Verkauft noch kein Liebesroman
Der so packte jedermann
Wie als Lesestoff
Der eigene es kann –

Soll Fiktion – verwässern bis zur Schlüssigkeit
Unsre – Geschichte. Ist sie zum Glauben klein
Genug – Ist sie nicht wahr –

EMILY DICKINSON

DIE SCHÖNSTEN MÄRCHEN AUS ALLER WELT, BAND I

Ey, leise!»

Wann immer wir nachts auf dem Weg in die Disko an der Klapsmühle vorbeikamen, gab es jemanden, der «Ey, leise» rief: «Pscht jetzt, ey, leise, mach mal Musik aus!» Dann kurbelten alle die Fenster runter und lauschten dem Fahrtwind, bis wer sagte: «Ich kann se schreien hören!»

Wir brüllten daraufhin dann immer selber wie die Verrückten. Es war ein Ritual, aber ich war wohl nicht der Einzige, der gelegentlich glaubte, tatsächlich etwas gehört zu haben.

Die Psychiatrie am Stadtrand wurde «Die Hülle» genannt, nach einer alten Ortsbezeichnung. Unsere Heimatforscher stritten, inwiefern das aus dem Althochdeutschen herrührte, von «huliva», Pfuhl, oder von «hule», kleiner Sumpfhügel, oder von vor Ort verscharrten Pestopfern, achtlos in Tücher «gehüllt», oder ob «Die Hülle» spätmittelalterlichen Ackerkäufen zu verdanken war, und zwar eines Ehepaars namens «Ter Hullen». Doch außer den zwei pensionierten, heimatforschenden Lehrern interessierte das niemanden. Zu sinnfällig war der Name. «Die Hülle» bezeichnete etwas, das man stets nur von außen sah, wo etwas versteckt wurde. Und natürlich klang es nach «Die Hölle».

Den Satz «Der gehört in die Hülle» hörte ich zum ersten Mal im Sommer 73. Es war das Ende meines ersten Schuljahrs, und wir bekrickelten gerade Straßen und Bürgersteige mit Figuren, Spielfeldern und noch ein wenig experimentellen Flüchen und Schimpfnamen. Aber neben unseren Kritzeleien waren zwischen den Reihenhausreihen zuletzt andere, fremde Zeichen aufgetaucht. Wir selbst hatten nur weiße Kreide und Malsteine und staunten, dass da jemand offenbar etwas ganz anderes benutzte. Denn seine Zeichnungen leuchteten und verblassten nicht.

Eines Abends sahen wir ihren Schöpfer. Es war mein Nachbar, ein dürrer, langer Erwachsener, der mir nie besonders aufgefallen war. Leer gespielt bogen mein Siedlungsfreund und ich gerade in unseren Weg ein, da sahen wir ihn aus der Ferne am Boden knien, zwischen Töpfen. Mein Freund bog sofort nach Hause ab, klingelte, seine Mutter öffnete, und er war im Elternhaus verschwunden. Seine Mutter stand noch einen Moment auf den Stufen und schaute wie ich in Richtung des Malers. «Dann bis morgen», sagte sie und verschwand ebenfalls.

Ich musste an ihm vorbei. Also fing ich an, auf den Kantstein zu treten, erst nur mit links, schließlich mit beiden Füßen, um mich, scheinbar balanceversunken, an ihm vorbeizumogeln. Er hatte Lappen um die Knie gebunden, ein sehr großer Mann, jetzt gekrümmt wie ein Fragezeichen mit der Nasenspitze fast am Boden. Er malte an einer Frau. Fast war ich schon an ihm vorbei, da hörte ich: «Was isst ein Rok?»

Womöglich hatte er nur mit sich selbst gesprochen. Aber der Mann war kein Fremder, mit dem man nicht reden sollte. Vom Sehen kannte ich ihn. Außerdem war es ja sein Gehweg, das Stück vor seinem eigenen Haus, das er gestaltete.

«Elefanten», antwortete ich.

«Halt», er drehte den Kopf, «bleib stehen», er richtete den Oberkörper auf. Sein Blick hatte etwas Eulenhaftes, die Langsamkeit seiner Lider. «Warum sagst du das? Elefanten?»

«Sie haben gefragt, was er isst.»

«Was habe ich gefragt?»

«Was isst ein Rok, haben Sie gefragt.»

«Jawohl.»

«Und da habe ich Elefanten gesagt.»

Er lächelte versonnen über mich hinweg, als winke ihm aus seinem Haus jemand zu.

«Wie heißt du?»

Ich sagte ihm meinen Namen.

«Und ich bin Hans. Und das mit den Elefanten sollst du jetzt erklären.» Er blickte mich wieder an. Freundlich, es war eine Bitte.

«Der Rok ist ein riesiger Vogel. Ein Riesenvogel. Sein Schnabel ist so groß wie ein Segelschiff. Mit drei Masten. Die kleinste Feder vom Rok ist größer als das Blatt von einer Palme. Und am liebsten isst er Elefanten.»

«Du meinst einen Vogel?»

«Aus ‹Sindbad der Seefahrer›.»

«Sindbad. Die Geschichte, nicht? Kannst du denn schon lesen, mein Kleiner?»

«Ja, aber ‹Sindbad der Seefahrer› hat mir meine Mutti vorgelesen.»

«Und wo ist deine arme Mutti jetzt?»

«Zu Hause.» Ich zeigte auf unser Haus, das nächste.

«Dann lies doch mal.» Er wies auf die frisch von ihm bemalten Gehwegplatten. Da war eine Frau mit Rock.

«Das hier», deutete er auf seine Zeichen.

«Das kann ich nicht lesen. Ist das Französisch?»

Er lachte auf. «Na komm, kleiner Mann, dann sieh mal zu, dass du vor Sonnenuntergang zu Hause bist.»

Ich begriff nicht sofort, dass damit das Gespräch zu Ende war. Schließlich balancierte ich die verbliebenen Meter nach Hause.

Als die Sonne viel später tatsächlich untergegangen war, lag ich wach im Bett und hörte, dass jemand klingelte. Ungewöhnlich für diese Uhrzeit. Von unten hörte ich Stimmen.

Am nächsten Morgen hatte ich es schon wieder vergessen. Beim Frühstück, nicht weniger ungewöhnlich, klingelte es wieder. Meine Mutter ging zur Tür, und es dauerte, bis sie zurückkam. Fragend sah sie mich an: «Herr Kurbjuweit wollte sich dein Märchenbuch ausleihen.»

«Welches Märchenbuch?», fragte ich, obwohl ich ja wusste, dass ich nur «Die schönsten Märchen aus aller Welt, Band 1» besaß.

«Der war gestern Abend schon mal hier. Da warst du schon im Bett. Er hat gesagt, er bringt's heute noch zurück.»

Mir war völlig klar, dass meine Mutter bereits die Treppe hinauf und in mein Zimmer gegangen war, das Buch genommen und es, ohne mich zu fragen, verliehen hatte. Andererseits war das besser, als wenn ich selbst es ihm hätte aushändigen müssen.

«Woher kennt der dich?», fragte meine Mutter.

«Der kennt mich gar nicht.»

«Aber er hat gesagt, du hättest ihm ‹Sindbad der Seefahrer› empfohlen.»

«Na ja ...», ich erzählte ihr, wie es gewesen war, und aß dabei mein Nutellabrot.

Da sagte meine Mutter: «Der gehört in die Hülle.»

Sie begann, den Tisch abzuräumen. «Ihr bleibt lieber weg von dem.»

Am Abend hatte Herr Kurbjuweit mein Märchenbuch noch nicht zurückgebracht. Und mein Vater, der beim Frühstück schon auf dem Weg zur Arbeit gewesen war, sagte genau den gleichen Satz: «Der gehört in die Hülle. Der Kurbjuweit gehört wieder in die Hülle.»

«Was ist die Hülle?», fragte ich.

«Was das ist, willst du wissen? Früher», begann mein Vater, «früher sagte man Klapsmühle. Das ist ne Irrenanstalt. Eine Psychiatrie. Das ist, wo die Verrückten sind. Das verstehst du noch nicht.»

Natürlich wusste ich, was Verrückte sind. Andererseits kannte ich keinen persönlich. Wenn mein Vater, weil ich bei uns im Garten einen Ball in die Beete oder Sträucher geschossen hatte, den Bereich, den er «die Anlagen» nannte, die Fassung verlor und zu schreien nicht wieder aufhörte, war das nicht verrückt, sondern normal.

«Und was machen die Verrückten da?», fragte ich.

«Was machen die? In Behandlung sind die. Früher war

um die Hülle noch ne Mauer drum rum. Als ich n Koten war, da hielten sie da noch die ganz Gefährlichen in Käfigen.»

Offenbar sah mir mein Vater die Wirkung dessen, was er gesagt hatte, an. «Mein Junge, da musst du keine Angst haben», beschwichtigte er, «so was erzählte man damals. Gesehen hat's ja keiner wegen den Mauern ... Junge, keine Angst. Der Kurbjuweit malt ja nur.»

Zwei Mal war in den kommenden Tagen am Abendbrottisch noch Thema, dass Herr Kurbjuweit mein Buch nicht zurückbrachte, aber nur nebenbei. Dann begannen die Ferien, und ich blieb damit allein.

Schon an den letzten Schultagen waren uns Siedlungskindern Halbmonde aufgefallen. Bislang hatte Herr Kurbjuweit immer nur Kästchen gefüllt, hatte seine kleinen Gemälde jeweils auf einzelnen Gehwegplatten platziert. Jetzt aber erstreckten sich plötzlich über mehrere Platten graublaue Halbmonde. Oder Krallen, dachte ich.

Dann, als die Ferien anfingen, kam wieder etwas Neues hinzu. Ich hielt mein erstes richtiges Zeugnis in Händen, und als ich fast zu Hause war, sah ich die Federn. Vielleicht dachte man das auch nur wegen des Grüns, vielleicht waren es auch Blätter, in jedem Fall waren sie wesentlich filigraner ausgeführt als die bisherigen Figuren von Herrn Kurbjuweit. Als Federn gaben sie Aufschluss darüber, welch ein Ungetüm sich zwischen unseren Häusern einzunisten begann. Mit meinem Zeugnis, lauter Zweien, auch in Sport, war dann sogar mein Vater zufrieden.

Das Kunstwerk wuchs, aber ich, ja niemand von uns sah

Herrn Kurbjuweit jemals wieder malen. Abends im Bett überlegte ich, ob er vielleicht nachts zugange wäre. Einmal schlich ich mich aus dem Zimmer hinaus ans Fenster im Flur, das hinaus auf den Weg ging. Niemand zu sehen, kein Künstler mit Taschenlampe. Es war noch nicht mal richtig dunkel. Zwar wurde ich im August sieben, musste aber, Ferien hin oder her, um acht ins Bett. Vergeblich nahm ich mir vor, später noch mal hinauszusehen. Aber ich schlief, denn den ganzen Tag war ich draußen gewesen, meine Kraft war verbraucht wie Kreide.

Irgendwann waren wir uns alle einig, dass es wirklich ein Vogel wurde. Wenn wir Langeweile hatten, gingen wir gucken, und sowieso kam man ständig daran vorbei, lief darüber hinweg. Gerätselt wurde, was es denn nun sein sollte. Ein Huhn, meinten einige, einen Adler sahen andere. Schließlich schossen aus den Flügelspitzen Finger hervor. Das waren Klingen, ich wusste es. Später erkannte jemand die Steigbügel, Mechtild Knoppe, glaube ich. Sie erzählte immer von einer Cousine, die ein Pony besaß.

Stets stand ich schweigend dabei und wusste als einziger Bescheid. Eines Tages sah man einen Fleck graue Farbe, noch ganz ohne Verbindung zum Vogel. Als Einziger wusste ich, was das werden würde. Das Graue war der Kopf, und jenes dickere Teil war das Ende von einem Rüssel. Wo jetzt lediglich diese graue Stelle war, fast schon auf Höhe unseres Hauseingangs, würde bald ein Elefant dem Rok aus seinem Messerschnabel hängen.

Nur einmal beteiligte ich mich an einer Diskussion. Vielleicht hatte ich die Befürchtung, mich mit meinem

Schweigen verdächtig zu machen. Als wieder mal zur Sprache kam, dass Herr Kurbjuweit verrückt sei, sagte ich: «Die saßen früher in Käfigen.» Ich spürte in diesem Moment sein Haus hinter meinem Rücken, mir war, als schaute er hinter der Gardine aus dem Fenster. «Sagt mein Vater», erklärte ich. Alle guckten nur. Keiner fragte, was denn an den Verrückten so gefährlich sei. Das war klar, das Untier zu unseren Füßen sprach ja Bände. Jemand sagte das Wort «Zwangsjacke». Ich hörte dieses Wort zum ersten Mal, fragte nicht, wie eine Zwangsjacke denn aussähe oder funktionierte. Niemand fragte das. Es war einleuchtend. Zwangsjacke.

Meine Eltern hatten mein Märchenbuch scheinbar völlig vergessen. Aber rätselhafter noch war, dass sie auch nicht über jenes Gemälde auf dem Gehweg sprachen, welches sich immer mehr in Richtung unseres Zuhauses ausdehnte. Bis Herr Kurbjuweit ein Stück Zaun bemalte. An diesem Tag war der Sattel fertig geworden, und wir hatten ihn eingehend betrachtet. Dieser Sattel war nicht so groß, dass ein Sechs- oder Siebenjähriger den Vogel hätte besteigen und losfliegen können, höchstens Roland Otrembas dreijährige Schwester vielleicht. Das wurde diskutiert. Aber das mit dem Zaun war uns überhaupt nicht aufgefallen.

«Jetzt reicht's endgültig», sagte abends mein Vater. «Der Altkötter hat mich angesprochen.»

«Der Kurbjuweit gehört wieder in die Hülle», meinte meine Mutter.

«Das ist ein knapper Meter Länge mindestens, die der dem Altkötter seinen Zaun angemalt hat, und immer schön nur so fünf bis zehn Zentimeter hoch. Krieg das mal wieder ab. Mit Xyladekor, das deckt ja nicht richtig. Das Gute aber ist, sagt der Altkötter, das Gute ist, jetzt hat er ne Handhabe. Der ist nämlich schon längst bei der Polizei gewesen. Die sind dann gekommen und haben sich dem sein Geschmiere angeguckt. Und das gab dann auch ne Anzeige. Aber für so n Gehweg, da wirste nicht gleich weggesperrt. Krank hin oder her, sagt der Altkötter, krank hin oder her – jetzt hat er ne Handhabe. Sein Zaun ist nämlich Privateigentum, sagt er, das ist also Beschädigung von Privateigentum. Er glaubt, jetzt holen sie ihn ab. Endgültig.»

«Glaub ich auch», sagte meine Mutter.

Darüber wurde von uns am nächsten Morgen in der Wallhecke heftig debattiert. Wallhecke nannten wir unser winziges Siedlungswäldchen nebst Fuchsloch bei den Garagen. Wir hatten uns dort eingefunden, nachdem wir, nach der obligatorischen Vogelschau, plötzlich alle auf einmal losgerannt waren. Auch den Zaun hatten wir begutachtet. Inzwischen waren mehr Latten bemalt, als wir Lust zu zählen hatten. Altkötters Zaun war jetzt voller Federn.

«Die holen den ab, meine Eltern meinen das auch», sagte Mechtild Knoppe. Ihr Zaun war jungfräulich, obschon Knoppes Zaun an Altkötters grenzte.

«Der kommt in die Hülle», trug ich bei.

Wir malten uns Herrn Kurbjuweits Abholung aus. Plötzlich wusste wer, er habe seiner eigenen Mutter schon mal einen Finger abgebissen. Oder fast abgebissen. Ich sagte nichts mehr, stand dabei. Die anderen, hatte ich den Eindruck, freuten sich auf die Zwangsjacke.

Aber dann passierte erst mal gar nichts. Zuerst fiel uns auf, dass das Tier nicht mehr wuchs. Tagelang nicht. Die Vogelschau wurde langweilig. Die Polizei kam trotzdem, allerdings ausgerechnet an einem Nachmittag, als wir alle beschäftigt waren. So erfuhren wir erst abends davon. Herr Kurbjuweit sei ermahnt und von der Polizei zum zweiten Mal verwarnt, aber eben nicht mitgenommen worden. Meine Mutter erzählte das meinem Vater und dass der Altkötter nun koche. Sie hatte wegen eines alten Streits, das erfuhr ich jetzt, der mit irgendeiner Zierkirsche zu tun hatte, ziemlich lange nicht mit Altkötter gesprochen. Nun erstmals wieder.

«Eins will ich dir sagen», sagte mein Vater. «Die Messe ist noch nicht gelesen. Und jetzt? Rückt jetzt die Straßenreinigung an? Das kriegste doch gar nicht so leicht wieder weg. Die kommen mit ihrem Putzfahrzeug doch gar nicht in unseren Weg rein. Also die Kurbjuweit sagt, ihr Sohn bessert sich?»

«Auf dem Weg der Besserung», sagte meine Mutter.

Da erst verstand ich, dass Herr Kurbjuweit nicht allein lebte, sondern im Haus seiner Mutter. Natürlich wusste ich von «der Kurbjuweit», unserer Nachbarin, aber bis vor Kurzem hatten mich Erwachsene einfach nicht interessiert.

Doch jetzt kam die Sonne raus. Es war Sommer. Und ich hatte im letzten Jahr Schwimmen gelernt. Nie hatte ich so viel Geld in Händen gehalten wie in dem Moment, in dem mein Vater, der mein Schwimmlehrer war, zu mir sagte: «Fahr zum Bad und kauf dir ne Jahreskarte.» Jetzt fuhren wir morgens los, ich und die anderen, Jahreskarten in den Hosentaschen. Manchmal warfen wir die Räder einfach achtlos in die Sträucher, manchmal stellten wir sie ordentlich hin, aber immer waren wir die ersten am blauen Gitter. Der Bademeister schloss uns teilnahmslos auf. Und es begannen Tage wie Jahre.

Abends, wenn wir, gechlort, heimkehrten, versteckte sich mein Rok im Schatten. Aber man sah sowieso nicht mehr hin, sprach nicht mehr davon, der unvollendete Vogel interessierte uns nicht.

Völlig überraschend stand dann plötzlich die Reise an die Ostsee vor der Tür. Obwohl meine Eltern immer wieder darüber gesprochen hatten, ging es für mich jetzt doch völlig unerwartet ans Packen. Wir fuhren zum ersten Mal in Urlaub. In der Siedlung urlaubte man eigentlich nicht. Mir kam es vor, als wäre ich das erste urlaubende Kind überhaupt.

Am Tag bevor es losgehen sollte, zeigte das Thermometer am Morgen schon dreiundzwanzig Grad, und meine Mutter schickte mich bei der Affenhitze ein letztes Mal ins Schwimmbad. Es wurde der Tag, an dem Roland Otremba «blutete wie ein Schwein», so sagten alle, die dabei waren, auch ich. Roland hatte angekündigt, vom Dreier nicht direkt ins Wasser zu springen, sondern zwecks Federung vorher noch den Einer zu treffen. Wir lachten und sahen, wie er den Einer verfehlte, das Brett ihn aber knapp am Kopf erwischte und er nicht wieder auftauchte. Wir sprangen sofort hinterher. Und da war der Bademeister mit seiner Stange. Kurz darauf lag Roland auf den heißen Steinen und färbte sie rot. Dann ging alles schnell. Roland grinste schon wieder, als die Sanitäter über den Rasen gefahren kamen, wir sind dann dem Rettungswagen noch hinterhergelaufen.

Der Tag kam danach nicht mehr so richtig in Schwung, abends jedoch, als ich meinen Eltern die Geschehnisse erzählte, malte ich alles aus, beflügelt von den Worten «Rettungseinfahrt» und eben «blutete wie ein Schwein».

Vor Sonnenaufgang, hieß es, würde ich am nächsten Morgen geweckt. Ich lag wach, und auch das Haus war noch unruhig. Ich hörte meinen Vater telefonieren, mit meinem Onkel vielleicht, der uns in der Frühe abholen und mit seinem neuen Auto zum Bahnhof bringen sollte. Mein Fenster stand auf Kipp. Draußen auf der Terrasse sprachen meine Eltern. Ich roch ihre Zigaretten. Nur einzelne Worte nahm ich wahr, «Pelzerhaken», so hieß unser Urlaubsziel an der Ostsee, und das rätselhafte Wort «Würmeling», immer wieder «Würmeling».

Als ich erwachte, kam noch kein Licht durch die Rollladenschlitze. Die Uhr hätte ich lesen können, aber ich hatte noch keine. Im Haus war Unruhe. Draußen schrie jemand. Dann war wieder Stille. Als das Geschrei erneut losging, meinte ich die Stimme meines Vaters zu erkennen. Ich stand auf, öffnete die Zimmertür einen Spalt, spähte die Treppe hinab. In der Haustür stand meine Mutter im Nachthemd. Leise rief sie etwas nach draußen. Dann kam mein Vater mit wirrem Haar hereingestürmt, an ihr vorbei, und sie hinter ihm her, die Haustür blieb offen. Ich ging zum Flurfenster und sah durch den Rollladen hinaus, so gut es ging.

Es war noch dunkel, aber der Weg beleuchtet. Mehrere flackernde Lampen waren dort aufgestellt, zwei direkt vor unserem Haus. In ihrem Licht arbeitete Herr Kurbjuweit. Lappen an den Knien, Nase am Boden. Von oben konnte ich fast den ganzen Rok überblicken. Merkwürdig in die Länge gezogen, schlangenhaft. Etliches war erst in dieser Nacht hinzugekommen. Der Gehweg schimmerte wie ein Fluss. Dann entdeckte ich, dass Herr Kurbjuweit auch unseren Eingangsbereich bemalt hatte. Vom Gehweg schien etwas Graues bis auf unsere Platten zu lappen. Ein Ohr. Das Elefantenohr. Ich erahnte den Unterschied zwischen Platten- und Elefantengrau. Ich hörte meinen Vater telefonieren. Ich schlich mich die Treppe hinunter. Meine Mutter und er redeten aufeinander ein. Barfuß tat ich einen Schritt nach draußen, tapste Richtung Ohr. Um diese Uhrzeit war ich noch nie draußen gewesen. Sogar ein blauer Tag begann grau. Herr Kurbjuweit nahm keine Notiz von mir.

Er war heftig mit Rot zugange. Den Elefanten, dessen Ohr nun vor meinen Füßen baumelte, hatte der Rok am Bauch gepackt. Dort trat helles Blut aus. Eine Lampe stand direkt daneben.

«Pass auf», sagte Herr Kurbjuweit.

«Hab's gesehen.» Er wollte wohl nicht, dass ich aufs Ohr trat. Als er zu mir aufsah, erschrak ich. Sein Gesicht war dunkelbunt, komplett mit Farbe beschmiert.

«Du trittst gleich in eine Grube voller Diamanten.»

«Was?», ich machte sofort einen Schritt zurück, als stünde ich, barfuß, wirklich schon fast darin. Er fuhr sich mit beschmierter Hand durchs Haar, sodass es zu Berge stand, und lächelte, selbst an seinen Zähnen war Farbe. Ich erinnerte mich genau an diese Grube, eine Schlangengrube, wobei, welche Rolle hatten die Schlangen gespielt? Jedenfalls hatten im Sindbad-Märchen die Kaufleute Ziegen in diese Grube geworfen. Damit Adler kämen, die Ziegen in Stücke rissen und dann diese Stücke in die Lüfte hoben. Am rohen Fleisch sollten die Diamanten kleben bleiben, so von den Adlern herausgeholt werden.

Herr Kurbjuweit lächelte mich weiterhin freundlich an. Er war jetzt aufgestanden und etwas näher gekommen. Nun bückte er sich wieder und tupfte einen Blutfleck auf den Gehweg, kam weiter auf mich zu, tupfte wieder, grinste, schaffte es, zwischen Gehen, Hocken und Tupfen nicht auf seine Malerei zu treten, sah zu mir auf, tupfte weiter. Hielt inne. Erwartungsvoll lächelte er mich an. Ich wartete versteinert.

Plötzlich hörte ich Gerenne hinter mir. Und im gleichen Moment war mein Zeh feucht und rot. Vielleicht hatte Herr Kurbjuweit noch «Patsch!» gesagt. Da hatte mein Vater mich schon von hinten umfasst und hob mich hoch.

«Was machen Sie da? Was machen Sie mit meinem Sohn?»

Im ersten Moment glaubte ich selbst, ich sei verletzt. Auch meine Mutter war jetzt da.

«Zeig!», rief sie, «zeig mal her!», wie wenn mich eine Wespe gestochen hatte. «Setz ihn ab!», befahl sie, und mein Vater ließ mich herab auf die Stufen vor unserer Haustür. Meine Mutter setzte sich sofort dazu und hob meinen Fuß vorsichtig in ihren Schoß, um ihn zu betrachten. Ich beobachtete, wie mein Vater sich vor Herrn Kurbjuweit aufbaute.

«Ich glaube, das ist nur Farbe», sagte Mutti.

Herr Kurbjuweit überragte meinen Vater um zwei Köpfe, obwohl er bereits versuchte, so sah es aus, sich etwas kleiner zu machen. Man hörte ein Auto. Das war mein Onkel. Ihm bot sich ein Anblick, der ihn sofort herausspringen und seine Neuwagentür sperrangelweit offen stehen ließ. Die Vögel zwitscherten inzwischen wie verrückt.

«Männeken», rief mein Onkel schon von der Straße.

Er übersprang die frische Farbe wie eine Pfütze, dann stand er neben meinem Vater.

«Männeken!» Er drohte dem Riesen Kurbjuweit mit seinem Zeigefinger. «Männeken!», ein drittes Mal, obschon er noch kleiner als mein Vater war. «Und nu? Und nu?», rief mein Onkel. Und noch mal: «Und nu? Jetzt gehste aber besser mal nach Hause, mein Freund.»

«Der Arzt kommt gleich», sagte mein Vater.

«Ich hab gesagt, ruf die Polizei», schimpfte meine Mutter. Nach wie vor hielt sie meinen bemalten Fuß im Schoß. «Warum hast du denn nicht gleich die Polizei angerufen?»

Herr Kurbjuweit könnte doch abhauen, dachte ich, jetzt einfach abhauen. Er aber trat von einem Bein aufs andere, als müsste er dringend auf die Toilette, sah mit all der Farbe im Haar, im Mund, in den Ohren, auf der Nase immer schlimmer aus, je heller es wurde.

«Haste hier den Weg mal n bisschen angestrichen, Meister?», sagte mein Onkel zu ihm, sah sich besorgt zu uns um.

«Ist nur Farbe gewesen», sagte meine Mutter, und dann gleich: «Großer Gott, endlich», als der Rettungswagen um die Ecke bog.

Es war der Rettungswagen aus dem Schwimmbad. Zudem stiegen die mir bekannten Sanitäter aus. Rasant bog auch ein Mercedes 350 SLC um die Ecke, ich kannte mich aus, man sah ihn nur ganz kurz, weil er hinter dem Rettungswagen hielt. Die Sanitäter warteten, ein Typ mit längeren grauen Haaren kam, sagte was und brachte sie zum Lachen, dann streifte er sich einen weißen Kittel über. Die Sanitäter trotteten los, auf uns zu, er zündete sich eine Zigarette an. So ein Arzt war im Schwimmbad nicht dabei gewesen.

Herr Kurbjuweit stieß einen komischen Schrei aus. Wir alle fuhren zusammen. Es war ein Heulen, kein Kriegsgeheul, mehr eine Klage ohne Worte. Meine Mutter drückte mich an sich. Die Sanitäter und der Arzt blieben, wo sie waren. Mein Vater und mein Onkel ballten die Fäuste.

Aber dann ging Herr Kurbjuweit einfach nur weg. Er latschte quer über sein Gemälde, als wäre es einfach nur der Gehweg. Er ging nach Hause. Wir sahen ihn in der Hosentasche nach dem Schlüssel kramen.

«Alles in Ordnung bei Ihnen?» Die Sanitäter kamen zu uns. Genau wie im Schwimmbad hatten sie eine Trage dabei. Mein Vater lief sofort zur nächsten Lampe, als hätte er die ganze Zeit Angst gehabt, sie könnte die Siedlung in Brand stecken. Meine Mutter hatte feuchte Augen. Wenn sie weinte, hatte sie mir mal erzählt, dann ausschließlich aus Wut.

Alle schauten wir zu, wie Kurbjuweit bei sich klingelte. Offenbar hatte er keinen Schlüssel. Sofort wurde von einer alten Dame aufgemacht. Seiner Mutter. Mein Onkel und mein Vater waren schon dabei, sämtliche Lampen einzusammeln. Jedes Mal pusteten sie kurz und heftig, dann war die Flamme aus. Inzwischen war es Tag und machte keinen Unterschied.

Kurbjuweits bekamen dann die Lampen vors Haus gestellt. Als mein Vater und mein Onkel zurückkamen, war der Rok bereits verschmiert, und auch im Elefanten sah man Fußspuren, überall da, wo frische Farbe war. Meine Mutter hatte einen feuchten Lappen ausgelegt, damit der Teppich im Haus nichts abbekäme. Aber die Männer zogen ihre Schuhe aus, und meine Mutter reinigte sie erst mal im Keller.

An unseren Urlaub, die kurz bevorstehende Abfahrt, hatte ich schon gar nicht mehr gedacht, als mein Vater in einer Plastiktüte kramte, bis belegte Brote zum Vorschein kamen. Meine Mutter setzte Kaffee auf.

«Den Zug haben wir verpasst», sagte mein Vater. «Ich hab sowieso keine Lust mehr.»

«Nehmt einfach den nächsten», sagte mein Onkel.

Die Augen meiner Mutter wurden wieder feucht.

«Es ist doch alles schon bezahlt», sagte mein Onkel.

Meine Mutter kaute lustlos, schenkte Kaffee aus. Dabei weinte sie. Zumindest hatte ich den Eindruck. Sie legte ihre Hand schlaff auf den Tisch, und ich legte meine auf ihre. Dann zog sie ihre Hand hervor und legte sie auf meine.

«Sieben Tage», sagte mein Onkel.

«Und den ganzen Schweinestall so zurücklassen?»

«Was willste machen? Neu pflastern? Ums Allergröbste kümmer ich mich.»

Dann, plötzlich, musste alles ganz schnell gehen. Die

restlichen Brote wurden wieder eingepackt, Koffer und Reisetasche vor die Haustür gestellt. Der Zeitungsmann kam, schob sein Fahrrad wie auf Eis über die Farbe und warf mir die Zeitung zu. Ungelesen musste sie als Bodenbelag herhalten, damit wir auf sauberen Sohlen in den Neuwagen gelangten.

Vom Balkon schräg gegenüber beobachtete uns Jürgen, der Sohn vom Altkötter, der, wie ich gehört hatte, KFZ-Mechaniker lernte. Jürgen rief: «Wahnsinn.» Dann schrie er dasselbe noch mal, als wäre er beim ersten Mal nicht gut zu hören gewesen. Ich solle schon mal einsteigen, meinte meine Mutter, sie werde noch einen letzten Kontrollgang machen. Da sah ich Herrn Kurbjuweit.

In schwarzer Zwangsjacke stand er vorm Haus seiner Mutter. Dann ging er los, aufrecht, gemessenen Schrittes. Dann begriff ich, dass es wohl doch keine Zwangsjacke war, sondern ein normales Jackett, zumindest konnte ich keinen Unterschied erkennen. Nur unter der Jacke trug er einen auffälligen Rock oder ein Kleid. Aber auch das erwies sich beim Näherkommen als ein langes, hellblaues Hemd, das er lediglich nicht in die Hose gesteckt hatte. Seine Kleidung war jetzt sauber, aber sein Gesicht war dunkel, als hätte er versucht, die Farbe abzuwaschen, sie aber nicht abgekriegt. Er sah aus wie ein Indianer. Der Arzt blieb die ganze Zeit dicht hinter ihm. Den Boden mit seinen Malereien würdigte Herr Kurbjuweit keines Blickes. Hinter ihm trugen die Sanitäter ihre sinnlose Trage.

«Wahnsinn», rief Jürgen Altkötter.

Schließlich öffnete der Arzt die Beifahrertür seines Mercedes 350 SLC. Ich war überrascht, dass Herr Kurbjuweit bei ihm mitfahren durfte, und fragte mich, ob er nicht den ganzen Himmel ruinieren würde. Dann überlegte ich, ob ich winken sollte. Aber offensichtlich winkte ich bereits. Erst fuhr der Mercedes los – Herr Kurbjuweit winkte nicht zurück –, dann der Rettungswagen.

«Nach mir die Sintflut», seufzte meine Mutter.

Mein Onkel startete den Motor. Ich sog den Neuwagenduft ein, da klopfte es. Meine Mutter, die hinten bei mir saß, kurbelte entnervt das Fenster runter.

«Ich halte Sie auch gar nicht lang auf. Guten Morgen. Entschuldigung. Das tut mir alles so leid, tut mir so furchtbar leid. Sie haben's sicher eilig.»

«Es ist ja eine Krankheit, Frau Kurbjuweit. Es tut uns auch leid», sagte meine Mutter.

«Ich lass Sie ja auch sofort fahren. Aber das hier ist von Ihrem Jungen. Der Hans hat sich's bloß geliehen, hat er mir gesagt. Er hat's häufig in der Hand gehabt. Hätte ich bloß gewusst, dass das von dir ist, Junge.»

Sie gab das Buch meiner Mutter, die es an mich weiterreichte.

«Jetzt aber gute Reise», rief Frau Kurbjuweit, «gute Reise, gute Reise!»

So begann mein erster Urlaub. Als Erstes durfte ich meiner Mutter mit dem Zigarettenanzünder eine Zigarette anzünden. Dann sah ich mein Buch an. Es war irgendwie intakter als zuvor. Herr Kurbjuweit hatte es in Folie eingeschlagen.

«Vom Lesen im Auto wird dir schlecht», mahnte meine Mutter.

«Ich guck nur die Bilder», sagte ich.

Die Illustrationen kannte ich in- und auswendig. Mir wurde nur vorgelesen, wenn ich krank war, aber seit Jahren ausschließlich aus «Die schönsten Märchen aus aller Welt, Band 1» – meine Augen hatten jede Seite fiebrig durchwandert. Zu Beginn schien mir alles unverändert. Dann entdeckte ich, dass jemand dem lachenden Schweinchen aus «Der dicke, fette Pfannekuchen» eine Hose gemalt hatte. Später fand ich Zeichen und Figuren, wie ich sie von Herrn Kurbjuweit kannte, Frauen in Röcken, aber eigentlich waren es mehr Röcke mit Frauen darin. Ich blätterte zum Sindbad-Märchen. Dort war alles verziert mit den typischen Kurbjuweitfedern. Allerdings fand ich den Rok, der mich immer so beeindruckt hatte, auf einmal geradezu kümmerlich. Zumal keine Elefanten zu sehen waren, auch keine neu dazugemalten. Offenbar kamen die nur im Text vor.

Auf einer leeren Zwischenseite sah ich sie dann. Es war eine Frau, musste eine sein, eine Frau mit Rock. Nur ihr Unterleib war zu sehen, den Rock hatte sie hochgeschoben bis über den Kopf. Trotzdem fühlte ich mich angeguckt. Sie saß mit weit gespreizten Beinen auf einem Stuhl. Genau sah ich mir das an. Zwischendurch warf ich einen Blick zu meiner Mutter. Sie schaute aus dem Fenster. Diese Zeichnung war nichts für Kinderaugen, danach musste ich gar nicht fragen. Ich klappte das Buch zu, verstaute es in meinem Sportbeutel. Jetzt war mir vom Lesen schlecht.

In Münster bestiegen wir unseren Zug, in Osnabrück musste ich kotzen. Meine Mutter lief mehrmals zwischen Abteil und Toilette hin und her und reinigte zuerst mich und dann den Fußboden mit einem Badehandtuch aus unserem Gepäck.

Unser Abteil leerte sich, ich schlief ein, und als ich erwachte, fragte sie: «Wie geht's dir, mein Ärmster, soll ich dir was vorlesen?» Sie holte meinen Sportbeutel aus dem Gepäcknetz. Ich machte sofort wieder die Augen zu und kuschelte mich in die Bettwäsche, mit der sie mich zugedeckt hatte. Ein bisschen später, als ich blinzelte, sah ich sie im Märchenbuch blättern. Meine Mutter sagte nichts, sie sah aus, wie wenn sie die *Frau im Spiegel* las, die meine Tante abonniert hatte. Meine Tante schenkte ihr die ausgelesenen Exemplare. Doch für mich war es jetzt, als lese sie mein Tagebuch. Wenn ich auch noch nicht genau wusste, was das ist und bedeutet, ein Tagebuch.

Ab Lübeck ging es mit dem Bus weiter. In Pelzerhaken angekommen, musste ich in der Ferienwohnung noch drei Tage das Bett hüten. Wir spielten Mau-Mau, aber vorgelesen wurde mir nicht. Am vierten Tag nahmen mich meine Eltern mit an den Strand, und ich sah zum ersten Mal das Meer. In Gestalt der Ostsee.

Mein Vater und meine Mutter gaben sich Mühe in diesem ersten Urlaub. Am letzten Tag besuchten wir das Legoland, besichtigten dort den Eiffelturm, den Hamburger Hafen, den Petersdom und das World Trade Center – immer nur das Allergrößte, aber in Miniatur.

«Die schönsten Märchen aus aller Welt, Band 1» sah ich nie wieder. Dafür kauften mir meine Eltern einen Hund, einen Dackel. Ich durfte ihm seinen Namen geben. Ich überlegte nicht lange. Blinki. Bald fing auch die

Schule wieder an. Schon in den ersten Wochen stellte sich heraus, dass ich eine Brille brauchte. Bis zu den nächsten Sommerferien, es war allen ein Rätsel, hatte ich zehn Kilo zugenommen.

SINKI

Mein Leib, der für euch hingegeben wird.»
Es war Wandlung, und wir knieten.

«Ich habe meine Tage.»

Sie wiederholte es, Nase an meinem Ohr: «Ich habe meine Tage!»

Notgedrungen standen wir auf. Die anderen, die noch knieten, guckten uns an.

«Ich muss zurück auf die Station.»

«Können Sie nicht noch warten? Dauert ja nicht mehr lange.»

«Nein», erklärte sie.

Schwester Blandina guckte.

«Ist Ihnen übel?»

«Nein.» Sie lächelte dünn.

«Geheimnis des Glaubens», sprach der Priester.

Sie würde brüllen, statt zu lächeln, fürchtete ich, müsste sie ein drittes Mal Nein sagen. Außerdem setzte mir zu, dass sie mich mit Vornamen ansprach. Das taten auf Station zwar auch sonst alle, aber sie hatte seit ihrer Aufnahme noch kein Wort mit mir gesprochen. Sandkarte hieß sie oder Sandkathe, jedenfalls irgendwas mit Sand. Sie war schon älter, vielleicht fast vierzig, möglicherweise hübsch unter ihrer Krankheit. Frau Sandkarte roch nicht gut. Sie trug eine blaue Jogginghose, ihr Minnie-Maus-Sweatshirt stammte wahrscheinlich aus dem Altkleiderschrank auf der Station.

Ich stakte hinüber zu Blandina. Wir waren acht von der Geschlossenen, sechs Patientinnen, die Stationsschwester und ich. Schwester Blandina würde entscheiden. Ich erwartete, dass sie mit mir tauschen, das Greenhorn am Posten Sandkarte ablösen würde. Oder gleich die ganze Expedition abbräche. Aber Blandina nickte mich mit gefalteten Händen nur zu sich herunter und sagte leise: «Ihr zwei geht einfach schon mal vor.»

Als wir in den Mittelgang traten, waren Brot und Wein verwandelt. Die psychiatrische Gemeinde erhob sich. Ich wollte Frau Sandkarte gerade zur Sicherheit am Arm fassen, aber da hakte sie sich bei mir unter, und wir schritten, ich im weißen Kittel, sie in schmuddeligem Blaugrau, hinaus aus der sogenannten Kapelle, die eigentlich eine ziemlich geräumige Kirche war. Deren hohe Türen führten aber nicht ins Freie, sondern nur auf den Flur.

«Danke», sagte sie draußen, hakte sich von mir los.

Ich wusste sie noch einen Moment neben mir, dann war sie plötzlich weg. Ich blieb stehen. Hand in der Kitteltasche, stand ich neben einer Flurpflanze wie ein Model für Berufskleidung. Frau Sandkarte aber war in Bewegung. Mir wurde klar, dass sie weglief. Als ich mich umblickte, war sie schon vor der Kapellentür. Dann war sie um die Ecke.

Die ersten Schritte in Sandalen waren rutschig. Und am Anfang war mir noch der bis unten zugeknöpfte Kittel im Weg. Doch ich setzte mich in Gang. Vor der Kapelle rutschte ich beinahe aus, fing mich wieder, wurde etwas schneller, konnte sie bereits sehen. Frau Sandkarte riss die Tür zum Treppenhaus auf. Sie starrte mich dabei an, und jetzt spürte ich, dass es um mich ging. Sie floh *mich*, rannte vor *mir* davon. Ich und mein Vorname waren für sie verantwortlich. Neunzehn Jahre alt, zwanzig Kilo Übergewicht – dieser fette Junge musste sie fangen. Plötzlich ließ mich meine Angst zu versagen fliegen.

Frau Sandkarte verschwand im Treppenhaus. Das waren nur ein paar Stufen, wusste ich, dann kam ein Absatz, wo hinter der Glasscheibe die fiese Pförtnerin hockte. – «Wohin?» hatte mich diese Nonne an meinem ersten Tag nur böse gefragt und, als ich mich erklärt hatte, schmallippig gemeint: «Ach, du bist das.» – Den letzten Treppenabsatz konnte man mit einem Satz nehmen, dann das Portal aufstemmen und entkommen.

Als ich selbst im Treppenhaus war, sah ich Frau Sandkarte trippeln. Irgendwie machten ihr die Stufen Mühe.

«Die haut ab, die haut ab!», kreischte ich in Richtung Nonne – den Telefonhörer hatte die bereits in der Hand –, da war meine Patientin schon draußen. Tatsächlich schaffte ich den letzten Absatz mit einem Sprung, stoppte die Tür im Zufallen, quetschte mich hinaus, schoss die Außenstufen hinunter und taumelte im Kies. Sie hatte schon zwanzig, fünfundzwanzig Meter Vorsprung. Es war völlig aussichtslos.

Bereits in der Grundschule war ich lahmer als das lahmste Mädchen gewesen. Später auf dem Knabenkonvikt hatte es zumindest einen zarten, zerbrechlichen Oliver gegeben, der, vor Schwäche schwebend, das Ziel immer noch nach mir erreichte. Doch das war kein Trost. Denn der Klops war voller Siegesfantasien: Ich, der Fettsack, die Tonne oder Hoss, nach dem Dicken in Bonanza, die Speckschürze – man gab mir viele Namen –, hatte immer alles gegeben.

Und die fette Sau rannte auch jetzt wieder wie der Teufel. Frau Sandkarte sah sich ängstlich um. Neben der Bundesstraße, in einiger Entfernung, tauchte der Lokalzug auf und pfiff. Pfiff noch mal. Ich meinte, Frau Sandkartes Stimme zu hören, immer wieder blickte sie zurück. «Rufe», rief sie. Zehn Meter trennten uns. Ich bekam kaum noch Luft. Hatten in der Grundschule die Mädchen beim Fangenspielen eigentlich bei der ersten Berührung aufgegeben? Frau Sandkarte machte Meter gut. «Rufe», hörte ich noch mal und etwas wie «Inki».

Hoss musste größere Schritte machen, holte auf. Atemlos verstand ich nun «Sinki», «Rufe» und «Akne». Frau Sandkarte kreischte jetzt. Ich verstand «Helsinki». Halb war es Schluchzen. Verzweifelt legte ich zu, schob mit aller Kraft meine Masse nach vorn, streckte den Arm aus. Und dann hatte ich sie tatsächlich, krallte mich in ihr Sweatshirt. Jetzt war ich mit meinem Hossgewicht natürlich im Vorteil.

Frau Sandkarte versuchte weiterzurennen, sich wieder loszureißen. Mit einem Mal drehte sie sich um und schlug mit der flachen Hand nach mir, erwischte meinen Schädel, traf von oben heftig meinen Kopf. Nach wie vor hatte ich sie nur am Rücken, meine Hand war in ihrem Sweatshirt, darin verwickelt. Sie jaulte und schubste mich. Ich bekam

Spucke ins Gesicht oder etwas anderes. Wieder versuchte sie zu rennen. Aber ich krallte mich jetzt mit beiden Händen fest. Ich hörte, wie eine Naht riss. Jetzt hielt sie inne und ging plötzlich in die Hocke. Sie versuchte, aus ihrem Pulli zu schlüpfen, beugte sich vor, um ihn sich über den Kopf zu ziehen. Ich griff nach ihren Armen. So fest ich konnte, packte ich zu. Frau Sandkarte brüllte. Ich zog sie zu mir heran. Dann, plötzlich, gab sie auf.

Zur Sicherheit presste ich sie an mich. Wir standen wie in einer Umarmung, Frau Sandkarte völlig schlaff und nah. Und jetzt, ihr Mund dicht an meinem Ohr, verstand ich endlich, was sie die ganze Zeit gerufen hatte. «Auf die Schlussakte von Helsinki», schluchzte sie, «ich berufe mich auf die Schlussakte von Helsinki.»

Allmählich kam ich zu Atem, hatte aber keine Ahnung, was tun. Sie war etwas größer als ich. Vielleicht lief ihr der Rotz aus der Nase, oder es waren Tränen, jedenfalls wurde mein Hals feucht. Dann hörte ich Schritte hinter uns.

«Hallihallo, gar nicht schlecht, mein Junge. Jetzt mal beiseite. Überlass mir mal die Patientin.»

An der nasalen Stimme erkannte ich den Oberarzt. Ich ließ sie los, und Frau Sandkarte verbarg ihr Gesicht im Ärmel.

«Hallihallo, was machen wir denn? Sehen Sie mich ruhig mal an. Jemand zu Hause? Was sagen Sie? Ich kann Sie nicht ...» Frau Sandkarte wimmerte. «Tut mir leid, ich hab's immer noch nicht verstanden. Ach ja, die Schlussakte von Helsinki, darauf berufen Sie sich. Selbstverständlich, dann weiß ich Bescheid, Frau Sandker. Wir kennen uns ja. Ich bin Dr. Preuss, nicht wahr? Und da sind Sie ja im Recht, vollkommen im Recht. Die Schlussakte. Nehmen wir zur Kenntnis, nehmen wir ernst. Aber jetzt gehen wir drei erst mal zurück auf die Station.» Er zwinkerte mir zu. «Sie waren ... sind doch auf dem besten Weg. Und der junge Mann hier fasst Sie jetzt mal von seiner Seite, und dann begleiten wir Sie.»

Zwei Schwestern, eine Nonne und eine weltliche, kamen angerannt. Er winkte ab, und die beiden blieben auf Abstand. Frau Sandker, wie sie offenbar hieß, war jetzt ruhig. Gesenkten Hauptes ließ sie sich von uns abführen. Die böse Pförtnerin nickte uns zu, dem Lulatsch von Oberarzt und seinem fetten Helfer. Und ihrer Gefangenen.

Zurück im Haus, wurden Essenswagen umhergeschoben. «Mahlzeit», grüßte Dr. Preuss. Frau Sandker weinte.

«Bitte?», fragte der Arzt, «was sagen Sie, Frau Sandker? Ich hab's nicht verstanden.»

«Dass die dicke ...»

«Wer?»

«Dass die dicke Sau ...»

«Ach so ...» Er lachte. «Dass die *dicke Sau* Sie gefangen hat? Das ärgert Sie? ... Uiuiuiui, meine liebe Frau Sandker. Ich muss schon sagen. Tatsächlich, das muss man wirklich zugeben, Sie haben nen ganz schön flinken Fuß. Muss man sagen, Frau Sandker.»

Preuss sah mich an.

«Dein Einsatz in allen Ehren, mein Junge. Ich geb dir mal 300 Milligramm Taxilan. Dann kannste ja mal versuchen, vor jemandem wegzulaufen.»

MAGNETE

Blandina holte mich an meinem ersten Arbeitstag bei «Schwester M. Sebastiana, Generaloberin» ab. So stand es an deren Büro. «Dein erster Mann», wurde ich vorgestellt. Blandina war ganz in Weiß und musterte mich unbeeindruckt mit ihren schönen Kuhaugen. Dass ich «der erste männliche Pfleger seit hundertfünfzig Jahren» war, wie ihre schwarz gekleidete Oberin verkündete, schien sie nicht zu interessieren. Schon bei meinem Bewerbungsgespräch war diese Schwester M. Sebastiana auf diesem Thema herumgeritten, während ich mir Mühe geben musste zu verbergen, dass ich gerade erst, in jenem Moment, realisiert hatte, dass es sich hier, bei der Psychiatrie meiner Heimatstadt, um ein Haus ausschließlich für Frauen handelte. «Der muss in die Hülle» war also immer nur eine Redensart gewesen.

Blandina rauschte los wie ein Graupelschauer. Ich hastete ihr hinterher, und in den düsteren Fluren nannte sie mir die Namen aller Stationen, ausnahmslos benannt nach männlichen Heiligen. Dann standen wir vor der Tür von Station Johannes.

Monatelang hatte ich in der Fabrik, in der auch meine Mutter arbeitete, Süßwaren verpackt. Dann war ich mit zwei Schulfreunden in einem gelben VW-Käfer durch Italien gereist. Zu guter Letzt hatte ich ein bemüht unkatholisches Vorbereitungsseminar des Bistums hinter mich gebracht. Und ich hatte an jedem verdammten Tag daran denken müssen, was mich hinter dieser Tür erwarten würde. Ich hatte sie mir völlig anders vorgestellt. Die Geschlossene betrat man durch eine absolut popelige Holztür mit Knauf.

Blandina schloss auf. «Komm, geh vor. Aber zügig!»

Drinnen sprang jemand auf. Blandina schob mich sanft hinein, und die Frau war sofort dicht vor mir.

«Nehmt mich bitte mit, ich muss hier raus. Bitte!»

Schwester Blandina zog die Tür ins Schloss.

«Ich hab doch gesagt, nehmt mich mit», rief die Frau, «ich hab deutlich ‹Bitte› gesagt, ihr Arschgeigen!»

«Ja, aber wir kommen doch gerade erst rein. Frau Kolthoff», beschwichtigte Blandina, eng an meiner Seite. «Wir kommen doch gerade erst rein.»

«Ach so.» Die Frau ließ von uns ab.

«Das ist Frau Kolthoff», sagte Blandina.

«Und wer ist der?»

«Das ist unser neuer FSJler. Er arbeitet ab heute bei uns, macht hier ein sogenanntes Freiwilliges Soziales Jahr.»

«Hat Tittchen wie ich!»

Frau Kolthoff postierte sich breitbeinig und massierte sich die Brüste.

«Du hast Tittchen wie ich!»

«Schon gut, Frau Kolthoff, ja, ja. Schon gut.»

Blandina schob mich weiter.

«Tittchen wie ich!», rief sie uns hinterher.

«Erst mal brauchst du einen Kittel.» Blandina legte unter ihrer Schleierkappe die Stirn in Falten.

Um uns herum Gewoge von Menschen. Am Ende des Flurs schloss sie eine Tür auf.

«Unser Umkleideraum.» Wir traten ein, sie öffnete einen hölzernen Spind, deutete hinein. «Das ist deiner. Probier mal an.»

Diese Umkleide war ein enger Schlauch, in dem Spind, der für mich vorgesehen war, hingen zwei verschieden große Kittel. Vermutlich war ich noch rot angelaufen vom Tittchen-Erlebnis, die Tatsache aber, dass man auf den ersten Blick sah, dass ich in beide Kittel nicht richtig reinpasste, machte es nicht besser.

«In der Wäscherei gibt's noch jede Menge», sagte Blandina mit einem Blick, als wäre sie drauf und dran, mir den Kopf zu tätscheln.

«Super», sagte ich, «ich probier mal. Super!» Ich sagte es ganz ohne Ironie.

Es würde schon gehen, wenn ich ihn offen trug, dachte ich und zog, weil die Stationsschwester sich bereits wieder an mir vorbeiquetschte, förmlich auf Kussdistanz, den Bauch ein und schlug die Augen nieder.

Hinter ihr auf dem Stationsflur war ich halbwegs wieder in der Lage, genauer hinzuschauen, was um mich herum los war. Alle schienen irgendwohin unterwegs. Viele Frauen, alte wie junge, so langsam wie Schildkröten. Einer, im blauen Bademantel, lief wie in Zeitlupe Spucke aus dem Mund, über ihrer Brust hatte sich ein Fleck gebildet.

Ich sah, wie eine weißhaarige, gepflegte Dame sich angeregt mit der Wand unterhielt.

Frau Kolthoff saß wieder vorne bei der Stationstür auf dem Stuhl. Dort, wo Blandina hinging, wartete eine Menschentraube.

«Darf ich?», fragte sie. Die Patientinnen machten Platz. «Meine Damen, bald ist Raucherpause. Damit meine ich: bald, nicht sofort! Das wird dann auch die erste Amtshandlung von diesem jungen Mann hier sein. Ich darf Ihnen unseren neuen FSJler vorstellen. Er beginnt heute hier bei uns sein Freiwilliges Soziales Jahr.»

«Wann ist scheiß Raucherpause?», krächzte jemand.

Wir betraten das Schwesternzimmer. Ein Regal stand offen, verschwand dann in einem Schiebeschrank, und dahinter wurde eine kleine Person sichtbar.

«Da isser ja. Ich bin Evi». Sie hatte so viele dunkle Sommersprossen im Gesicht, dass es ein bisschen aussah, als käme sie aus einem Kohlebergwerk. Ihr rötliches Haar und ihre Augen und Zähne leuchteten. Blandina stellte mir eine zweite Schwester vor. Die, erheblich älter als Evi, gab mir förmlich die Hand, «Schwester Ingeborg». Sie war wie Evi ohne Schleier, beide also weltlich.

«Du läufst heute erst mal mit», sagte Blandina.

«Wann ist scheiß Raucherpause?», kam von draußen.

Alle Zigarettenpackungen trugen Namensaufkleber, und meine erste Aufgabe war das Verteilen. Ich hatte zwei Patientinnen ihre Schachteln bereits ausgehändigt, als Schwester Ingeborg einschritt: «Höchstens zwei Stück! Heißt: zwei Zigaretten. Das wissen die auch!»

Unter meiner Aufsicht fummelten die Patientinnen dann die zwei Zigaretten aus ihren jeweiligen Päckchen. Eine rauchte Kim, genau wie meine Mutter. Drehtabak würde «vor Ort» verteilt, erklärte mir Schwester Ingeborg.

«Vor Ort» war ein Kellereingang, unter offenem Himmel, aber mit einer Art Umzäunung, von der Station aus über eine Hintertür zu erreichen. Ich war heilfroh, dass Evi dabei war, hatte schon befürchtet, ich müsste die Patientinnen in der Raucherpause allein beaufsichtigen.

Evi gab Feuer. «Kippe?», bot sie mir eine an. Alle saugten wir erst mal still an unseren Zigaretten, viele Patientinnen so gierig, als ginge es um ihr Leben.

«Machst du Sport?», fragte Evi. Aus Gewohnheit erwartete ich sofort einen Fetten-Witz auf meine Kosten, aber sie erklärte: «Ich mach nämlich Judo.»

«Norddeutsche Vizemeisterin», sagte die Stimme, die vorhin «scheiß Raucherpause» gekrächzt hatte. Das war Johanna, wusste ich inzwischen. Gedreht werden durfte vor Ort. Sie drehte selbst, bei ihr stand nur der Vorname auf der Packung.

«Haste dir gemerkt, Johanna, was?», fragte Evi.

«Vizemeisterin. Correcto.»

«Johanna hat in Spanien gelebt.»

«Correcto.»

«Granada.»

«Correcto.»

«Als Obdachlose. Und Freiheitskämpferin. Als obdachlose Freiheitskämpferin», sagte Evi.

«Freiheit», krächzte Johanna.

«Correcto», sagte Evi.

Nach der Raucherpause bezog ich «mein erstes psychiatrisches Bett», wie Schwester Ingeborg es nannte. Sie erklärte mir das System, mit dem sogenannte «Unruhige» ans Bett gefesselt wurden oder fixiert, wie sie es ausdrückte, wobei ein schwerer, rot ummantelter Magnet eine wichtige Rolle spielte, den sie an ihrem Schlüsselbund trug. «Unruhige» gäbe es im Moment zwei. Deren Zimmer sollte ich vorerst nicht betreten.

Wir bezogen etliche Betten, und ich hatte darin nicht eben viel Erfahrung. Das «psychiatrische Bett» war grundsätzlich wie jedes andere, denn in den wenigsten waren diese Textilgurte, für die man die roten Magneten brauchte. Trotzdem erforderte es eine ganz bestimmte Choreografie, zumindest wenn man es mit Schwester Ingeborg bezog. Ich meinte, mich bei unserem Tanz gar nicht so ungeschickt anzustellen. Immerhin verzog Schwester Ingeborg nach getaner Arbeit minimal die Mundwinkel zu einer Art Lächeln. «Wird schon.»

Wir waren der ärztlichen Visite begegnet und ich dabei dem rundlichen Stationsarzt und dem langen Oberarzt vorgestellt worden – Letzterer hatte bemerkt: «Ist sein Kittel nicht ein bisschen zu eng?» Später lernte ich die Küchenhilfe kennen, «Häschen» genannt. Ich vermied es, sie mit Namen anzusprechen, als ich sie später in die Zentralküche begleitete. Häschen erklärte mir, dass sie schon fünfundzwanzig Jahre Patientin sei, und verbat sich mit leiser Trickfilmstimme und stechendem Blick, dass ich ihren chromblitzenden, schweren Essenswagen überhaupt nur berührte. Später durfte ich ihr immerhin helfen, das Mittagessen auszuteilen.

Ein Großteil der Patientinnen aß im sogenannten Tagesraum. Andere blieben zu den Mahlzeiten auf den Zimmern. Für die hatte Häschen Tabletts. Schwester Evi kam dazu, Häschen sagte uns die Zimmernummern an, und wir zogen, mit den Tabletts bewaffnet, los. Ich nahm meinen Mut zusammen, klopfte, stellte mich vor, fragte, wo zu essen gewünscht werde. Alle Frauen waren ansprechbar, viele teilnahmslos, manche freundlich.

Schließlich fand ich eine Patientin allein im Zimmer. Laut und deutlich hatte sie «Herein» gesagt, lag dann aber bis zum Hals zugedeckt mit offenen Augen im Bett und reagierte nicht mehr. Verunsichert hantierte ich gerade am Nachttisch, als Evi dazukam.

«Guten Appetit, Frau Eisenmenger», sagte sie, und zu mir: «Du ... die tut heute nichts.»

«Nicht wahr, Frau Eisenmenger? Ihnen geht's gut heute, ganz gut geht's. Ich guck auch nur mal ganz kurz nach dem Rechten, Frau Eisenmenger, kennen Sie ja. Und der junge Mann reicht Ihnen dann gleich das Essen an.»

Noch während sie sprach, hatte sie der Patientin die Bettdecke vom Leib gerissen, sie sofort geradezu mütterlich wieder zugedeckt und die Decke zurechtgezupft. Evi klappte das Kopfteil hoch und legte Frau Eisenmenger eine Serviette um. Ich hatte gesehen, dass die Patientin an Bauch, Händen und Füßen fixiert war. Sie war so alt wie meine Mutter, in etwa, wobei ich hätte kurz rechnen müssen, wie alt genau die eigentlich war. Ständig dachte man hier an seine Mutter.

«Ich bin der Deibel», sagte Frau Eisenmenger.

«Das sagt sie immer.» Evi zwinkerte mir zu. «Frau Eisenmenger, der junge Herr hier reicht Ihnen jetzt das Essen an.»

«Ich bin der Deibel.»

Evi ließ mich allein. Ich stellte mich ans Bett und begann der Patientin «das Essen anzureichen». Das heißt, ich fütterte sie. Frau Eisenmenger hatte Hunger. Da war auch eine Art Becher mit seltsamer Öffnung. Ich hielt ihn Frau Eisenmenger an die Lippen, und sie trank. Zwischendurch: «Ich bin der Deibel.» Ich fütterte sie, und währenddessen sagte Frau Eisenmenger es sicherlich fünfzig Mal: «Ich bin der Deibel. Ich bin der Deibel.»

Zum ersten Mal in meinem Leben *reichte* ich jemandem *das Essen an*. Nur als Baby wurde man *gefüttert*. Ich von meiner Mutter. Von meiner Oma. Wahrscheinlich nannte Evi es deshalb «Essen anreichen», wegen dieses Unterschieds. Dass ich weder Mutter noch Oma war. Vielleicht *reichte* eine Krankenschwester aber selbst ihrem eigenen Baby *das Essen an*.

«Ich bin der Deibel.»

Vor allem war ich mit dem rätselhaften Phänomen beschäftigt, dass ich jedes Mal selbst den Mund öffnen musste, wenn ich Frau Eisenmenger den Löffel hinschob. Dieser Impuls ließ sich kaum unterdrücken. Vielleicht eine Verbindung zum Tierreich, dachte ich. Vögel. Die Meise öffnet den Schnabel und lässt den Käfer in den aufgesperrten Rachen ihres Jungen fallen. Und dann stößt sie sich ab, muss wieder los.

«Ich bin der Deibel. Ich bin der Deibel.»

Wir waren inzwischen beim Pudding, und mir war langweilig. Meine Oma war noch nicht lange tot. Sie hatte

Platt gesprochen und täglich den Rosenkranz gebetet, mir war also absolut geläufig, wer der Deibel war.

«Sie sind nicht der Teufel», sagte ich.

Frau Eisenmenger sah mich an.

Danach wirkte sie so abwesend wie zuvor, aber sie machte den Mund nicht mehr auf.

«Sind Sie satt? Sind Sie fertig?»

Dann öffnete sie den Schnabel doch wieder, ich schob ihr gelben Glibber hinein und sperrte dabei selbst wieder wie ein Vögelchen den Mund auf. Plötzlich, als hätte Frau Eisenmenger Gift im Maul, kniff sie Lippen und Augen zusammen. Dann spuckte sie mir ihren Pudding ins Gesicht.

«Sie sind der Deibel! Sie sind der Deibel! Sie sind der Deibel!»

Das Puddingschälchen hüpfte durchs Zimmer. Ich zog den Nachtschrank zwischen uns. Frau Eisenmenger bäumte sich auf. Die Bettdecke fiel herunter, so wand sie sich in ihren Gurten.

«Sie sind der Deibel! Sie sind der Deibel!»

Ich lief zur offenen Tür. «Evi, Evi!»

Die kam schon angelaufen, ebenso Schwester Ingeborg. Auch Blandina kam, aber sie rannte nicht, vielleicht aus Prinzip.

«Macht nix, du, da gucken wir mal.» Evi berührte mich am Arm.

Schwester Ingeborg rollte die Augen. Blandina übersah die Lage und fragte: «Nichts passiert, oder? Du wäschst dich eben, und dann lässt du dir von Häschen was zum hier Saubermachen geben.» Sie machte hinter mir die Tür zu.

Zu geschockt, um mich zu ekeln, wusch ich mir Gesicht und Hals in der Personaltoilette, reinigte notdürftig T-Shirt und Kittel. Dann stand ich, von Häschen mit Besen und Kehrblech ausgestattet, unschlüssig wieder vor dem Zimmer. Nichts war zu hören von drinnen. Um mich herum waren Patientinnen unterwegs, der Raucherpausenpulk. Schließlich klopfte ich.

«Nicht klopfen, immer herein», öffnete mir Schwester Ingeborg. Frau Eisenmenger war nun wieder bis zum Kinn zugedeckt, aber sie sah mich herausfordernd an.

«Der macht jetzt hier noch ein bisschen klar Schiff. Und dann ist gut, dann ist alles wieder gut», sprach Blandina. «Kehrblech», sagte sie mir, «ist Quatsch. Ich zeig dir mal unseren Wischwagen.»

Sie ging mit mir zur Umkleide, ich wollte mich irgendwie rechtfertigen, aber Blandina legte den Finger an die Lippen und schloss auf. «Zieh dir erst mal nen frischen Kittel über.»

Der zweite Kittel passte noch weniger. Blandina erklärte mir dann im sogenannten «Arbeitsbadezimmer» in aller Ruhe den Wischwagen und dessen System und danach am Wäschewagen das noch komplexere Verfahren der jeweils blau, braun, gelb und rot gestreiften Säcke und wie man sie einspannte. Was ich, zeigte sich, wie so manches andere vorerst nicht hinbekam.

«Du hast nichts falsch gemacht», sagte Blandina. «Erster Tag. Komm mal her», sie nahm ein frisches Handtuch, «du hast da noch ein bisschen Pudding im Haar. Ee-kelig», sang sie fast und warf das Handtuch in einen Sack mit roten Streifen.

«Übrigens sind eben deine Schlüssel angekommen.»

«Super», sagte ich und schob den Wischwagen zum Zimmer von Frau Eisenmenger.

Die sah dann seelenruhig dem Deibel bei der Arbeit zu. Sie schlief dabei anscheinend sogar ein. Der Wischwagen war monströs, aber praktisch, ich kam wunderbar klar und manövrierte das Teil geräuschlos wieder aus dem Zimmer. Behutsam schloss ich hinter mir die Tür.

Kurz vor Schichtende verlieh mir Blandina die Stationsschlüssel und hielt einen kleinen Vortrag: Der Schlüssel war Gott! Selbstverständlich formulierte Blandina es anders. Nicht umsonst war Johannes eine Geschlossene. Lapidar endete Blandina mit: «Verlier ihn nicht!»

«Und wie trag ich ihn?»

Sie steckte einen Finger in meine Kitteltasche und ließ den schweren Bund hineinplumpsen. Die Schwestern kicherten. Schlüsselbundbedingt saß mein zu enger Kittel jetzt auch noch schief, die rechte Seite zog hinunter. Das Gewicht des roten Magneten.

Wenig später ging die Stationsschwester. Sie war hier zu Hause, hatte eigene Dienstzeiten. Blandina nahm selbstverständlich ihren Schlüssel mit, unsere blieben immer auf Station. Schließlich kam die «Übergabe», ich lernte weitere Kolleginnen kennen, danach war Feierabend, und die Spätschicht schloss uns auf.

«Ich muss hier raus! Habt Erbarmen, bitte, bitte, nehmt mich mit!» Frau Kolthoff war wieder am Start, als wir gingen.

«Frau Kolthoff, bitte», sagte Evi.

«Aber ich muss hier raus, ihr Arschgeigen! Arschfotzen!»

«Liebe Frau Kolthoff, wir sind doch nur die Frühschicht und gehen in unseren wohlverdienten Feierabend.»

«Ach so. Na ja, dann. Tschüss. Gute Erholung.»

15

Anfang der Siebziger hatte mein Vater unseren größten Kellerraum zum Partykeller umgebaut. Inzwischen war alles Provisorische daran beseitigt. Als Kind hatte ich noch die Wandzeichnungen eines meiner Onkel bewundert, der den Putz mit bunten Cocktailgläsern verziert hatte, mit Sonnenbrillen und Zigarettenspitzen, mit tanzend in sich verschlungenen Paaren. Einem See, neben dem ein Motorroller stand. Diese ganze Welt war inzwischen verschwunden unter braunem und beigem Sackleinen.

Zudem hingen Felle an den Wänden, ein Wagenrad, Wechselrahmen, in denen Fotos von Partys steckten, die woanders stattgefunden hatten, in Partyzügen und an Ausflugsorten an Rhein und Mosel. Unverändert schien mir lediglich die gemauerte Theke, hinter der ich an diesem Abend Dienst schieben würde, unumgänglich an einem runden Geburtstag, meines Vaters fünfzigstem.

Jetzt bekam er ein Ständchen. Die Frauen sangen völlig normal, die Männer aber waren allesamt im Gesangsverein und sangen wie in der Oper. Danach stand mein Vater auf und hob seinen Humpen in die Höhe. Auf dem stand sein Vorname. Sofort erhoben sich auch alle anderen, die ebenfalls aus Keramikhumpen mit Vornamen tranken.

«Mag auch die Linde –», stimmte mein Vater an, das Lied, das er, der nie ein Instrument gelernt hatte, selbst komponiert hatte. «Mag auch die Linde, mag auch die Linde, mag auch die Linde vergehen. Doch unsere Eintracht, doch unsere Eintracht, doch unsere Eintracht bleibt bestehen.»

Alle stimmten ein, nur ich nicht.

Meine Tante trug das Geschenk herein. Ich hatte ihr geholfen, es im Nebenraum unter der Werkbank zu verstecken. Das Geschenk war ein übergroßes Bierglas, gefüllt mit dem gleichen gelben Wackelpudding, den der Deibel vor ein paar Tagen Frau Eisenmenger angereicht hatte. Oben auf dem Pudding war Watte, in den Pudding versenkt Fünfmarkstücke.

«Austrinken, austrinken!», rief wer.

Mein Vater setzte zum Spaß das Wattepuddingbier an die Lippen.

«Rausholen, rausholen!», hieß es.

«Dann geht das schöne Bier kaputt», schritt meine Tante ein.

Das Buffet war eröffnet, und ich brachte auf einem Tablett Getränke unter die Leute. Später aß ich selbst. Partysalate liebte ich, und am Ende nahm ich mir zwei Schälchen Herrencreme.

Irgendwann kam mein Vater vergnügt an die Theke und bestellte ein Pilsken. «Unser Junge hatte seine ersten Tage in der Hülle», fiel ihm ein.

Man blickte mich an.

«In der Hülle? Da arbeitest du? Und wie war's?», fragte ein Onkel.

«In der Psychiatrie», korrigierte jemand.

«Er sagt nichts», sagte der Onkel.

«War gut. Ganz gut.»

«Bist doch sonst nicht so auf den Mund gefallen», sagte mein Vater.

Ich gab mich mit Zapfen beschäftigt. «Was soll ich groß erzählen? Muss man sich dran gewöhnen.»

«Ja, muss man sich erst dran gewöhnen.» Mir wurde beigepflichtet.

«Darf man doch wohl mal nachfragen», sagte mein Vater. «Wenn einer so ein Theater macht. Ist nämlich eigentlich ausgemustert. Hat der Musterungsarzt ihn gefragt: ‹Willste hin?› Hat er ‹Nein› gesagt. Hat ja auch schon verweigert gehabt.»

«Verweigert?», fragte jemand.

«Unser Thomas hat auch verweigert. Die verweigern alle.»

«Gut, wenn du unbedingt verweigern musst», fuhr Papa fort, «meinetwegen, sag ich. Meinetwegen. Aber dann wird er ausgemustert. Wegen Hornhautverkrümmung. Da wirst du ab soundso viel ausgemustert. Bei ihm war's genau auf der Kippe. Am Ende kommt der Bescheid. Untauglich. Wie heißt das noch?»

«T5», antwortete ich.

«Genau. T5. Untauglich. Da hat der Junge dieses Glück. Jetzt kommt er an und sagt, er macht Freiwilliges Soziales Jahr. Sag ich: ‹Pass mal auf, wir kaufen dir ein Auto, dann kannst du schon schön studieren.› Aber nein. Jetzt ist er in der Hülle auf der Geschlossenen.»

«Auf der Geschlossenen?»

«Du bist auf der Geschlossenen?»

«Jau, bin ich.»

Die Onkel nickten, respektvoll oder verständnisvoll oder voller Mitleid.

«Jau ... da muss man sich erst dran gewöhnen», sagte einer. Dann war Trinkpause.

«Ich bin ja Weißer Jahrgang», sagte mein Vater.

«Ich auch», erklärten die Brüder.

«Weißer Jahrgang», sprach mein Vater. «Zu jung für die Wehrmacht, zu alt für die Bundeswehr.»

Ich ahnte, was kam.

«Untauglich», sprach er, «hat man seinerzeit ja gar nicht drüber nachgedacht. Mich hätten sie ja noch weniger als den Jungen nicht genommen. Ich hab das rechte Augenlicht ja damals ... in der Emsstraße, da war dies Trümmergrundstück ... Wir waren ja noch richtige Koten damals ...»

Ich kannte die Geschichte. Alle kannten sie. Mein Vater erzählte, wie er und seine Freunde Flak gespielt, er dabei ein Stück Dachpappe ins Auge bekommen und sein rechtes Augenlicht verloren hatte. Auch an jenem Abend, als ich ihm und meiner Mutter mit eigentlich noch vagen Plänen über das Soziale Jahr gekommen war, hatte er von der Dachpappe und vom Weißen Jahrgang angefangen. Am Ende hatten wir uns angeschrien. So was kam vor. Man ging dann irgendwie auseinander, meine Mutter zum Spülen in die Küche, mein Vater setzte sich vor den Fernseher, und ich griff mir oben in meinem Zimmer die E-Gitarre und drehte den Verstärker auf oder versuchte, mir die Wut wegzulesen. An diesem Abend aber spürten wir alle den

Unterschied. Mit einem Mal war ich fest entschlossen. Mein Vater sprach danach mit mir wochenlang nur noch das Nötigste.

Jetzt erzählte er seinen Gästen diese tatsächlich tragische Geschichte wie zum ersten Mal. Und sie lauschten ihm, als ob sie es noch nie gehört hatten. Dann ließ er eine harmlosere Anekdote folgen. Mein Vater war ein wirklich guter Erzähler – von sehr wenigen Geschichten. Immer ging es um seine Kindheit in der kleinen Stadt. Die auch meine kleine Stadt war. Die kleine Stadt auch meiner Kindheit, welche einfach nicht aufhörte. Ich kannte jede dieser Geschichten auswendig.

Als er fertig war, wurden Zigaretten angezündet. Ich spülte Gläser.

«Schnäppsken?», fragte ich.

«Hörnerwhiskey», sagte mein Onkel.

«Hochsitzcola», sprach ein anderer.

«Mach uns allen mal nen schönen eiskalten Jägermeister», sagte mein Vater.

Er erhob sein Glas, stand auf. Alle wussten sofort Bescheid, und dieses Mal, Jägermeister in der Hand, war ausnahmsweise auch ich dabei. Wir richteten die Getränke in Richtung Styropordecke und sangen wie aus einem Mund:

«Prost, Prost, meine Herrn,
Prost, Prost, meine Herrn,
Prost, Prost, Prost, Prost, Prost, Prost, meine Herrn,
Wir wollen einen heben,
Prost, meine Herrn.»

Eine meiner Tanten schleppte endlich die Teufelsgeige herein und überreichte sie ihrem Mann, der sich schon in Positur gebracht hatte. Er hatte das mannshohe Ding selbst gebaut und sich das Teufelsgeigespielen selber beigebracht. «Jäger aus Kurpfalz!», rief er und stampfte viermal mit dem ziegenfußgroßen Stöpsel auf den Boden, dass oben am Instrument die Topfdeckel nur so schepperten. Jetzt spielte auch Blinki verrückt, der bislang zu Füßen meiner Mutter gelegen hatte oder bettelnd herumscharwenzelt war. Der ganze Keller sang: «Juja, juja.»

Erst um zwei, halb drei legte ich eine Kassette ein.

STAR WARS

Welche Farbe möchten Sie?»

«Rot», sagte Frau Kolthoff in einem Ton, als wäre es eine Frage von Leben und Tod.

«Ebenfalls Rot», wisperte Frau Frank. Ihren Zustand nannte man Demenz, hatte ich gelernt. Sie war eine höfliche, sich stets im Wisperton verständigende alte Dame und bei uns für ein paar Wochen *auf Urlaub*, weil ihre Tochter sich von ihr erholen musste.

«Gut, dann lass ich Ihnen den Vortritt», überraschte uns Frau Kolthoff.

«Aber nein, keinesfalls. Ich Ihnen.»

«Nimm Rot, alte Hexe», sagte Frau Kolthoff.

War man dann aber einmal im Spiel, verlief «Mensch ärgere Dich nicht» in der Psychiatrie so langweilig wie im normalen Leben. Nie wurden Figuren durch die Gegend geschleudert, obwohl ich mich noch gut erinnerte, wie ich selbst das Spiel unter Tränen hatte lernen müssen. Im Allgemeinen spielte ich ungern, und dennoch wurde ich von Blandina fast täglich zu diesem Zweck in die Sitzecke geschickt. Kürzlich hatte sie sogar angekündigt, sie wolle mir, damit ich mit den Patientinnen singen könne, ihre Gitarre mitbringen. Ich hatte dummerweise erwähnt, dass ich ein Jahrzehnt Musikschule hinter mir hatte, Gitarre spielte und sang und eine Band gründen wollte.

Als Evi irgendwann «Raucherpause» rief, erhob sich Frau Kolthoff mitten im Spielzug, Figur in der Hand, als hätte sie mit uns nur auf den Bus gewartet.

«Was macht die Kuh?», wisperte Frau Frank.

Auf Evis Zeichen hin sollte ich heute nicht die Raucherpause beaufsichtigen, was ich häufig bereits allein bewältigt hatte, sondern irgendein Medikament auf irgendeine Station Gelasius bringen. Frau Kolthoff hatte wegen der Raucherpause nicht ihren Posten am Ausgang bezogen, aber mit ein paar Floskeln, die ich mir abgeschaut hatte, kam ich inzwischen ohnehin problemlos an ihr vorbei.

Draußen nahm ich zwei Stufen auf einmal, wenn ich auch bald wieder erlahmte, denn es ging bis in den dritten Stock hinauf. Dort war ich noch nie gewesen. Die Atmosphäre war hier eine andere. Unten ähnelten sich die Stationen, waren immer wieder auf die gleiche Art und Weise unübersichtlich, hier oben aber schien alles noch dunkler und labyrinthischer. Nischen und Winkel, wenig Tageslicht – woher es kam, erkannte man nicht. Ich ahnte nur, wo im Haus, wo über welchen Räumen unter mir ich ungefähr sein musste. Die Flure leer, die Türen zu, niemand da zum Fragen.

«St. Veronika» las ich, einige wenige Stationen im Haus hatten doch weibliche Namen. Ich klopfte an einer Tür, hinter der ich wegen des Knaufs ein Schwesternzimmer vermutete. Niemand öffnete. Ich ging weiter im Flur. Auf Simsen Schnittblumen. Es roch auch danach. Und nach

Desinfektionsmittel und Schweineeimer für die Essensreste.

«Hörst du auf?», hörte ich.

Ich ging auf diese Stimme zu. Eine Tür stand offen. Ich lugte hinein.

«Hörst du auf?»

Im Zimmer vier Betten. Eine Nonne in Schwarz hantierte mit irgendetwas über einer nackten, dürren Frau. Die saß auf einem Klostuhl. Das, was die Nonne hochhielt, war ein Waschlappen.

«Aua, aua.»

«Aua, aua!», imitierte die Ordensschwester. Ihr Waschlappen patschte auf die Haut der Frau.

«Aua, aua.»

«Ich aua dich gleich», sagte die Nonne.

In dem Moment schob sich etwas in die Tür und blickte mich an, mit einem ganz ähnlichen Waschlappen bewaffnet. «Was willst du denn hier? Raus!» Die Tür flog ins Schloss.

Wie ein Kind wollte ich weglaufen. Aber ich hatte Diazepam abzuliefern, sogar den Namen des Medikaments kannte ich. Evi hatte mir einen losen Streifen in die Hand gedrückt. Der Flur war jetzt dunkel. An einem Knauf der nächsten Tür meinte ich nun wieder ein Schwesternzimmer zu erkennen, war schon im Begriff, ihn anzufassen, vorsichtig, wie einen Stumpf, da flog die gerade zugehauene Tür vom Krankenzimmer wieder auf.

«Was wolltest du?»

«Ich komme von Johannes und suche Gelasius, Station Gelasius.»

«Da bist du hier richtig.»

«Dann soll ich Ihnen das bringen, soll ich Ihnen Diazepam bringen.»

«Du bist also *der junge Mann*?»

Als ob das eine schlüssige Frage wäre, wartete sie auf eine Antwort, nahm meine Lieferung erst mal nicht entgegen. Also stellte ich mich vor und begann weitschweifig zu erläutern, was genau ein Freiwilliges Soziales Jahr wäre.

«Ja, ja, ja», unterbrach sie mich, irgendwie als ob sie mich nachäffte, «und jetzt spazierst du mir nichts, dir nichts in Zimmer, wo die Damen unbekleidet sind. Na, gib her. Danke und auf Wiedersehen.»

Ich war schon auf dem Weg hinaus, da rief sie: «Warte! Komm und hilf der Herwigis noch mit der Klara. Die bockt nämlich wieder ... Herwigis? *Der junge Mann* kommt.»

Als ich ins Zimmer trat, tastete mich die Schwester mit den Augen ab und warnte: «Vorsicht, die kneift.»

Professionell ging ich in die Hocke, von Evi wiederholt in Hebe- und Hievtechniken unterwiesen, und wir hoben die alte Frau, jetzt im Nachthemd, ins Bett. Sie schien zu schlafen. Mit zwei Handgriffen legte ihr die Schwester routiniert den Bauchgurt an, und sie wurde zugedeckt. Alle vier Betten waren mit stillen Frauen belegt. Ich ahnte die Gurte. Die zweite Nonne hatte inzwischen die Vorhänge zugezogen und wünschte – «Gute Nacht, Klara, gute Nacht, Marianne ...» – ihren Patientinnen so herzlich eine gute Nacht, wie ich es aus «Die Waltons» kannte. Es war noch ziemlich hell draußen, früher November, fünf Uhr nachmittags.

«Los, greif mich an!» Zurück auf der Station, begrüßte mich Evi und brachte sich in Positur. Unser Running Gag. Judo war ihr Leben, an den freien Wochenenden hatte sie dauernd Wettkämpfe. «Greif mich an!» Sonst gab es nicht so viel von dieser Leidenschaft zu erzählen. «Feige Sau», kam dann immer als Nächstes. Sogar ihre Schwesterntracht erinnerte an einen Judoanzug. Wir gingen in die Küche, packten Brot aus, holten Margarine, Käse und Wurst aus dem Kühlschrank.

«Hast du ordnungsgemäß abgeliefert?»

«Die haben da oben jetzt schon die Nachtruhe eingeläutet. Die sind da, glaube ich, alle fixiert.»

«Hui. Die Folternonnen von Sankt Gelasius.»

«Das ist *wirklich* furchtbar.»

«Klar. Aber sieht vielleicht schlimmer aus, als es ist. Langzeit. Da kannste nix machen. Und die zwei beiden da oben müssen den Laden ganz allein schmeißen. Natürlich haste recht, im Grunde. Wir verlegen da auch keinen mehr hin.»

«Echt?»

«Auslaufmodell. Die sterben aus, mit allen Beteiligten.»

Plötzlich stand Blandina in der Tür und verkündete eine Neuaufnahme. Evi müsse ins Schwesternzimmer, ich allein würde die Küche übernehmen. In der gewaltigen Metallkanne dampfte bereits der Hagebuttentee.

Bislang hatte mir immer irgendjemand mehr oder weniger genau angesagt, was in der Küche zu tun war, Häschen hatte nachgerade Befehle erteilt. Ich machte mich einfach an die Arbeit, so gut es ging: Graubrot, Leberwurst, Braunschweiger, Fleischwurst, Käse. Margarine, der tägliche Restesalat. Es klopfte an der Durchreiche. Blandina hatte mir Helferinnen zugeteilt. Ich stellte Teller, Tassen und Besteck in die Öffnung, denn die Küche selbst war für Patientinnen tabu. Dann verlor ich für einige Zeit den Überblick. Dennoch, als ich wieder auf die Uhr schaute, war alles wie durch ein Wunder fertig. Ich trat pünktlich hinaus auf den Gang und schlug den Gong. Drei Mal, stolz haute ich voll drauf, konnte nicht anders.

Als ich mich umdrehte, fehlten meine Schlüssel. Ich hatte automatisch in meinen Kittel gegriffen, wie ich es in meiner Anfangszeit zwanghaft fast jede Minute getan hatte. Der Gongschlegel fiel zu Boden, rollte unter die Heizung. Ich musste mich hinknien und ihn suchen. Mir war heiß. Als ich aufstand, stützte ich mich, Gong unterm Arm, an der Wand ab. Ich kontrollierte noch mal die Kitteltasche. Leer.

Der Wagen mit den Tabletts. Alle Zimmer noch ohne Essen. Die Küchentür stand offen, ich ging wieder hinein. Eine Patientin glotzte durch die Durchreiche, wollte irgendetwas.

«Zucker?»

Ich stellte ihr unsere kiloschwere Dose hin. Sie schien nicht zufrieden.

«Hat sich erledigt», rief sie.

«Wie? Bitte?»

Sie musste mit dem bauchigen Ding wackeln, damit ich kapierte, was sie wollte. Einen *Zuckerspender.*

Es ging weiter. Tabletts. Graubrot, Leberwurst, Braunschweiger, Fleischwurst, Käse. Margarine und der tägliche Restesalat. Der Tee. Dabei beruhigte ich mich ein wenig, begann in Gedanken durchzugehen, wo er sein konnte, wo ich den Schlüssel bloß hatte stecken lassen.

Da fiel es mir ein. Ich wollte losrennen zum Arbeitsbadezimmer, hatte schon die Küchentür in der Hand, als mir einfiel, dass ich sie, wenn sie zufiele, womöglich nicht wieder aufbekäme. Ich schlich mich zurück zu den Broten, hätte heulen können, theoretisch, tatsächlich hatte ich seit Jahren nicht mehr geweint.

«Is was?» Plötzlich stand Evi neben mir.

«Nö, wieso?»

«Sollen wir schon mal mit dem Verteilen anfangen?»

«Ich muss mal», sagte ich.

«Klar, lauf schnell.»

Die Suche war abrupt zu Ende. Ich hatte den Schlüssel irgendwie in der Tür vom Arbeitszimmer vermutet, doch da steckte nichts. Ich wollte nachdenken, kontrollierte aufs Neue meine Taschen, fand nur Kaugummipapier, denn ich hatte eine Diät begonnen, wieder mal, und betäubte mit Kaugummi meinen Hunger. Erste Patientinnen nahmen nach dem Abendessen bereits ihre Runden wieder auf, passierten mich wie Gestrüpp.

Auf Station Gelasius hatte ich keinen Schlüssel gebraucht. Bei der Medikamentenlieferung aber musste ich die Schlüssel noch gehabt haben, sonst wäre ich weder aus der Station hinaus- noch wieder hineingekommen. Dennoch ließ ich jede Tür Revue passieren, die ich an diesem Tag aufgeschlossen hatte. Dutzende. Ich schlurfte in die

Küche zurück. Kann sein, dass ich dort zum ersten Mal «Schwester» zu Evi sagte.

«Schwester Evi.»

«Was?»

«Ich habe meine Schlüssel verloren.»

«Mach keine Witze.»

«Nee, wirklich.»

«Und wo? Wann?»

«Keine Ahnung.»

«Ach, du Scheiße. Und was machen wir jetzt?»

Während ich noch meinte, irgendetwas antworten zu müssen, sagte sie schon: «Dann komm mal mit.»

Im Schwesternzimmer bat Blandina die Neuaufnahme, draußen zu warten. Schwester Ingeborg stand am Medikamentenschrank. Auch der junge Stationsarzt Dr. Fleermann war da, lächelnd wie meistens, mit seinem erheblichen Übergewicht zufrieden wie ein Säugling. Ich begriff sofort, dass alle Bescheid wussten.

«Es tut mir leid», brach es aus mir heraus, und sofort schämte ich mich noch zusätzlich wegen des greinenden Tons.

«Was denn?», fragte Blandina.

«Es tut mir leid. Ich habe meine Schlüssel verloren.»

Ich sah zu Evi. Sie zwinkerte mir ausdrücklich nicht zu.

«Hast du es auch schon bemerkt?», fragte Blandina.

Sie fischte meinen Schlüsselbund aus ihrem Habit und hielt ihn in die Höhe. «Hast es also auch schon bemerkt?»

«Ich habe es schon länger bemerkt. Ich dachte ...»

«Du dachtest? Da kommst du nicht sofort zu mir? Du denkst erst mal und kommst nicht sofort zu mir, wenn du deinen Schlüssel verloren hast?»

«Es tut mir leid. Ich habe es ja gerade in der Küche erst gemerkt. Und da dachte ich …»

«Da dachtest du.» Ihr Gesicht war jetzt wachsgelb und ganz nah an meinem. «Da geht es gar nicht drum!»

Blandina brüllte, und sie konnte wahnsinnig leise brüllen. «Um das, was du dachtest. Um dich. Da geht es nicht drum. Um dich!»

Ich war knallrot, fühlte ich. Blandina hielt meinen Schlüsselbund weiterhin hoch in die Luft und schüttelte ihn wie ein kaputtes Glöckchen.

«Worum es hier geht, willst du wissen?»

Ich nickte pflichtschuldigst.

«Dann hör zu! Es geht drum, dass hier alles passieren kann. Deshalb ist die Hauptsache, du kommst sofort zu mir, wenn was passiert. Sofort.»

«Hier», sagte sie, und ich traute mich kaum, die Hand nach meinen Schlüsseln auszustrecken.

«Das kommt nie wieder vor», brüllflüsterte sie.

Ich nickte gefügig.

«Das kommt nie wieder vor!»

Ich hatte meinen Schlüssel wieder.

«Sag es.»

Oft genug hatte mein Vater mich zusammengebrüllt, nie aber darauf bestanden, dass ich etwas *sagen* sollte.

«Das kommt nie wieder vor», sagte ich.

Blandina machte die Tür auf. Die Neuaufnahme stand so dicht davor, dass man denken konnte, sie hätte gelauscht, doch sie wirkte tief in sich versunken. Jetzt zwinkerte Evi mir zu.

Auf dem Heimweg wackelte irgendetwas an meinem Rad. Ich musste mich beeilen, meine alte Grundschulfreundin Rike holte mich ab zur Disko. Es schepperte ziemlich, aber ich trat erst recht in die Pedale. Als es auch noch zu nieseln anfing, fragte ich mich nicht, warum mich, obwohl ich so heruntergeputzt worden war, eine rätselhafte Zuversicht überkam. Ich fuhr einfach immer schneller und begann jenseits der Ems in den Flussauen sogar lauthals diesen Song zu singen, den ich den halben Tag schon im Ohr gehabt hatte, bis zum Schlüsselverlust – «We're on a road to nowhere, come on inside.»

Die Talking Heads verehrte ich. Seit Neuestem hatten sie auch in Deutschland diesen Hit. «We're on a road to nowhere» – nur die zwei Zeilen fielen mir ein – «come on inside» –, bis ich abstieg von meinem rasenden, klemmenden Rad und zu Hause war. Dort begrüßte mich unser Hund so freudig, als wäre ich länger verreist gewesen.

Trotz Eile legte ich in meinem Zimmer erst mal eine Platte auf, zog mich aus, ohne Blick in den Spiegel, und forschte im Schrank nach den vorteilhaftesten schwarzen Klamotten. Mein Hunger war heftig, aber auch ein wunderbar selbst gemachtes Gefühl. Ich schob mir einen Kaugummi rein, seit heute Mittag hatte ich nichts gegessen.

Bei uns vorm Haus fuhr dann überraschend ein ziemlich dickes BMW-Coupé vor, und Rike stieg aus und machte mich bekannt mit Thomas, dem Besitzer. Er war ihr neuer Freund. Steuerfachgehilfe, verdiente bereits. Sein

Wagen beeindruckte mich ziemlich, gegen meinen Willen. Ich saß dann hinten und beugte mich vor, um zu erzählen, was passiert war.

«Was?», drehte Thomas die Musik etwas leiser. «Du hast von deiner Geschlossenen den Schlüssel verloren?»

«War auch ziemlich ungeil», rief ich.

«Und sind welche entwichen?»

«Mussten wir mühsam wieder einfangen!»

«Erzähl keinen Scheiß», sagte Rike.

«Nee, war halb so schlimm!»

«Wo war er denn?»

«Hab ihn in der Stationstür stecken lassen.»

«Den Stationsschlüssel? Irre!»

«Aber von außen. Unsere Stationsschwester hat ihn gefunden.»

«Scheiße. Und haste ordentlich einen drübergekriegt?»

«Ging», sagte ich.

«Armer schwarzer Kater», Rike drehte sich umständlich nach hinten, um mir den Kopf zu tätscheln. Sie hätte das meinetwegen noch ewig tun können, aber wir kamen bereits an meiner Arbeitsstätte vorbei, und Rike kurbelte – «Ey, leise» – das Fenster runter, um das Ritual zu vollziehen, unser «Ich kann se hören!»-Theater aufzuführen. Wir alle schrien wie am Spieß – sogar Thomas schien den Brauch zu kennen –, ich etwas halbherzig.

Das Odeon gab einem immer das Gefühl, man sei zu früh oder der Tag wäre der falsche. Trank man dagegen an, meinte man, die anderen bekämen etwas Besseres ins Glas. Ohnehin musste ich mir die teuren Longdrinks einteilen.

Heute, wo ich nichts gegessen hatte, zeigte bereits der erste überraschende Wirkung. Ein paar Bekannte waren da, man sagte so dies und das. Ganz früh ging ich auf die Tanzfläche, wo mich unversehens eine Musik so antitschte, dass meine Kreppsohlen nur so rutschten, an den kompliziertesten Stellen klatschte ich sogar. Ich zuckte völlig fettvergessen. Als ich wieder am Rand stand, bemerkte ich die Blicke. Die ganze Disko glotzte. Armer feister Kater.

Schnell leistete ich mir einen zweiten, sogar einen dritten Gin Tonic. Rike schien den kompletten Abend auf Thomas' Schoß verbringen zu wollen. Nicht, dass ich eifersüchtig gewesen wäre, schließlich kannten wir uns seit der Grundschule. Nur kurz war ich heftig in sie verliebt gewesen, in einem Anfall von Dreizehnjährigkeit. Dann plötzlich kam Rike an, sie würden jetzt schon nach Hause fahren, ob ich mitwollte. Für mich selbst überraschend, nahm ich das Angebot an. Der Abend war völlig verkorkst.

Alkoholbedingt quatschte ich draußen vor mich hin. «Kennt ihr Ernst Bloch?», fragte ich, wusste selbst nicht, worauf ich hinauswollte. «‹Das Prinzip Hoffnung›? Lese ich gerade.» Tatsächlich hatte ich schon bald zehn Seiten geschafft.

«Tommäs», sagte Rike, sie sprach seinen Namen grundsätzlich Englisch aus, «hat noch nie ein Buch zu Ende gelesen.»

Sie schien ihn keineswegs vorführen zu wollen, es klang, als fände sie das an Tommäs toll. Besser zumindest, als sich auf dem Weg zum Parkplatz mit einem blöden Philosophen wichtigzumachen.

Tommäs legte den Arm um Rike. Ständig kaute er Kaugummi, genau wie ich, wenn auch offenbar ohne diätetische Gründe.

«Wie, noch nie ein Buch gelesen?», fragte ich.

«Zu Ende», sagte er.

Es kam mir vor, bestimmt alkoholbedingt, als sammelte er sich und sagte dann sein sehr kurzes illiterales Gedicht auf:

«Mein Leben
kein Buch
zu Ende gelesen
jedenfalls.»

Rike kroch im BMW nach hinten, ich setzte mich nach vorn. Tommäs zündete den Motor, drehte die Lüftung auf, wartete, weil die Scheiben beschlagen waren. Eilfertig wischte ich mit dem Handrücken das beschlagene Glas sauber.

«Du Dummsau. Mein Gott, du blöde Dummsau, ey!»

Ich wusste nicht, wie mir geschah.

«Was?»

«Weißt du, wie man da wienern muss, bis das wieder sauber ist, du Penner?»

«Hey, Tommäs», kam von hinten.

«Das gibt Streifen ohne Ende. Da wartet man die paar Minuten, bis freigepustet ist. Mein Gott.»

Er beugte sich zu mir herüber, fischte ein Tuch aus dem Handschuhfach – «Oder man nimmt so was hier, das ist extra dafür gemacht» –, warf mir das Putztuch in den Schoß. Er griff nach der Figur, die am Spiegel hing, ein Donald Duck aus Gummi. Die gab ein Quietschen von sich.

Rike lachte. Ich putzte die Scheibe. Meine Würde stellte sich nicht ganz so zügig wieder her, wie Donald Duck wieder zu Atem kam. Als ich nach hinten sah, lächelte Rike hilflos. Vielleicht war sie auch stolz. Dann kraulte sie Tommäs' Haare.

«Mach weiter, Schatz», sagte er allen Ernstes.

«Tommäs' Tante hat ne kleine Wohnung», erzählte Rike. «Die wird frei. Vielleicht ziehen wir da zusammen.»

Bei mir zu Hause angekommen, kassierte Tommäs Spritgeld.

Kein bisschen müde, griff ich nach dem Zähneputzen ins Versteck zwischen Holzvertäfelung und Dachisolierung, erwischte einen Playboy und meinen Lieblings-Lui. Ersterer war noch ziemlich neu, und bevor ich das Playmate in der Heftmitte aufklappte, las ich die Angaben zu ihr. Die waren so gestaltet, als hätte das Model einen Personalbogen eigenhändig ausgefüllt: «*Lieblingsschauspieler?* ‹Donald Duck.›» Das stand da wirklich! Oder: «*Warum ich Playmate geworden bin?* ‹Weil ich es einfach lustig fand.› *Und sonst?* ‹So leben, wie es mir gefällt.›»

Zudem fand man in der Ausgabe noch «die Braut von Rambo», «Showmaster Lou van Burgs Tochter» und «Cyrille – vor der Kamera flachgelegt von Serge Gainsbourg». Ich sah mir alles an.

Den Lui kannte ich auswendig. Dort hießen die Frauen «Titelmädchen». Eines trug den Namen Dagfun. Mir wurde eng ums Herz, wenn ich Dagfun ansah, die Arme hinterm Kopf verschränkt, ihre behaarten Achseln dargeboten wie ein Picknick. Sie spreizte die Beine, doch dort lag alles im Schatten. Ich imaginierte mich hinein in die

Unsichtbarkeit von Dagfuns Möse, Muschi, Dose, all jene Begriffe, Feige, Pfläumchen, Fotze.

Die Verschattungen in Herrenmagazinen waren gesetzlich vorgeschrieben. Andererseits hatte ich eines Tages in einem Siebzigerjahre-Aufklärungsbuch geblättert und dort sehr unschöne Schwarz-Weiß-Fotos gesehen. Pussy, Vagina, Schoß. Mit neunzehn hatte ich schon einiges gelesen – Lustgrotte, Scheide, Bär –, Bukowski und so, Anaïs Nin, Henry Miller. Anschauung hatte ich nicht – Mumu, Jadekästchen, Spalte, Schlitz, Ritze, Muschel. Ich sah Dagfun, ich blickte in den Schatten. Irgendwann kam ich und schlief ein.

Bis meine Sonntagsschicht begann, war mein kleiner Kater verschwunden. Der Tag verlief ohne besondere Vorkommnisse. Am Montag wechselten wir in die Frühschicht. Als ich an diesem Tag, von einem Botengang zurückgekehrt, die Stationstür hinter mir ins Schloss zog, schlug mir Frau Kolthoff ins Gesicht. Ich spürte keinen Schmerz, nur dass etwas passiert war. Kurz war Stille zwischen uns, dann begann sie zu weinen, schließlich überschlug sich ihre Stimme. Frau Kolthoff sagte, kreischend jetzt, überhaupt nichts Neues, nur was sie immer sagte, dass sie rauswolle, ich sei eine Arschgeige und so weiter. Ich hatte meine Brille verloren. Als ich sie entdeckte, holte sie ein zweites Mal aus und traf mich mit voller Wucht. Ich stolperte, stieß gegen einen Stuhl.

Etwas war geschehen. Ich nahm wahr, dass alle auf den Flur strömten, dass Schwester Ingeborg erschien, hinter ihr gleich beide Ärzte. Selbst Blandina rannte. Evi war bei mir. Frau Kolthoff war plötzlich still, als wäre sie überrascht, wie schnell das alles ging.

«Hat sie zugeschlagen?», fragte Blandina.

«Ja», sagte ich, als müsste ich mir die Frage selbst noch mal beantworten, «ja, ja.»

Dr. Preuss sagte: «Ist gut.» Er fasste Frau Kolthoff am Arm.

«Lassen Sie das bitte, Herr Doktor.»

Sie riss sich los. Dr. Preuss fasste nach.

«Hilfe!»

«Mit dir alles in Ordnung?», fragte Blandina.

«Hilfe, zu Hilfe!»

«Eins, zwei», hörte ich.

Frau Kolthoff lag am Boden.

Dr. Preuss und Dr. Fleermann, Schwester Ingeborg, Evi und Blandina, jeder an irgendeinem Körperteil. Frau Kolthoff kreischte, außer sich und doch gefasst, als tue sie es auch der Form halber. Häschen stand abseits.

«Ist schon gut», sprach Dr. Preuss, «wir helfen Ihnen jetzt, ein wenig zur Ruhe zu kommen.»

Mit geschlossenen Augen schlug Frau Kolthoff ihren Hinterkopf auf den Boden.

«Festhalten», rief Fleermann.

Schwester Ingeborg übernahm den Kopf, an den irgendwie niemand gedacht hatte.

«Kannst du?» Evi rief nach mir. «Komm her. Geh an ihren Platz.»

Ich nahm Frau Kolthoffs Arm, er lag schlaff auf dem Boden. Sie trug ein ärmelloses Shirt, und ich spürte ihr weiches Fleisch, wusste nicht, wie fest ich zupacken konnte.

Noch mal wurden die Positionen gewechselt. Blandina rannte ins Schwesternzimmer. Frau Kolthoff öffnete die Augen und starrte mich an. Ihre Iris war türkisfarben, sah ich, wenn auch ohne Brille nur unscharf.

«Hilfe», wimmerte sie. Ich roch ihren Atem.

Blandina kam mit einem Köfferchen zurück, klappte es auf. Es erinnerte an einen winzigen Instrumentenkoffer. Sie zog die Spritze auf, Dr. Fleermann setzte sie. Frau Kolthoff war jetzt ganz ruhig. Viele Hände halfen ihr auf einen Stuhl. Jemand rollte ein Bett heran. Magnete wurden gezückt. Dr. Fleermann prüfte den Puls. Häschen hatte meine Brille gefunden und gab sie mir, unversehrt.

Hinterher wurde ich im Schwesternzimmer untersucht. Dr. Preuss befragte mich und befühlte meinen Hals.

«Kopfschmerzen, Schwindel? Kannst du gut sehen?»

An Ohr und Wange spürte ich es noch. «Geht schon. Mir geht's gut.»

«Willst du lieber nach Hause?», fragte Blandina.

Ich schämte mich und wusste nicht, wofür.

«Der muss wieder aufs Pferd», sagte Schwester Ingeborg.

«Kleine Schläge auf den Hinterkopf erhöhen das Denkvermögen», schloss Dr. Preuss.

Nach Schichtende gingen Evi und ich zu den Fahrradständern. Sie parkte dort ihr Motorrad, eine prunkvolle Honda Goldwing.

«Und?», fragte sie.

«Was?»

«Mit Frau Kolthoff?»

«Die schläft und schläft. War vorhin noch bei ihr mit Tee.»

«Und wie geht's dir?»

«Alles easy wieder.»

«Kennst du Star Wars?»

«Klar. Obwohl, nur die ersten beiden.»

«Du bist hier auf der Seite der Macht.»

«Du meinst Todesstern und so ... die dunkle Seite der Macht?»

«Egal, ob hell oder dunkel ... jedenfalls Macht. Du bist hier auf der Seite der Macht.»

Sie setzte ihren Helm auf, krabbelte auf ihre Goldwing wie eine Wespe auf eine Torte, zog ihre Handschuhe an und klappte das Visier runter. Dann startete sie die Maschine, hob zum Abschied den Daumen und fuhr davon.

ARBEITSBADEZIMMER

Als meine erste Liebe aufgenommen wurde, war ich bereits mehr als drei Monate auf der Seite der Macht. Mehrmals wöchentlich begleitete ich mich nun selbst auf der Gitarre von Schwester Blandina und sang mit den Patientinnen «Das Wandern ist des Müllers Lust» und «Im Frühtau zu Berge». Manchmal, wenn mir danach war, legte ich «Wer hat die Kokosnuss geklaut» ein bisschen soulig an. Zuvor Unvorstellbares kam mir über die Lippen. Das Mundorgel-Liederheft war regelmäßig in Gebrauch.

Hatte Häschen dienstfrei, war ich federführend für die Küche zuständig. Reichlich Windeln hatte ich schon gewechselt, konnte psychiatrische ebenso wie normale Betten beziehen, hatte assistiert, wenn unseren Bettlägerigen die wunden, durchgelegenen Stellen «geeist und geföhnt» wurden, und Wäschesäcke spannte ich im Handumdrehen ein. Von meinen Botengängen kannte ich inzwischen alle Stationen, selbst die Folternonnen von St. Gelasius nannten mich beim Namen. Ich durfte Spaziergänge begleiten, reinigte Gebisse und setzte sie ein. Wenn mir an Patientinnen etwas Besonderes auffiel, schrieb ich kurze Berichte in die Kurven, wie die Patientendokumentationen genannt wurden. Neben «Mensch ärgere Dich nicht» bot ich Mühle, Halma, Scrabble, «Spitz pass auf» und Malefiz an, säuberte «vollständig eingekotete» Zimmer, ging virtuos mit dem Wischwagen um, auch wenn Erbrochenes mir immer noch Würgereiz verursachte. Ich hatte bei EKTs – im Volksmund Elektroschocks – neben der eigens angereisten Narkoseärztin gestanden. Ich kannte auf Station mehr oder weniger jeden Schrankinhalt.

Auch an Fragen, die mich anfangs eingeschüchtert hatten, war ich längst gewöhnt. Wie mir dieses Körbchen gefalle? Und zwar für dieses Püppchen darin? Das Körbchen war von der Fragestellerin in der Beschäftigungstherapie selbst geflochten worden, die Frage brachte sie unter Blicken hervor, als hinge ein Leben – des Püppchens nämlich – von meiner Antwort ab. Natürlich – was sonst – fand ich das Körbchen schlicht wunderbar und ging dann weiter meiner Arbeit nach. Konnte auch auf meinen Schlüssel aufpassen und war nie wieder geohrfeigt worden. Die Patientinnen und ich teilten ein Leben der Mahlzeiten, Spaziergänge, Raucherpausen, Gesangsrunden und Brettspiele. Sogar Frau Kolthoff war längst auf der Offenen, womöglich bereits entlassen. Und seitdem ich, noch als absolutes Greenhorn, aktiv diesen Fluchtversuch vereitelt hatte, durfte ich an Lehrveranstaltungen von Dr. Preuss teilnehmen. In unserem Tagesraum stellte er seinen Studenten gelegentlich Patientinnen vor.

Zu allem Überfluss hielt ich erfolgreich Diät. Schon als Kind hatte ich das versucht, immer vergeblich. Solange ich denken konnte – meine Mutter war gelernte Fachkraft für Süßwarentechnik –, wartete bei uns zu Hause ein Schrank voller Zuckerzeug. Plötzlich stieß mich das ab. Überhaupt aß ich viel seltener daheim, denn vom Krankenhaus bekam ich monatlich ein paar Streifen Wertmarken für zwei Kantinenmahlzeiten täglich zugeteilt. So gelang es mir, jeden Tag mindestens eine Mahlzeit auszulassen. Vier Kilo hatte ich schon abgenommen. Unterwegs in den Fluren der Hülle – wobei *in der Hülle* sie niemand so nannte – hätte ich Luftsprünge machen können. Manchmal tat ich es auch.

Es war zwischen Weihnachten und Neujahr, als Anne vor der Tür stand. Ich öffnete. Ihr Vater, Anzug, Krawatte, Augenringe, ein groß gewachsener Mann mit Schnauzbart, sagte: «Schmidt. Wir sind die Familie Schmidt.»

Ich hielt ihn und die beiden in seinem Rücken zuerst für Besucher. Besucher kamen bei uns grundsätzlich nicht auf die Station, auch sonst war die Besuchszeit vorbei.

«Ich komm kurz mal raus», sagte ich, zog hinter mir die Tür zu, und draußen begann Annes Vater sich mit belegter Stimme zu erklären. Er kenne den Chefarzt Professor Simoneit. Dessen Bruder sei Mieter seiner Schwester oder so ähnlich, vorgestern habe er mit dem Professor telefoniert. Wie sich am Ende herausstellte, hatte diese Familie ohne irgendein Aufnahmegespräch den Weg bis direkt vor unsere Tür gefunden. Herr Schmidt und Gattin überragten mich. Gut möglich, dass ich zuerst diese Ehefrau für die Kranke hielt. Anne war zu klein für ihre Eltern. Sie trug ein buntes Blumenkleid und leuchtete. Draußen war Dezember, kein Blatt am Baum, aber sie war hochsommerlich zurechtgemacht. Frisch geschminkt, wirkte sie geradezu ausgehbereit. Sah man aber genauer hin, wirkte ihr Gesicht irgendwie erloschen. Der Ball abgesagt. Ihr Vater räusperte sich unentwegt, brachte umständlich noch mal auf den Punkt, was er wollte, fasste Annes Arm. Sie lächelte.

Ich bat um Geduld und erstattete Bericht im Schwesternzimmer. Dr. Fleermann hatte Bereitschaft, wurde gerufen.

Irgendwann kam Anne in seiner Begleitung auf die Station. Dr. Fleermann trug ihre rote Reisetasche. Aus der Ferne schien sie frisch und munter. So betrat man vielleicht ein Hotel. Ich sah nur kurz hin, hatte Hauswirtschaft zu erledigen. Nichts war besonders, obschon ich eigentlich damals fest daran glaubte: an den besonderen Moment, die Liebe auf den ersten Blick, mit der ich fest rechnete, wenn auch nicht hier, wo ich Putzmann war und Spielgefährte von Gespenstern. Der Stationsarzt war mit Anne sofort im Schwesternzimmer verschwunden.

Als es klopfte, war mein Dienst fast vorbei. Wir saßen mit der Nachtwache bei der Übergabe.

«Haben Sie vielleicht eine Zigarette für mich?» Sie stand vor der Tür.

«Ist jetzt schon Nachtdienst. Keine Raucherpausen mehr», sagte die Nachtwache.

«Ich bin Anne Schmidt. Von Raucherpausen hat mir keiner was gesagt. Es tut mir leid. Ich muss aber unbedingt noch rauchen. Bitte!»

«Von Raucherpausen hat Ihnen ganz sicher jemand etwas gesagt.»

Evi beschwichtigte: «Wir schauen mal. Okay, Frau Schmidt? Wir kommen dann gleich noch mal auf Sie zu.»

«Danke», antwortete Anne, ging aber nicht weg.

«Wir kommen dann gleich zu Ihnen!», die Nachtschwester wedelte mit dem Handrücken. Anne drehte sich um und lehnte die Tür an.

«Ist die Neue», erklärte Evi, stand auf und linste durch den Türspalt.

«Erzähl ich gleich noch ein bisschen was drüber. Ist freiwillig hier. Die ist total angespannt, auch wenn man's nicht gleich merkt, sagt Fleermann. Er meint, er wüsste noch nicht, wo er bei ihr dran ist.»

Es klopfte schon wieder.

«Mein Gott!»

«Was meint ihr?», sagte Evi. «Tun wir ihr die Liebe?»

«Arbeitsbadezimmer», sagte die Nachtschwester.

Evi sah mich an. «Machst du?»

«Was denn?»

«Ach so, kennst du noch nicht.»

«Wir kommen gleich!»

«Arbeitsbadezimmer», erklärte die Nachtschwester, «machen wir manchmal, wenn Rauchen nicht anders geht. Ich bin ja nachts allein hier, bis auf den Springer. Da gehen keine Raucherpausen. Deshalb lassen wir schon mal wen ins Arbeitsbadezimmer. Ist jetzt zwar noch ein bisschen früh. Pass also bloß auf, dass es keiner mitkriegt. Lüften tue ich dann später. Lass sie einfach ins Waschbecken aschen. Hier, nimm die Stationszigaretten. Wir machen schon mal weiter.»

Ich ging also hinaus. Anne wartete.

«Geht klar», sagte ich leise.

«Warum flüsterst du?»

«Ich flüstere nicht», flüsterte ich, machte eine Raucherpantomime, fand mich ganz lustig, aber Anne verzog keine Miene. Ich musste ihr nicht nur das Feuerzeug, sondern auch noch das zerknautschte Päckchen Zigaretten zeigen, dann erst folgte sie mir, barfuß in schmatzenden Schlappen.

Im Arbeitsbadezimmer sah Anne sich um, schien nicht recht zu wissen, wohin, bekam mit ihren nervösen Fingern die Zigarette kaum aus der Packung. Ich gab ihr Feuer.

«Tut gut», behauptete sie, zog jedoch alles andere als ausgehungert an ihrer Zigarette. Im grellen Neonlicht saß sie auf dem Wannenrand, die Schminke nicht mehr frisch, als machte sie Pause auf einer Party. Wie alt mochte sie sein, Mitte zwanzig? Anne hatte lange, ein wenig struppige kastanienbraune Haare und ein strenges, irgendwie lateinbuchmäßiges Gesicht, wie eine römische oder griechische Skulptur, mit leichter Hakennase. Ich fand sie plötzlich überaus hübsch, und als ich den blonden Flaum auf ihren Armen wahrnahm, fiel mir auf, dass ich im Begriff war, sie zu mustern. Schnell sah ich woandershin, griff zu den Zigaretten, um mir ebenfalls eine anzustecken. Sie fragte: «Könntest du mich allein lassen?», sah mir direkt in die Augen. «Bitte.»

«Äh, ich weiß nicht.»

«Wieso?»

Mir fiel auf, dass sie glänzte, ein dünner Firnis auf ihrer Haut.

«Wieso? Was weißt du nicht?»

Ich kam auf keine Antwort. Ich kannte die Regeln, die sonst galten, es waren ja nicht viele, das meiste regelte die Geschlossene schon durch das Geschlossensein. Aber für diesen Moment gab es keine Regeln. Irgendwie erschien es mir natürlich, dass sie allein sein wollte, hier im Badezimmer, wenn auch zum Rauchen.

«Okay», sagte ich jedenfalls, «aschen Sie einfach ins Waschbecken», siezte ich sie, denn Duzen war untersagt, wenn auch die Schwestern sich nicht daran hielten, nur die Ärzte und ich.

«Schon fertig?» Evi stoppte sofort die Übergabe, als ich zurückkam.

Unschlüssig hatte ich noch kurz vor der angelehnten Badezimmertür gewartet, dann war es mir zu blöd gewesen.

«Also raucht die noch dadrin?», fragte die Nachtwache. «Das geht nicht. Aber kann er nicht wissen.»

«Mann», sagte Evi, «geh! Zügig!»

Ich wanderte zurück, die Station bereits in Nachtstimmung, der Flur hell und leer, die Sitzecke verwaist. Da hörte ich die dumpfen Stöße. Als ich vorm Bad stand, klang es wie das Stampfen einer Maschine. Dennoch klopfte ich allen Ernstes an. Das Geräusch ging weiter. Ich wartete, hoffte. Zugleich fürchtete ich, dass die Kolleginnen mir zu Hilfe kämen. Als ich die Klinke drückte, war es still. Vorsichtig öffnete ich. Auf den ersten Blick entdeckte ich nichts. Dann sah ich sie auf der Fensterbank. Etwas Spiegelndes in ihrer Hand. Einen silbernen Hammer. Sie blutete, und das Fenster war zersplittert. Anne sah mich an, das silberne Werkzeug hielt sie hoch über ihrem Kopf.

«Geh raus.»

Sie sprach leise, kreischte nicht. Obwohl sie aussah, als könne sie ausschließlich nur noch kreischen. «Geh raus», sprach die Furie. «Geh raus. Oder ich schlag dir den Schädel ein.»

Sacht schloss ich die Tür. Offenbar hatte man das Getöse nicht bis ins Schwesternzimmer gehört. Ich rannte los. Zugleich löste sich mir das Rätsel mit dem Hammer. Die Kolleginnen kamen jetzt doch um die Ecke.

«Sie hat ... sie hat den Badewannenhahn. Und die Scheibe. Den Badewannenhahn rausgedreht. Schlägt damit die Scheibe ein.»

«Ach du Scheiße.»

«Und sie schlägt mir den Schädel ein, hat sie gesagt.»

«Ich geb Alarm!»

Dann stand ich mit der Nachtschwester vor der Tür, und wir hörten zu, wie drinnen gearbeitet wurde. Als es kurz ruhig war, griff sie nach der Klinke, aber der Lärm ging wieder los, und sie nahm die Hand wieder weg.

Wenig später standen fünf, sechs Schwestern bei uns. Es war Evi, die sagte: «Geht ja nicht anders. Was soll's.»

Umstandslos öffnete sie die Tür. Ich sah, wie sie erstarrte. Dann war die Tür wieder zu.

Jemand fragte: «Wo bleibt Fleermann?»

Evi sagte: «Der kann uns auch nicht helfen.»

Er kam angerollt. Sogar jetzt unmerklich lächelnd unter seinem hautfarbenen Bart. «Die Frau Schmidt, ne?», fragte er. «Hab's schon gehört. Auweia. Erklär mir mal einer die Lage.»

Evi informierte, und ich ergänzte: wegen Angespanntheit Zigarettenpause, bewaffnet mit Badewannenhahn, Drohung mit Schädeleinschlagen, Panzerglas zersplittert.

«Mein Gott, ja genau, Panzerglas. Nichtsdestotrotz müssen wir uns ein Bild verschaffen», erklärte Dr. Fleermann, redete dabei offenbar nur zu mir, von Mann zu Mann. Irgendwie standen wir beide jetzt vor der Tür in erster Reihe, und er machte auf.

«Frau Schmidt? Hören Sie? Sehen Sie uns?»

Auf der Fensterbank, blutverschmiert, ein Mädchen im Blumenkleid. Anne hatte es geschafft, zwei Löcher ins Panzerglas zu schlagen. In einem steckte ihr Bein.

Sie wand den Kopf, hob den Hammer, ein verdrehtes Bild. Ihr Blick traf uns zusammen mit ihrem Schrei. Vielleicht war es nur «Raus!», was sie keifte. Jedenfalls hatte ich etwas Ähnliches nie gehört, und ich ahnte, wie es auch dem Arzt in die Knochen fuhr, spürte an meinem Bauch seinen Arm, der mich zurückdrängte, dann waren wir wieder draußen.

«Menschenskind», sagte er, mehrmals: «Menschenskind, Menschenskind. Die benutzt das wirklich, das schwere Ding. Das ist ernst. Was macht man denn in so einem Fall? Kein Spaß. Das ist eine ernste Lage. Was macht man denn in so einem Fall?»

«Die Polizei rufen?»

Der Stationsarzt sah auf, als hätte er vorher nur mit sich selbst geredet. «Haben Sie bei so was schon mal die Polizei gerufen?»

«Weiß nicht», sagte jemand.

«Die Polizei», sagte er, «die liefert die Leute doch bei uns ab.»

«Ich wüsste nicht, dass jemals einer die Polizei gerufen hätte», sagte die Nachtwache.

Um uns herum hatte sich inzwischen ein Pulk versammelt. Von allen Stationen waren Schwestern gekommen. Plötzlich hörte man aus dem Badezimmer ein gewaltiges Scheppern.

«Die Deckenverkleidung», erklärte Blandina. Auch sie war da, ganz ungewohnt im schwarzen Habit.

«Was machen wir denn jetzt?», klang der Stationsarzt ratlos. Dann öffnete er die Tür einen Spaltbreit. Alles war still, auch drinnen. «Frau Schmidt», sagte er, «Frau Schmidt, jetzt mal mit der Ruhe. Haben Sie Vertrauen! Sie brauchen vor uns keine Angst zu haben!»

Anne brüllte wie ein Minotaurus. Er machte die Tür wieder zu. Alle waren stumm. Was konnte man da diskutieren.

Fleermann schrie nun gegen die geschlossene Tür: «Frau Schmidt, ich bin es, Dr. Fleermann. Wir haben doch vorhin ausführlich miteinander gesprochen.» Er sprach ruhiger weiter. «Ich verstehe, Sie haben Angst. Lassen Sie uns reden! Wie können wir Ihnen etwas von Ihrer Angst nehmen?»

Brüllen und Tosen von drinnen.

«Das bringt doch nix», meinte jemand.

«Und was schlägst du vor?», fragte Blandina gereizt.

Scheppern und Stampfen.

Alle schwiegen betreten, nur Fleermann machte weiter,

öffnete und schloss die Tür, rief seinen Keine-Angst-Sermon hinein.

Vielleicht, weil er gerade die Klinke heruntergedrückt hatte. Oder hatte Fleermann es die ganze Zeit geplant? Es gab einen Knall. Dann klirrte etwas hell. Und Fleermann brüllte «Jetzt!», riss die Tür weit auf und stürmte hinein. Wir zögerten eine Sekunde, dann drängten wir nach. Ich sah Anne oben auf einem Schrank, geduckt hockend wie ein Tier, und begriff, dass sie ihren silbernen Hammer gegen die Tür geworfen hatte. Fleermann predigte in einem weiter. Es war zu spüren, dass das alles noch nicht zu Ende war. Die Teile der Deckenverkleidung hingen wie Palmblätter in den Raum. Blandina hielt nach dem Hammer Ausschau, entdeckte ihn, hob ihn auf. Da war Anne schon mit blutigen Füßen auf den Wannensims geklettert, fuchtelte im zerrissenen Kleid mit den Armen, müde gebrüllt, als müsse sie mit letzter Kraft ein Rudel Hunde oder Schlimmeres einschüchtern.

Blandina ging einfach zu ihr hin und sagte: «Komm, ist gut. Rutsch nicht aus. Ist doch gut, Mädchen», wollte ihr die Hand reichen. Da riss Anne ihr mit einem Ruck den Schleier vom Kopf.

«Aua, aua, aua!», heulte Blandina auf.

Wir stürzten los. Anne rutschte aus, verlor das Gleichgewicht, fiel zum Glück nach vorn, in die Arme ihrer Häscher. Als wir sie unter uns hatten, auf dem Boden, war sie friedlich und still, ergab sich der Übermacht, erlöst und geschlagen.

Blandina war ohne Schleier eine andere Frau, die braunen Augen unter kurz rasierten, schneewittchenfarbenen

Haaren, mehr braun als schwarz. Sie hatte keinen Schaden genommen und gab die Spritze, während Dr. Fleermann Annes Verletzungen untersuchte. Evi machte Überstunden und blieb noch für ein paar Stunden auf der Station.

KULI

Als ich Frau Schmidt zum ersten Mal wieder auf dem Flur begegnete, fiel mir auf, dass sie das Kleid trug, das eigentlich in jener Nacht zerstört worden sein musste. Sie musste mehrere davon haben oder ziemlich identische. An ihrem rechten Arm hatte sie einen Verband. Am Bein war sie genäht worden, das wusste ich, aber ihr Kleid reichte bis über die Knie und verdeckte die Stelle. Jetzt war sie barfuß in ihren schmatzenden Schlappen unterwegs und sah mich überhaupt nicht.

«Haben Sie etwas Warmes zum Anziehen für mich?», fragte sie ein paar Tage später bei der Medikamentenausgabe. Sowohl dass sie fror als auch dass sie fragte, nahmen wir als Zeichen der Besserung. In Annes Kurve hatte ich gelesen, sie hätte verzweifelt nach Vorhängen verlangt. Aus Sicherheitsgründen gab es bei uns keine Vorhänge. Ganz sicher hatte sie Wahnideen.

«Können Ihnen Ihre Eltern nicht warme Sachen bringen», fragte Ingeborg. Anne erklärte, sie habe «Sendepause». Das Wort benutzten die Ärzte für Kontaktsperren.

Blandina schickte mich mit Anne zum Altkleiderschrank. Oft kamen Patientinnen ohne die richtige Ausstattung, und dort im Schrank verwahrten wir das Nötigste. Anne schaute sich alles in aller Ruhe an. Bei jedem Teil, das für sie infrage kam, las sie laut das eingenähte Namensschild vor. Mir waren diese Schilder in den alten Sachen bisher kaum aufgefallen. Sie las Fr. Feldeisen, Fr. Lehmkuhl, Fr. Meißner und so weiter, als käme es auf diese Namen mehr an als darauf, wie ihr die Sachen gefielen oder passten. Selbst Strümpfe trugen Namen. Ihr Name tauchte natürlich auch auf, aber «Schmitt mit tete», sagte sie trocken. Zwischendurch zog sie aus dem Frauenvorrat überraschend ein Herrenhemd, hielt es wortlos neben sich, als wollte sie es mir zeigen, ein kariertes Fifties- oder Sixties-Hemd.

Nach der Zeremonie zog Anne endlich mit ihrem kleinen Stapel davon und sagte: «Danke», seit dem Arbeitsbadezimmer das erste halbwegs an mich gerichtete Wort. Das karierte Hemd sah ich mir ein paar Tage später genauer an und fand es ziemlich cool, wenn auch ein bisschen Helmut-Kohl-Style. Mit Blandinas Erlaubnis durfte ich es mit nach Hause nehmen.

Anne trug weiterhin Blumenkleid, jetzt aber mit Strickjacke und Socken. Das Badezimmer wurde renoviert, und Frau Schmidt ging im Stationsalltag unter. Wenn mir an ihr noch etwas auffiel, dann wie unregelmäßig sie an den Raucherpausen teilnahm, nicht süchtig, sondern nach Lust und Laune. Sie spielte nicht, sie sang nicht. Sie hatte diese paffende Art zu rauchen. Sie sagte nicht viel.

Eines Tages fragte sie nach ihrer Kamera. Noch nie war offenbar jemand auf die Idee gekommen, auf Station fotografieren zu wollen, jedenfalls klang Blandinas Antwort danach: «Auf keinen Fall. Fotos machen wir hier grundsätzlich nicht.»

«Ich fotografiere ja nur mich selbst.»

«Ich sagte Nein. Selbst wenn, wie sollte das gehen? Soll dann einer von uns Sie fotografieren? Oder Ihre Mitpatientinnen?»

«Das mache ich mit Selbstauslöser.»

«Wie würde es Ihnen gefallen, wenn hier andere mit Kameras rumlaufen würden?»

«Würde mich nicht stören.»

«Mädchen, selbst wenn es *dich* nicht stört», sagte Ingeborg und fing sich gleich, «können Sie sich vorstellen, dass es andere stören könnte? Wenn Sie sich hier bei uns auf Station mal umschauen?»

Anne machte den Eindruck, als müsste sie sich tatsächlich erst mal ein Bild machen und überlegen. «Die Frage wäre doch», antwortete sie dann, «wo landen die Bilder?»

«Ich hab Nein gesagt.»

«Ich mache sie ja nur für mich.»

Blandina guckte nur.

«Sowieso bliebe die Kamera immer in meinem Zimmer.»

«Wenn es Ihnen besser geht, dann können Sie auch wieder fotografieren.» Blandina wandte sich ab, gab sich demonstrativ beschäftigt.

Anne blieb ebenso demonstrativ stehen.

«Aber mir geht es ja schon viel besser. Und ich brauche ... Mit meiner Kamera geht's mir besser.»

«Zum letzten Mal. Es geht nicht! Tut mir leid, Frau Schmidt.»

Anderntags hatte Anne ihre Kamera. Zwischen Dr. Fleermann und Blandina, erzählte mir Evi, hätte es richtig Krach gegeben, am Ende aber war Annes Wunsch erfüllt worden. Von Kamera wie Tasche wurden aus Sicherheitsgründen die Tragegurte entfernt, aber beides durfte mit aufs Zimmer. Die Patientin sollte ihre Kamera sogar mitnehmen zur Beschäftigungstherapie. Das geschah jedoch nicht. Die Patientin selbst verließ, nachdem sie sich durchgesetzt hatte, ihr Zimmer jetzt viel seltener. Und die Kamera, glaube ich, verließ das Zimmer nie.

Warum fragte Anne damals mich? Evi und ich hatten ihr Bett bezogen, auch das ihrer stummen Zimmergenossin. Letztere litt an Mutismus. Evi schob bereits den Bettenwagen wieder hinaus. Anne passte den Moment ab, als sie mit mir fast allein war.

«Ich hätte da eine Bitte. Könntest du die für mich entwickeln lassen, die Filme hier?» Da hatte ich ihre Filmdosen bereits in der Hand. Wenn mich Anne, der Minotaurus mit dem silbernen Hammer, noch einschüchterte, dann war ich mir dessen nicht bewusst.

«Vielleicht. Ich müsste fragen.»

«Müsstest du?»

«Ja, aber ... Kann ich machen. Ich frag einfach, ist vielleicht ... wahrscheinlich gar kein Problem.»

Ich stellte die Döschen unter Annes missbilligenden Blicken wieder auf den Tisch, sammelte die schmutzige Bettwäsche vom Boden auf und stopfte sie in einen der Säcke.

«Für so was ist die Beschäftigungstherapie zuständig», sagte Blandina später sofort.

Vielleicht war mir ihre abschlägige Entscheidung sogar lieber. «Alles klar», sagte ich gleich.

Sie aber lenkte ein. «Ach was soll's. Wenn du willst, dann tu ihr den Gefallen. Wir sind aber nicht ihre Laufburschen. Das Finanzielle regele dann ich mit ihr.»

«Was habt ihr denn hier für einen Fotoladen?», fragte Anne, als ich wieder bei ihr im Zimmer war.

Ich hatte sie noch nie so lächeln gesehen. Sie hatte ein Gummy Smile. Unsere Englischlehrerin hatte uns beigebracht, dass der deutsche Begriff Zahnfleischlächeln ein Verbrechen sei. «Zahnfleischlächeln» war in der Übersetzung irgendeiner Short Story vorgekommen. «It's lovely!», hatte sie ausgerufen, als würde sie in einem Filmmusical den nächsten Song einleiten, «it's a lovely gummy smile!»

«Weißt du, ob euer Fotoladen auch Kontaktabzüge macht?»

«Möglich», sagte ich, wollte mir nicht die Blöße geben und eingestehen, dass ich keine Ahnung hatte, was Kontaktabzüge waren.

«Ich glaube, das machen aber nur Profilabore», erklärte sie. «Wo bringst du denn deine Filme so hin? Fotografierst du überhaupt?»

«Schon. Ein bisschen, mehr im Urlaub und so. Aber Freunde von mir fotografieren, einer entwickelt auch selbst. Hat sich gerade ne ziemlich teure Kamera gekauft, in die man so von oben reingucken kann. Jessica.»

«Eine Yashica? Guck doch mal hier, *mein* Baby. Eine Nikon, F2. Willst du mal halten?»

Die Kamera war überraschend schwer, ein echtes Baby vielleicht nicht weniger massiv und zerbrechlich.

«Und?»

«Schon toll.»

«Wo lässt du entwickeln?»

«Es gibt hier ein Fotogeschäft, aber ich bringe die Filme immer zum Seifenplatz.»

«Seifenplatz?», fragte sie mit Gummy Smile.

«‹Ihr Platz› heißt das eigentlich.»

«Klar, kenn ich. Dann gib die Filme doch einfach dort ab.»

«Aber ich kann auch …»

«Ist egal. Musst nur Express ankreuzen und schwarzweiß und kleinstes Format. Oder ich nehm doch ein größeres …»

Sie gähnte, während sie über das Format nachdachte.

«Schwester Blandina macht dann das Finanzielle», kam ich zum Ende, «ich schätze, Sie müssen im Voraus bezahlen.»

Das *Sie* hatte ich die ganze Zeit umschifft.

«Bringst du sie heute noch?»

Der Seifenplatz hatte mittags bis drei Uhr geschlossen. Ich wartete dort und rauchte. Mit fünfzehn war ich in dem Laden mal beim Klauen erwischt worden, die Verkäuferinnen hatten mir mein Diebesgut, zwei Packungen Zigaretten, einfach wieder abgenommen, ohne Polizei. Klauen war damals kurz in Mode gewesen, aber nach der Drohung der Seifenplatzfrauen, beim nächsten Mal würden meine Eltern informiert, war die Mode für mich schlagartig wieder vorbei gewesen. Seither betrat ich den Laden eigentlich ungern, hatte tatsächlich selten nur mal einen Film hier abgegeben und musste mich konzentrieren, die Kreuzchen auf den Umschlägen an den richtigen Stellen zu machen. Express dauerte nur drei Tage.

Zum ersten Mal hatte ich danach vier Tage Urlaub. Früher hatte ich immer nur Ferien gehabt. Ein Trip nach Amsterdam war der vage Plan gewesen, aber meine ohnehin wenigen Freunde waren versprengt in ihre nahe gelegenen Dienste und Standorte wie in ein fernes Exil. Anscheinend führten wir alle die gleichen einzigartigen neuen Leben. Jedenfalls wurde aus Amsterdam nichts, und ich wusste mit meinem Urlaub nichts anderes anzufangen, als zu lesen und Elvis Costello mögen zu lernen. Der hatte gerade ein irgendwie bedeutungsvolles Album herausgebracht. Country – eine Musik, die ich eigentlich hasste. Tagein, tagaus hörte ich diese Platte.

Zu Hause gab es Streit, weil ich mich weigerte, zu Abend zu essen.

«Bald mach ich mir Sorgen», sagte meine Mutter.

«Hörst du das?», sagte mein Vater. «Deine Mutter macht sich Sorgen. Du bist doch ein hübscher Junge. Pass auf, dass du nicht bald aussiehst wie der Suppenkaspar, ein Strich in der Landschaft.»

Wie sie die Welt sahen, schien mir abstrus – in so mancher Hinsicht, doch in jeder, was mich betraf. Der Sonntagmorgen gehörte in die Kirche und jedes Risiko versichert bei der Feuersozietät. Das Hemd gehörte in die Hose und die Speckrollen an ihren Sohn. Dabei war ich noch unvorstellbar weit entfernt vom Normal-, ganz zu schweigen vom Idealgewicht, Körpergröße minus zehn Prozent.

Trotzig übernahm ich also abends, während meine Eltern aßen, die traurige Pflicht, Blinki, *meinen* Dackel, auszuführen. Natürlich hatten damals auch meine Eltern einen Hund gewollt, aber wenn es ihnen in den Kram passte, betonten sie, es sei mein Hund, ich hätte ihm seinen Namen gegeben, niemals aber wäre ich mit ihm rausgegangen. Blinki war inzwischen so blind, dass er, passte man nicht auf, vom Bürgersteig stürzte.

An meinem letzten Urlaubstag bekam ich dann wie durch ein Wunder einen Anruf: Ich sollte bei einer Band vorspielen. Das Demotape händigte mir, als ich es abholte, die Mutter des Sängers aus. Diese Songs gefielen mir zwar nicht richtig, und der Bandname, Het Tigers, war wirklich bescheuert, trotzdem, sofort begann ich zu üben wie ein Verrückter.

Als nach vier langen Tagen endlich die Arbeit wieder begann, geriet ich in eine Art Alltagsekstase. Es kam einige Male vor, dass etwas in mir geradezu aussetzte. Auf einem x-beliebigen Botengang durch einen stinknormalen Flur brauchte ich plötzlich vor Glück einen Herzschlag oder einen Atemzug weniger. Als Anne mich dann auf Station ansprach, war ich ernsthaft überrascht. Sie legte ihre Hand auf meinen Arm. «Hast du sie schon abgeholt?»

Tatsächlich mussten die ja längst da sein. Sofort schoss mir der Gedanke durch den Kopf, sie könne annehmen, ich hätte die Fotos bei mir zu Hause. Hatte sie nicht gesagt, ausschließlich sich selbst fotografiere sie? Anscheinend lief ich rot an, ohne Ahnung, was genau mir so peinlich war. Wie konnte ich ihre Fotos denn vergessen? Anne ließ für Sekunden die Hand auf meinem Arm.

«Was ist?», fragte Anne.

«Könnten vielleicht schon fertig sein», sagte ich.

«Kommst du heute dazu?»

Blandina regelte das Finanzielle, gab mir Geld, und nach Dienstschluss stand ich kurz vor drei wieder vorm geschlossenen Seifenplatz und las die Sonderangebote, mit denen die Fensterscheiben tapeziert waren. Nachdem die Verkäuferin geöffnet hatte – ich erkannte sie nicht wieder, vielleicht sie mich –, entdeckte ich meinen Fotoauftrag schon von Weitem, denn die beiden Umschläge überragten alle anderen. Ich zog sie heraus, wog sie in Händen, sah den Preis, es war teuer. Ich würde drauflegen müssen, Blandinas Geld reichte nicht.

Auch die Kassiererin befühlte die Umschläge.

«Hast du die nicht kontrolliert?»

«Was denn?»

«Die Fotos. Immer erst kontrollieren. Erst mal ansehen und aussortieren. Du zahlst dann nur die, die was geworden sind.»

«Ach so?»

«Und auch was dir an Fotos nicht gefällt ...», sie machte eine wegwerfende Geste.

«Dann muss ich die aufmachen.»

Sie sah mich zweifelnd an.

«Die Umschläge.»

«Allerdings.»

«Also … hier. Im Laden?»

«Mein Gott, Junge», drückte sie mir die Umschläge in die Hand, «jetzt gehst du da nach hinten zurück in unsere Fotoecke, sortierst aus, was nicht gut ist, schreibst auf, was du noch im Umschlag hast, kommst wieder und zahlst. Oder meinetwegen nimm alles und zahl sofort. Bitte schön.»

Tatsächlich war der Umschlag gar nicht zugeklebt. Ich stand in der Fotoecke und dachte kurz, ich müsste eigentlich Blandina anrufen, sie um ihren Segen bitten. Aber was hätte ich sie fragen sollen? Zudem schlief sie um diese Zeit oder betete oder was immer. Ich hätte auch erst mal in die nächste Telefonzelle gemusst.

Anne war Studentin, nicht reich, glaubte ich. Ich würde die teuren Abzüge nur mal kurz durchsehen, ob zu hell, zu dunkel, zu verschwommen.

Gleich vom ersten Bild fühlte ich mich angeblickt. Zu sehen waren lediglich Annes Augen. Allerdings total unscharf, als wäre man viel zu nah dran.

Als ich das zweite Foto sah, fragte ich mich, ob es gerade tatsächlich Annes Augen gewesen waren, denn sie strahlte Arm in Arm mit irgendeiner Freundin in die Kamera. Beide im typischen Annekleid. Sie standen inmitten einer Trauerweide, sodass sich ihr Haar auf dem Bild mit den Blättern mischte, und irgendwie spielte auch die Sonne eine Rolle, denn alles blitzte silbrig. Ihre glücklichen Gesichter waren überbelichtet.

Das nächste Foto war dunkler, kontrastreich und schärfentief, so nannte man das, glaubte ich. Es zeigte dieselbe

Trauerweide von der anderen Seite. Dort schlug sie Wurzeln in einen Teich oder Bach oder Fluss. Das Wurzelwerk war in jedem Detail zu erkennen, und Anne saß wie verzaubert im Wasser. Sie war nackt. Die nassen Haarspitzen klebten an ihren Schultern, weiter oben reflektierte das noch trockene, hellere Haar das Licht. Anne kauerte, die Knie verdeckten ihren Körper, sie hielt den Kopf leicht schräg und die Augen geschlossen. Das Wasser war schwarz, an einigen Stellen spiegelte sich der Himmel.

Auf dem nächsten Foto war Anne ganz zu sehen. Nur Kopf und Füße waren abgeschnitten. Sie hielt sich vor die Muschi, die Möse – ich kannte so viele Worte, nur nicht das richtige –, breitbeinig in einem Sessel sitzend, einen Spiegel oder eine Glasscheibe, in der sich Stativ und Kamera widerspiegelten. Deutlich sah man ihre Brüste. Ich nahm an, dass es Annes waren.

Mir klopfte das Herz. Ich fühlte mich beobachtet. Erst ein paar Fotos hatte ich kontrolliert und konnte eigentlich sofort schon wieder damit aufhören – zu hell, zu dunkel, zu verschwommen, so würden sie alle sein.

Das nächste Foto war ganz fleckig. Auf einem gestreiften Sofa zwischen Kissen und Zeitung sah ich ein Mädchen mit dunklen Haaren, bekleidet nur mit Stiefeln. Halb sitzend, halb liegend lächelte sie in die Kamera, aber so, als wäre sie angezogen. Oder vielleicht doch wie splitternackt, aber mit einem Lächeln, wie ich es von den anderen Nacktfotos nicht kannte, nicht jedenfalls aus Herrenmagazinen.

Nur zwei Fotos gab es, die einen Mann zeigten, einen gut aussehenden schlaksigen Typen. Er machte Kopfstand, und zwar mit geschlossenen Augen. Auf dem zweiten Bild mit Kippe im Mund.

Darauf folgten nun Bilder von Rasenflächen, von Gräsern, dann kamen ins Bild ragende Körperteile, dann wieder eine Art Steinbruch, Straßenansichten, Bilderrahmen, ein Kühlschrank und eine Garderobe, ein helles, großes Zimmer mit komplett weiß zugepinselter Fensterfront. Anne und Freunde, herumexperimentierende Personen, verkleidet oder nackt, und immer wieder Anne, Anne, Anne.

Erst im zweiten Umschlag fand ich Fotos von unserer Station. Lauter graue Selbstporträts, Anne hockte zumeist in immer derselben Zimmerecke. Der immer gleiche Gesichtsausdruck, halb verborgen unter fettigen Haaren. Das waren so sehr «Selbstporträts einer Verrückten», dass man denken konnte, sie wären ironisch gemeint. Doch bei uns auf Station, zumindest auf der Seite der Patientinnen, war Ironie ein seltenes Stilmittel. Eines der letzten Zimmereckenfotos war anders, es glich dem allerersten aus dem ersten Umschlag. Es zeigte nur Annes große, unscharfe Augen. Klar, es mussten Annes Augen sein.

Sorgfältig packte ich alles zurück in den Umschlag. Er sah fast wieder jungfräulich aus. Inzwischen war ich längst nicht mehr der einzige Kunde, und eine zweite Verkäuferin war aufgetaucht und schlich um mich herum.

«Da bist du ja wieder», empfing mich die Kassiererin, nahm die Umschläge und wog sie in ihren Händen. «Ach, du nimmst jetzt doch alles. Ein Segen. Bei dem großen Format gibt's nämlich doch keine Rücknahme, hat mir eben erst meine Kollegin gesagt. Ein Segen!»

Blandina schimpfte.

«Das machen wir nicht wieder. Ich hab es kommen sehen, das machen wir nicht noch mal», bestimmte sie am nächsten Morgen, «den Umschlag bring ich jetzt der Frau Schmidt persönlich», und sie gab mir aus Annes Portemonnaie, mehr so eine Art Kellnerbrieftasche, das Geld zurück, das ich ausgelegt hatte. Mir war nicht klar, was sie mehr aufregte, der Preis oder die Fotos, auf die sie einen kurzen Blick geworfen hatte.

An diesem Tag war viel zu tun, ich sah Anne lediglich kurz, als sie mit ihrer Gruppe zur Beschäftigungstherapie aufbrach. Dann, bei der Übergabe, kam Ingeborg wieder auf die Fotos zu sprechen. «Unserem Fräulein Schmidt geht's wohl schon wieder ein bisschen zu gut. Die hat bei sich im Zimmer ne ganze Ausstellung aufgehängt. Nacktfotos. Das große Mädchen. Ich meine, in Sachen Kunst ist man hier ja inzwischen einiges gewohnt. Blandina ist sofort hin und hat die Sache mit ihr geklärt.» Ich gab mich unbeteiligt, fragte nicht genauer nach, auch bei Evi nicht.

Irgendeinen Vorwand werde ich gehabt haben, als ich tags darauf Annes Zimmer betrat. Sie lag in einem ihrer Kleider wie ein Stock auf der Bettdecke. Und sofort sprang mich das große Mädchen im schwarzen Wasser an. Der Abzug hing über Annes Bett. Verschlungene Baumwurzeln in einem Teich oder Bach oder Fluss. Darin die nackte Anne mit einem Strich Sonne im Haar. Vielleicht hatte sie es aus Trotz wieder aufgehängt. Oder es war ein Kompromiss mit Blandina gewesen, da hier eigentlich nichts Verbotenes zu sehen war, weil Wasser und angewinkelte Knie ja alles bedeckten.

«Na?» Sie richtete sich ein wenig auf. Es klang nach Lächeln, aber man sah keins.

«Alles klar auf der Andrea Doria?», fragte ich, brachte solche Sprüche ständig, wenn ich auf ein Zimmer kam.

«Du hast dir meine Fotos angesehen?»

Während mir sofort wieder Blut ins Gesicht stieg, machte ich mir am Mülleimer zu schaffen. Woher wusste sie es? «Schon», murmelte ich, «ja, Express war in dem Format so teuer, und da hat die Kassiererin gesagt ...»

«Kein Problem. Wenn die so geheim wären, dann hätte ich dich nicht gefragt.»

Danach stand ich mit dem Müllbeutel in der Hand vor ihr und betrachtete, nun mit offizieller Erlaubnis, das Foto.

«Studierst du das? Kunst? Oder Fotografie?»

«Ich studiere Fotodesign in Dortmund.»

«Ich find die gut.»

«Meine Bilder?»

«Ja, find ich gut.»

«Echt?»

«Hab da natürlich nicht so viel Ahnung davon. Erst wollte ich eigentlich die ganzen Unscharfen aussortieren. Aber da hab ich dann nicht weitergewusst. Beziehungsweise nicht gewusst, wo anfangen.»

«Süß. Aber zwei Drittel von denen gehören schon in den Müll. Mindestens.»

«Zwei Drittel?», sagte ich. «Dann war's aber ne ganz schön teure Angelegenheit.»

«Ich will aber ein paar um mich haben. Das war im Sommer», sie nickte ihrem Foto zu, «zuletzt, da hab ich ...»

Sie ließ den Satz offen. «Na ja, der Arzt sagt, ich hätte

früher kommen sollen. Kommen *können*, meinte er. Sehr lustig. Konnte ich nämlich nicht. Er sagt auch, mit mir ginge es erstaunlich bergauf, ich hätte nämlich eine *Spitzenkrankheitseinsicht.*»

Gummy Smile.

Offenbar ging es mit Anne derart bergauf, dass schon Selbstironie möglich war, zumindest ein bisschen.

«Am Wochenende verlegen sie nicht, und Montag ist Rosenmontag, hat er gesagt. Deshalb lässt er mich Freitag schon auf die Offene. Morgen soll ich noch mit auf diese Karnevalsfeier.»

«Toll.»

«Ich hasse Karneval.»

«Ich auch», sagte ich.

«Schickes Hemd, übrigens.»

Unterm Kittel trug ich das Hemd aus dem Altkleiderschrank.

«Danke.»

«Herr Kuli», sagte Anne.

Gummy Smile.

«Wieso? Was heißt das? Wieso Kuli?»

«Findest du noch raus.»

TANZDIENST

Beißt hier jemand? Beißt jemand von Ihnen, meine Damen? Dann bitte melden. Sehen Sie? Beißt keine. Also schön unterhaken. Gleich wird nämlich geschunkelt. Ich gehe nur kurz noch mal ab, und wenn ich wieder hochkomme auf die Bühne und das Wort rufe, dann antworten Sie bitte diesmal alle aus vollem Halse. So laut Sie können! Verstanden?»

Professor Simoneit war aufwendig als Tulpe verkleidet, sein gelbes Gesicht der Stempel einer roten Blüte, gekrönt von seiner weißen Chefarztmähne. Ich war ihm noch nicht oft begegnet. Was aber jeder von ihm wusste, war, dass seine Ehefrau, eine ehemalige Krankenschwester, auch vormalige Miss Nordrhein-Westfalen war. Ich stellte mir vor, wie eine schöne Frau im Spindelzimmer seiner Villa an diesem Kostüm gearbeitet hatte.

«Nun, meine Damen!», rief er endlich, «ein dreifaches, kräftiges ...»

Alle bezwangen ihre vielfältigen Gründe, es mit dem Überschwang nicht zu übertreiben. Darunter ich, verkleidet als eine Art Chaplin ohne Gehstock und Hitlerbart. Ich trug ein rotes Herz auf der Wange und ein Jackett meines Vaters, das nach altem Schweiß roch. Auf dem Kopf hatte ich eine zu Hause auf dem Dachboden gefundene Pappmelone.

«Helau, helau, helau!»

Über dem Chefarzt hing das diesjährige Karnevalsmotto: *«Jux und Dollerei – was ist schon dabei?»*

Darüber hatte ein Patientinnengremium abgestimmt. Häschen erzählte, dass die Alternative sich nicht hatte durchsetzen können: *«Wir brauchen keinen Grund – Lachen ist gesund!»*

Die Bühne war über und über mit Papierblumen geschmückt, pastellfarbenen, zarten Gebilden, an denen sie in der Beschäftigungstherapie wochenlang gefaltet haben mussten.

Ich fand Professor Simoneits Rede nicht lustig, dennoch lachten alle bis auf die, die wirklich nicht dazu in der Lage waren. Also lachte auch ich. Alkohol gab es keinen. Wir, das Pflegepersonal, waren gleichmäßig auf die Tische verteilt, ich saß bei sieben Frauen, die ich nicht kannte. Vielleicht sollte ich Aufsicht gewährleisten, auf jeden Fall war ich für die Verteilung von Kaffee und Kuchen zuständig. Diätbedingt aß ich nichts, lechzte aber heftig danach, während ich meinen Patientinnen Sahne auf ihre Teller sprühte.

Von unserer Station hatten nur fünf kalkulierbare Patientinnen mitgedurft. Eine davon war Anne. Sie saßen bei Blandina. Als ich mich nach ihnen umdrehte, war deren Stuhl jedoch leer. Anne sah mich an. Sie hatte sich lediglich eine Sonnenbrille aus unserer Verkleidungskiste gefischt und sah damit aus wie ein Filmstar, fand ich. Dann merkte ich, dass sie nicht mich, sondern die Bühne im

Blick hatte. Einige Nonnen postierten sich dort um Mikrofone. Als Verkleidung trugen sie nichts als Luftschlangen um Schleier und Kragen, davon aber reichlich. Unter ihnen auch Blandina, die gekonnt das Mikrofon für ihre Gitarre justierte. Applaus brandete auf. Sie warf einen Blick zu ihren Mitschwestern und gab, mit den Birkenstocks auf den Boden tappend, mit den Fingernägeln über die Saiten schrappend, ziemlich elvismäßig den Takt vor. Alle kannten dieses Lied. Binnen Sekunden war der ganze Saal auf den Beinen. Mein Tisch sang bereits.

Nur ich bewegte mich nicht, blieb *als Einzigster sitzen auf meinem fetten, faulen Hintern*, wie mein Vater es ausgedrückt hatte, als ich mal mit vierzehn im Gottesdienst vor einer Monstranz nicht auf die Knie gefallen war.

«*Live is life!*», tobte der Saal.

Ich sah mich nach Anne um. Die machte ganz ohne Filmstarallüren mit.

«*Live is life!*», der ganze Saal.

Also stand auch ich auf: «*Nanananana!*»

Hinterher sah Blandina ihre Band an, als hätte sie mit diesem Durchbruch nie gerechnet.

«Zugabe, Zugabe!» kam von überall.

Doch die Nonnen musizierten nicht mehr, strahlten nur glücklich in die Applausreste. Blandina kündigte den nächsten Programmpunkt an: Büttenrede von Dr. Preuss. So ging das Fest dahin.

Als überraschend die Kaffeetische an den Rand geschoben wurden, ahnte ich, was kommen würde. Die Musik ging bereits los, viel zu laut für ein Krankenhaus.

«Komm, junger Herr.» Eine Patientin stand vor mir. Sie

hatte, vom Arzthumor unbeeindruckt, an meinem Kaffeetisch vor sich hin gefuttert und griff jetzt nach meiner Hand.

«Aber ich kann es nicht.»

«Komm, junger Herr.»

«Ich habe nie einen Tanzkurs gemacht.»

Sie zog mich mit festem Griff auf die Tanzfläche und lotste meinen Arm in ihren Rücken.

«Aber ich kann nur so hin und her.»

«Find ich doch schön.»

Von da an wurde ich weitergereicht. Meine erste Tanzdame gab mich nicht gerne her, gehorchte aber, als ich abgeklatscht wurde. Tatsächlich klatschten sie kurz nur in die Hände, und ich gehörte einer anderen. Mein Bärentanz schien niemanden abzuschrecken. Später brachte mir eine Patientin einen Zwischenschritt bei, doch damit kam ich mir auch nicht eleganter vor. Als Häschen mich abklatschte, strahlend, schaffte sie es, ein Lied lang gleichzeitig auf mich einzureden und mitzusingen.

Allmählich geriet ich aus dem Bann meiner eigenen Peinlichkeit heraus, auch aus dem der ungewohnten Nähe und Ausdünstungen. Ich konnte wieder sehen und hören. Die Boxen waren ganz offenbar kaputt, obwohl sie wie neu aussahen. Die Musik war ohnehin des Teufels. Ein paar Könnerinnen tanzten Diskofox oder wie man das nannte. Woanders stille Konzentration unter Karnevalshütchen. Beschlagene Brillen. Dahinter Panik. Oder Glück. Sowieso stand die Mehrheit der Patientinnen immer noch am Rand der Tanzfläche, wie in der Disko, und guckte zu. Alle Männer hingegen mussten ran, Ärzteschaft, Verwaltung,

Küche, Haustechnik, Gärtnerei, die Landwirtschaft und ich.

«Lassen Sie mir mal den jungen Mann», klatschte mich schließlich Blandina ab. Zum Glück wollte sie nicht tanzen, sondern mir lediglich eine Pause gönnen. Sie brachte mir Wasser. Ich war nass geschwitzt. Bald schon witterte meine allererste Tanzpartnerin ihre zweite Chance, rollte auf mich zu, da tauchte neben Blandina Anne auf – «'tschuldigung» –, schnappte mich und zog mich noch entschlossener auf die Tanzfläche als meine erste Dame es getan hatte. Die Sonnenbrille trug Anne im Haar.

Die Musik, noch ein wenig weiter aufgedreht, befahl unnachgiebig Frohsinn. Wir wiegten uns gemessen hin und her. Annes Hand war feucht. Eigentlich hatte ich mit den anderen nicht besonders viel anders getanzt. Vielleicht zog Anne mich weniger dicht zu sich heran. Manchmal schloss sie die Augen.

«Ich kann's nicht», rief sie.

«Genau wie ich.»

«Machst es aber stundenlang.»

«Tanzdienst.»

«Ach so … danke schön.»

Ihr Atem roch nach Kuchen.

«Dann führ doch!»

«Was?»

«Dann führ doch bitte auch. Wenn du schon Tanzdienst machst.»

«So viel Ahnung hast du dann doch, dass du weißt, dass ich führen muss?»

«Hab nie nen Tanzkurs gemacht.»

«War mir auch zu spießig.»

«Heute bereu ich es.»

«Echt?»

«Komm mal in mein Alter.»

«Wie alt bist du denn?»

«Fragt man eine Dame nicht ... und du?»

«Neunzehn, fast zwanzig.»

«So hat das mein kleiner Bruder auch immer gesagt. Ich bin acht, fast neun.»

Der Chefarzt wirbelte eine Patientin vorbei.

«Kannste dir was abgucken.»

«Tanz doch mit ihm.»

«Die haben so n Karnickelblick.»

«Wer?»

«Die Frauen haben alle bei dem so n Karnickelblick. Ich bevorzuge Stümper», grinste sie.

«Was?»

«Ich bevorzuge dich.»

Ich war mir nicht sicher, ob ich das richtig verstanden hatte. In ungesunder Lautstärke begann «Der Puppenspieler von Mexiko» von Roberto Blanco.

«Lass uns einfach noch ein bisschen die Musik genießen», rief sie, und ich fragte mich, ob sie den Song denn nun ganz normal hasste oder nicht vielleicht doch sogar irgendwie mochte. Sie machte so ein mehrperspektivisches Gesicht, wie von Picasso.

Kurz darauf wurde ich abgeklatscht.

Mein Tanzdienst währte noch länger. Ab und zu schob Blandina an mir vorbei, im Arm die Ordenskollegin, die für Fotos verantwortlich war und alle beim Reinkommen in ihren Kostümen abgelichtet hatte. Einmal versuchte es eine Patientin bei mir so richtig engtanzmäßig. Zum Glück kam bald der Ententanz. Um Punkt fünf war Schluss.

Es war Annes letzter Abend auf Station, vielleicht stand sie deshalb in der Tür. Ich war im Arbeitsbadezimmer und gerade mit Frau Czybulka beschäftigt. Erst später kam ich darauf, dass Anne den Raum womöglich nie wieder betreten hatte, es für sie eine Art Tatort sein musste.

Die alte Dame sah sie an. «Was können wir für Sie tun?»

Anne in der offenen Tür. Gummy Smile.

«Der geht's gut», sagte Frau Czybulka zu mir. «Ihnen geht's auch gut, das ist die Hauptsache. Und wie geht's jetzt mit uns zweien weiter?»

Ich hielt Frau Czybulka ihre Gebissdose hin.

«Die Zähne», sagte ich.

Sie sah mich mit großen Augen an.

«Ihr Gebiss. Hier reinlegen. Bitte.»

Sie kapierte es nicht.

«Was ist denn damit?» Sie fletschte die Zähne.

«Die müssen in die Dose hier.»

«Dann komm mal her», sagte sie.

Ich klapperte mit der Gebissdose, zeigte ihr darin das Sieb, um ihr auf die Sprünge zu helfen.

«Ja, ja, tu mal weg!»

«Soll ich Ihnen vielleicht helfen? Wenn Sie den Mund aufmachen ...»

«Stell dich doch nicht so an», sie reckte sich vor.

«Hier in die Dose ... Machen Sie mal den Mund auf.»

Sie hatte die Lippen gespitzt.

«Bitte Mund auf.»

«Mensch, ich mach schon den Mund auf», sagte sie und streckte den Körper weiter vor, die Augen geschlossen, die Lippen gespitzt.

Anne gluckste. Jetzt war sie zu uns ins Badezimmer gekommen.

«Verstehst du es nicht? Sie will dich küssen.»

Ich sah Frau Czybulkas Lippen. Ich fand es nicht witzig.

Doch Anne gluckste wie ein Kind. Erst steckte ihr Lachen Frau Czybulka an, irgendwann auch mich.

«Was ist denn?», fragte die alte Dame, die Augen wieder offen. Sie bleckte amüsiert ihre Dritten und machte dabei ein merkwürdig mahlendes Geräusch. Abwechselnd blickte sie uns an, jene hübsche junge Frau und diesen stattlichen jungen Mann. Schließlich nahm sie umstandslos ihr Gebiss heraus, legte es in die Dose mit den Worten «Guten Abend allerseits» und ging.

Es war zu komisch. Und es dauerte, bis Anne und ich uns beruhigt hatten. Plötzlich aber war mir beklommen zumute. Die Tür stand ja offen. Naheliegend, dass jemand das Lachen gehört hatte und nachschauen kam. Fehlte nur noch, dass Anne sich auf den Rand der Wanne setzte und die Beine übereinanderschlug wie eine Kollegin.

«Puh», sagte sie, «ich hab gelacht. Ich hab richtig gelacht.»

Ich ordnete die Gebissdosen. Ein Handtuch lag auf dem Boden, ich hob es auf.

«Na dann», sagte sie.

«Okay, bis später», sagte ich, «oder gute Nacht.»

Ich warf das Handtuch in den Wäschesack.

«Dann komm mal her», sagte Anne.

Sie beugte sich vor, spitzte die Lippen, schloss die Augen.

«Komm mal her.»

Ich hatte den Witz verstanden, lachte.

«Jetzt stell dich doch nicht so an.»

Ich lachte lauter, als Signal, dass ich es kapiert hatte.

Anne beugte sich vor, spitzte die Lippen, dehnte den Witz.

«Komm mal her.»

Ziemlich nah war ich jetzt bei ihr. Anne hatte ihr dunkles Haar an einer Seite hinters Ohr gesteckt, auf der anderen fiel es ihr ins Gesicht. Sie hielt mir die Lippen hin. Es war kein Witz mehr, dauerte zu lange.

«Komm her.»

Ihr Kussmund. Plötzlich stand ich direkt davor. Annes Lider flackerten. Sie öffnete die Augen. «Ah», sagte sie rätselhaft.

Eine endlose Sekunde lang blieben wir so. Unwillkürlich steckte ich die Hand in meinen Kittel zu Schlüssel und Magnet. Dann machte ich eine winzige Bewegung auf sie zu. Oder sie auf mich. Ihre Augen verschwammen, und ich fühlte ihre Lippen. Es war kein Kuss. Nur ein Touchieren, eine sanfte Kollision wie beim Französischeinparken.

Am nächsten Morgen wurde sie verlegt.

HET AMALFI TIGERS

Clemens, der Schlagzeuger, war auch der Sänger. Bass spielte Katze. Bei meinem Vorspiel traute ich mich nicht zu fragen, warum er sich Katze nannte, jedenfalls trug er um den Hals eine Art Hundehalsband. An der Wand hing ein Betttuch, daraufgesprayt stand «Het Tigers», in hippiemäßigen Regenbogenfarben.

«Wir heißen übrigens nicht mehr so», erklärte Clemens.

«Sondern?», fragte ich.

«Het Amalfi Tigers.»

Ich fand den neuen Bandnamen noch deutlich beschissener, fragte aber: «Wieso eigentlich *het*?»

«Alle heißen immer *The*. *The Irgendwas*. Und *Het* heißt *The* auf Holländisch. Wenn wir bald in den Charts sind, wissen alle Kenner Bescheid, und die Idioten denken, es wäre ein Tippfehler.»

Ich grinste vorsorglich, falls das ein Witz gewesen war. «Und jetzt Amalfi?»

«Klingt doch geil italienisch», sagte Katze.

«Kommt auch astrein, gerade weil wir auf Englisch singen. Und ik ben half Nederlands. Halber Holländer, verstehst du?»

Ich verstand nicht.

Katze fragte: «Hast du deiner Tante das Tape gegeben?»

«Klar.»

«Die tut's in ihren Tresor», erklärte Clemens mir.

Katze sagte: «Copyright!»

Für mich ging hier einiges durcheinander. Ich nickte einfach, war höllisch aufgeregt. Zwar gefiel mir ihre Musik nicht wirklich, vor allem war mir Clemens' Stimme zu hoch und sein Englisch zu Deutsch, meinetwegen auch Holländisch, aber trotzdem wollte ich unbedingt dieses verdammte Vorspiel bestehen. Wenn ich das mit diesem Safe halbwegs richtig verstanden hatte – nämlich dass sie irgendwelche Angst hatten, dass man ihnen ihre Songs klaute –, war das eindeutig größenwahnsinnig.

Clemens zählte an, und ich kam recht gut durch die erste Nummer. Dann gleich ein zweites Stück. Ich kam wieder passabel durch, machte, schien mir, weniger Fehler als Katze. Die Gesangsanlage zerrte. Es begann, Spaß zu machen. Clemens zimmerte in die Becken. Beim dritten Mal bot ich ein Solo an.

Danach Clemens mit einem Trommelwirbel: «Wir sind komplett!»

«Scheiße», Katze strahlte, «schlag ein!»

Ich zögerte keine Sekunde.

Der Proberaum war im Keller, nach meinem erfolgreichen Vorspiel tischte uns Clemens' Mutter oben im Esszimmer ein Mittagessen auf. Es gab Bohneneintopf, Clemens' Mutter brachte uns dazu noch einen Teller Pfannkuchen. Erst als dieser Teller leer war, hatte ich vollends begriffen, dass Clemens und Katze keine Witze machten. Sie hielten sich wirklich für die Allergrößten. Und jetzt, nachdem Het Amalfi Tigers endlich komplett waren, offenbar auch mich. Ich war ihnen nicht zu fett und spielte grandios genug. Und es schien sogar etwas dran an ihrem Gefasel von einer Hollandtournee.

Eine Woche später ging es bereits nach Groningen. Jeden Tag hatten wir geprobt. Clemens und ich warteten, denn Katze hatte einen *Bandbus* angekündigt. Er fuhr dann vor mit einem alten VW-Pritschenwagen, auf dessen Ladefläche er einen hölzernen Aufbau montiert hatte. Das Ding sah ziemlich stabil aus, und auf allen Seiten lasen wir in Regenbogenfarben unseren Bandnamen. Selbst vorne über den Motorblock hatte Katze *Het Amalfi Tigers* gesprayt, und zwar spiegelverkehrt. Nicht völlig uncool, fand ich.

«Und wisst ihr was», schrie Katze, «wir laufen jeden Tag im Supermarkt.»

«Wie?», fragte Clemens.

«Im Coop. Ich hab da doch den Job. Ich hab unser Tape meinem Chef gegeben. Der hat sich's angehört, und jetzt läuft's jeden Tag.»

«Geil», sagte ich.

«Du hast doch Führerschein?», fragte Katze.

Clemens hatte nämlich noch keinen. Zwar wusste ich, dass er noch zur Schule ging, hätte ihn aber niemals für erst siebzehn gehalten. Trotz seines Größenwahns oder auch deswegen. Clemens war schon auf den Beifahrersitz geklettert, fasste alles an, jubelte: «Geilheit! Geilheit! Jungferfahrt!»

«Das heißt Jungfer*n*fahrt», sagte Katze.

Er zündete sich erst mal in aller Ruhe eine Zigarette an, legte ein Tape mit hypernervösem Jazzrock ein und ließ dann ganz gemächlich sein Schiff vom Stapel, mit ein, zwei Fehlzündungen, als wollte er noch etwas Feuerwerk beimischen. Draußen war es beinahe frühlingshaft. Rentner inspizierten ihre Vorgärten.

«Wieso stinkt das hier drin so?», fragte Clemens.

«Was?»

«Nach Benzin.»

«Ist so», sagte Katze, «hab ich schon so gekauft.»

«Puh, ich mach mal Fenster runter», sagte Clemens, «rauchen tu ich hier lieber nicht!»

Ich saß hinten. Vielleicht meinte ja jeder von uns, dachte ich, dass nicht *er* hier der Seltsame war. Jedenfalls war ich unterwegs zu meinem ersten richtigen «Gig» und gehörte dazu, ob ich wollte oder nicht, und ich wollte es ja eigentlich bis unter die Schädeldecke. Unsere «Location» hieß Eetcafé de Smederij, es sollte zweihundert Gulden Gage geben, und dieses Eetcafé stellte uns, das war überhaupt das Beste, drei Betten im sogenannten «Artist Apartment», der Künstlerwohnung. Als ich meinen Eltern begeistert davon erzählt hatte, hatten sie mir trotzdem fünfzig Mark extra mit auf den Weg gegeben.

«Heute in sechzehn Jahren trennen wir uns», schrie Clemens.

«Wieso sechzehn?»

«Genauso lange gab's King Crimson.»

Ich kannte diese Crimson nicht, brüllte aber wie ein junger Amalfi Tiger: «Dann tröstet uns der Reichtum!»

Wir durchquerten das Emsland. Kurz hinter Meppen,

von dem ich nur wusste, dass mein Kopfnüsse verteilender Klassenlehrer dort irgendwann Schuldirektor geworden war, wechselte das Wetter. Clemens klatschte unaufhörlich auf seine Oberschenkel, übte anscheinend Schlagzeuggrooves.

Katze verlor die Geduld: «Ey, hör doch mal damit auf, guck lieber mal raus, Mann. Es schneit!»

«Das kann ich durchaus gleichzeitig.»

«Aber das nervt!»

«Ich wärm mich nur auf, Mann. Hast du überhaupt Heizung an?»

Katze fummelte am Armaturenbrett. Es fielen immer dickere Flocken. «Kommt hinten was?», fragte er mich.

«Sind hier bei mir denn überhaupt Lüftungsschlitze?»

«Scheiße. Geht, glaub ich, nicht. Die komplette scheiß Heizung funktioniert nicht.»

«Schweinegeiler Kälteeinbruch», sagte Clemens.

«Und was ist daran geil?», fragte Katze, «ich hab nur die dünne Jacke hier.»

«Die Heizung hast du beim Kauf gar nicht gecheckt?»

Katze nahm eine Parkplatzausfahrt. Dort standen wir jetzt förmlich im Schneesturm, holten unsere Taschen aus dem Heckaufbau, zogen alles über, was wir hatten.

«Mein Gott, es ist März! Vorhin war doch noch Frühling», klagte ich, «waren eben doch noch an die vierzehn, fünfzehn Grad. Locker unter null jetzt.»

Nachdem wir dann die holländische Grenze passiert hatten, fuhr Katze schon wieder raus. Die Idee war, Clemens' Decken zu benutzen. Der besaß keine Koffer für sein Schlagzeug, hatte Trommeln und Becken nur in alte

Decken gewickelt. Die zogen wir jetzt aus dem Pritschenraum und wickelten uns darin ein. Bisher waren in meinem Leben schon deutlich harmlosere Kälteeinbrüche die Startrampen für Fettenwitze gewesen, aber die beiden verschonten mich. Und für vorauseilende Selbstironie war mir zu kalt. Und es wurde immer noch kälter. Bitterkalt, das sagt man so, aber unsere Benzinluft schmeckte jetzt wirklich bitter. Wenigstens hatte Clemens sein Schenkeltrommeln aufgegeben. «Komm, Rauchpause», bat er.

«Was, jetzt? Rauch doch. Ich rauch doch auch.»

«Ich will in dem Benzinmuff nicht», sagte Clemens.

«Aber im Schneegestöber willste?»

Katze hielt. Auch ich war froh über die Zigarettenpause, obschon sie natürlich albern war, wir bekamen unter irgendeinem Vordach kaum unsere Kippen angezündet. Clemens machte draußen allen Ernstes, rauchend im Schneesturm, Kniebeugen.

«Kannst du weiterfahren?», fragte Katze mich.

Ich war noch nie einen Bulli gefahren. Vorm Starten zog ich wegen der Eiseskälte sicherheitshalber den Choke. Der Motor soff ab. Katze schob den Choke kommentarlos wieder rein, schirmte genervt die Augen ab, vielleicht hatte er auch Kopfschmerzen. Jetzt startete der Motor. Der Bulli hatte kaum Anzug, war lahm wie ein Trecker. Schließlich war ich auf der Autobahn. Hier war es plötzlich grandios, so hoch über der Straße zu sitzen. Der Hollandfunk spielte dazu eine Countrynummer, den Sound, von dem ich wusste, dass die anderen ihn besonders hassten. Das Stück war gar nicht schlecht, demonstrativ summte ich mit.

Katze sagte nur: «Mach mal lieber Licht an!»

Mit Licht schwebte uns die Welt in Stücken entgegen. Es war toll, aber mir wurde auch schummrig. War, sagte man, erfrieren nicht wie träumen? Plötzlich war der Motor aus.

«Was ist?», fragte Katze.

«Keine Ahnung.»

«Mach den Warnblinker an!»

«Wo ist der?»

Von hinten flackerte es, hupte es.

«Fahr rechts ran, Mann!»

Auf dem Standstreifen öffnete Katze die Motorklappe, ratlos.

«Einer muss zur Notrufsäule», sagte er.

Irgendwann fanden wir uns in einer ungeheizten Werkstatt wieder. Der Wagen war wieder angesprungen, aber auch immer wieder abgesoffen, hatte am Ende kaum noch Zug gehabt. Mit Mühe und Not waren wir bis ins nächste holländische Städtchen gekommen. Dort sagte der Mechaniker, er möge keine *Moffen*. «Irgendwas zwischen deutscher Dumpfbacke und Nazi», hatte uns Clemens das Wort übersetzt. Dann war der Mann verschwunden, während wir hofften, dass es irgendwie weitergehen würde nach Groningen. Clemens ging den Typen suchen.

Als er zurückkam, erfuhren wir, irgendein Ersatzteil sei bestellt, aber das käme erst morgen Vormittag.

«Was machen wir jetzt?» Katze sah uns an, als wären wir schuld.

Sofort schlug ich vor: «Ich könnte meinen Vater anrufen.»

Katze grinste merkwürdig.

«Der könnte uns vielleicht abholen.»

«Sag mal, tickst du?», fragte Clemens.

Ich verstand nicht ganz, wurde rot, zum ersten Mal bei den Amalfi Tigers. Nie hatte ich mich für ein Mamasöhnchen gehalten, aber um genau so was schien es hier zu gehen.

«Ich ruf jetzt beim Eetcafé an», verkündete Clemens.

Es war dann längst dunkel, als wir immer noch auf der Suche waren nach einem «Schietsportcentrum». Das Eetcafé hatte uns in diesem Städtchen, wo wir gestrandet waren, eine Übernachtung organisiert, in jenem Zentrum. Das Lachen über das Wort Schietsport war uns schnell vergangen. Es schneite nicht mehr, war aber immer noch unter null. Zu Fuß irrten wir durch die Fremde, aber wen wir auch fragten, keiner kannte, was wir suchten, man schickte uns immer nur ungefähr in Richtung der Adresse. Ein Taxi kam vorbei, aber es hielt nicht für uns. Wir waren, gehüllt in unsere Schlagzeugdecken, wohl ein zu seltsamer Anblick.

In einem Imbiss wärmten wir uns auf. Deutsche Mark waren kein Problem, und wir trösteten uns mit Frikandeln und Bier. Das Eetcafé war nicht amüsiert gewesen, berichtete Clemens, keine Rede von einem Ersatztermin.

Schließlich, vor Kälte komatös, fanden wir eine seltsame, flache Halle. Im Eingang rauchte jemand. «Da seid ihr ja, ihr Pechvögel!»

Es war ein Opa in Hut und Mantel, mit irgendwem aus dem Eetcafé verwandt oder verschwägert. Er erklärte uns das alles in zügigem holländischem Deutsch, führte uns durch sein Schützenvereinsheim oder was das war. Es sah aus und roch wie eine Schule. Einmal erhaschten wir einen Blick in einen seltsamen Raum, einen Blick wie ins Weltall.

«Nicht viel los bei dem Wetter», erklärte unser Betreuer, «ich mache übrigens auch Musik, aber ohne Auftritte. Na, ihr macht ja auch keine Auftritte, nicht wahr, Jungens, was? Lacht doch mal, seht's mal bisschen locker.» Er führte uns in einen gelblichen Saal mit Tisch- und Stuhlstapeln an den Wänden, in der Mitte drei Feldbetten. «Ich hab extra ein kleines Frühstück aufgebaut», er wies auf einen Tisch. «Ich schließ euch nämlich hier ein, Jungens. Das geht nicht anders. Man kennt sich nicht, da kann ich euch keinen Schlüssel geben. Okay?»

«Danke, Petrus», sagten wir ernsthaft dankbar.

So hieß er nämlich tatsächlich, Petrus. Erst als er weg war und wir sein Frühstück – gelblicher Brotaufstrich, Toastbrot und drei Messer – inspiziert hatten, bemerkte Katze: «Ist so was von dermaßen scheißkalt hier.»

Wir suchten die Heizkörper im Saal, drehten sie auf. Immerhin knackten sie. Dann suchte jeder für sich nach etwas Wärme. Ich fand eine kleine Küche, man roch förmlich, dass dort ein Heizkörper sein musste. Ich fand ihn in einer Nische unter der Arbeitsplatte, kroch hinein und war versteckt. Hinter meinem Rücken gluckste es, die Hitze tat richtig weh. Ich blieb da unten in meinem Schlupfwinkel. Einmal kam Clemens in die Küche, kurz darauf Katze. «Ey, wo seid ihr? Habt ihr was gefunden?» Knie an der Brust, tat ich keinen Mucks.

Irgendwann erschien mir in meiner Höhle Anne. Ich dachte überraschend heftig an sie, malte sie mir aus, mich überkam eine kribbelnde Sehnsucht. Ich erinnerte mich an ihre Fotos, die nassen schwarz-weißen, eigentlich braunen Haarspitzen auf ihren Schultern. Daran, wie ich mit ihr getanzt, ihr Atem nach Kuchen gerochen hatte. Warum nur hatte sie mich *Kuli* genannt? Ihr Gummy Smile. Ihre Art zu rauchen. Wie sie «Ich bevorzuge Stümper» gesagt hatte. Mein gesamter auftauender Körper begann sich zu erinnern, wie sie im Arbeitsbadezimmer die Lippen gespitzt hatte.

Nach unserem letzten Abend hatte ich keinen Dienst gehabt und später auch nicht nachfragen mögen, auf welche Station sie verlegt worden war. Was hätte das für einen Sinn gehabt? Irgendwann hatte ich dann doch Ausschau gehalten, mich gewundert, dass ich sie nie draußen mit Zigarette antraf, als ich vor oder nach der Arbeit eine Runde ums Krankenhaus drehte, extra für sie. Dann war Anne wieder vergessen gewesen. Tagelang hatte ich nicht an sie gedacht. Jetzt aber, hier in der dreckigen Nische unter der Arbeitsplatte, mit meinem sehnsüchtigen Rücken an den Heizrippen, stand die Zeit still, in der wir uns geküsst hatten. Die Sekunde. Millisekunde.

Katzes Schuhe erschienen. «Sag mal, spielen wir verstecken?»

«Piep», machte ich.

«Wo steckst du denn», er lachte, «wo bist du, du Penner?»

Alle drei hatten wir einen Platz zum Aufwärmen gefunden, Clemens einen winzigen, überheizten Raum voller leerer Regale und mit einem Kühlschrank voll Bier. Jeder nahm eine Flasche, und wir genossen es schon, etwas Eiskaltes überhaupt wieder genießen zu können.

«Kommt, ich zeig euch mal was», Katze führte uns zu einer weiteren Entdeckung, «aber lasst das Licht aus!»

Es war der Weltraumraum. In der Ferne sah man unzählige schwach glimmende Punkte, davor schwebten sechs, sieben Sonnen, mattpink und neongelb. Auch die Akustik war besonders. Katze gab uns Zeit, dann schaltete er das Licht an. Der Anblick war ernüchternd, bis auf den Sand auf dem Boden. Das Ganze war wohl eine Schießbahn oder ein Schießstand, wie immer das hieß, die Sonnen waren schäbige, fluoreszierende Zielscheiben. Das Besondere war der Sand, der den Boden in seiner gesamten Länge und Breite bedeckte, und dieser Raum war zwanzig, fünfundzwanzig Meter lang, mindestens. Vom schönen fernen Funkeln aber sah man jetzt rein gar nichts mehr.

Clemens sagte: «Mach wieder aus.»

Nun, im Dunkeln, glommen die bunten Sonnen und die Sterne heller als zuvor. Sie hatten offenbar Hunderte Leuchtaufkleber auf die Wand hinten gepappt, in Sternform oder wie immer. Der Anblick jedenfalls war echt erhebend.

«Wahrscheinlich üben die hier Nachtschießen», sagte Clemens.

«Lass mal den Kühlschrank leer trinken», sagte Katze.

Genau das taten wir dann. Oder zumindest versuchten wir es. Die meiste Zeit tranken wir auf der Schießbahn im Dunkeln. Dort fühlte man sich auf eine billige, bunte Art verloren im Weltraum, und es war dort auch genauso kalt.

Deshalb gingen wir zwischendurch zum Aufwärmen immer wieder ins Kühlschrankzimmer.

«Sind hier eigentlich Waffen?», fragte Clemens irgendwann.

«Müssten», antwortete Katze.

Das war's zum Glück schon zu diesem Thema, keiner hatte Interesse. Stattdessen machte ich immer wieder das Licht an, bis Clemens oder Katze sagten: «Reicht.»

«Und auf der Arbeit», fragte Katze irgendwann, «wie muss man sich das bei dir vorstellen? Wie in ‹Einer flog über das Kuckucksnest›?»

Darauf hatte ich eigentlich nur gewartet, so scheiße fand ich diesen Film. So was von klischeemäßig. Und das sagte ich jetzt.

«Da sind doch wirklich alle Normalen Monster und alle Verrückten Genies. Erinnert ihr euch an die Pfleger?», regte ich mich auf. «Die sind nicht nur alle schwarz, die tragen auch alle weiße Hemden mit Fliege!»

«Du nicht? Schade», sagte Katze. «Fliege fänd ich geil. Und so Elektroschocks?»

«Die gibt's», ich ließ mich nicht aus dem Konzept bringen, «Elektrokrampftherapie heißt das! Werden nämlich epileptische Anfälle mit ausgelöst. Ist keine Folter, sondern hilft bei Depressionen. Machen wir aber mit Narkose.»

«Und Keil in Mund?»

«Ja», musste ich zugeben, «Keil in Mund gibt's noch. Damit man sich nicht auf die Zunge beißt.»

Die beiden ließen sich den Film leider nicht ausreden, fanden «Einer flog über das Kuckucksnest» auch weiterhin super – wie ich selbst, als ich ihn vor zwei, drei Jahren gesehen hatte. Clemens wollte mehr wissen, und so erzählte ich, trotz Schweigepflicht im Arbeitsvertrag, ein paar Anekdoten wie die vom «Deibel», den eine Patientin in mir gesehen, und weshalb sie mich mit Pudding bespuckt hatte. Mit der Geschichte hatte ich auch schon mal woanders aufgetrumpft. Nur vom größten Abenteuer, von der Nacht, als Anne aufgenommen wurde, sagte ich kein Wort. Danach quatschten wir über Bands. Im Groben galt: Was sie cool fanden, fand ich uncool, und umgekehrt. Inzwischen war das lustig, so gut kannten wir uns bereits, und auf das Wunderbarste kamen wir nicht auf einen grünen Zweig.

Später fragte Clemens: «Hast du eigentlich ne Freundin?»

«Ihr?», fragte ich zurück.

«Wieso *ihr*?», Clemens musste lachen. «Als hätten wir gemeinsam eine.»

Auch Katze prustete los. Alle drei lachten wir uns schief, schon ordentlich einen im Tee, und ich machte das Licht an und aus.

«Bei mir ist gerade Sendepause», erzählte Clemens, «aber ich find schon wieder eine heiß.»

«*Heiß?*», fragte ich.

«Wieso? Was sagst du denn, wenn dir jemand gefällt?»

«Äh ... ich sag *gut*, glaube ich. Ich find die gut, sage ich.»

«So hab ich das mit zwölf auch gesagt.»

«Ich sag *geil*», sagte Katze.

«Du sagst zu dem Mädchen, das du geil findest: Ich find dich geil?»

«Hauptsache cool», sagte Katze.

«Ja, klar. … Mit cool ist ja immer so ne Sache.»

«Wieso?», fragte ich.

«Cool sollst du sein, aber nicht für sie.»

«Schwachmatensalat», sagte Katze

«Ich meine, sie wollen natürlich alle den supercoolen Typen. Aber eben auch einen, der völlig uncool ist. Eben uncool, was sie selbst betrifft. Ich meine, das Mädchen, die Frau.»

«Schwachmatensalat!»

«Du bist supercool, aber auch superuncool. Eben vor lauter Verliebtheit. Ich meine, du bist so verliebt und deshalb bereit, dich total lächerlich zu machen. Brief, Ständchen, Kerzenteppich, die ganzen Klassiker, die ganze Romantikscheiße. Ist eben keine Scheiße, wenn du wirklich verliebt bist. Also ich meine *wirklich verliebt*. Aber irgendwie Werbung ist es doch immer.»

Es war seltsam, dass ausgerechnet Clemens meinte, uns Lehren erteilen zu können. Der Jüngste. Zweifellos war er von uns auch der Hübscheste. «Ist klar», sagte ich, wusste aber selbst besoffen, dass mir, was er gesagt hatte, mitnichten klar gewesen war.

«Was sagen denn die Mädchen?», fragte Katze.

«Wenn sie einen geil finden?», fragte Clemens.

«*Süß!*», antwortete ich. «Zu mir sagen sie dann, ich sei *süß. Echt süß!* Das heißt dann: *Leider bist du zu fett für mich. Aber süß. Echt süß.*»

«Och», sagte Katze, «haben sie doch recht!»

Ich sah ihn an.

«Haben sie doch recht. Könntest wirklich mal n bisschen abnehmen.»

Ich brauchte kurz, bis ich mitlachen konnte. Aber dann war es ziemlich echt. Und ich machte das Licht an.

«Reicht», sagten die anderen.

Am nächsten Morgen erschien Petrus wie versprochen und weckte uns, hatte sogar Kaffee mitgebracht. Mir fiel auf, dass Katze zum Schlafen sein Hundehalsband nicht abgelegt hatte. Ich hatte mich das schon mal gefragt, ob er das nachts eigentlich ablegte. Zum ersten Mal im Leben aß ich Erdnussbutter.

Angesichts von Petrus' Menschenliebe war es uns total peinlich, dass wir einfach seinen Kühlschrankbestand so dezimiert hatten. Wir boten ihm Geld an. «Wir sind doch Musiker. Ist überhaupt kein Problem. Ich hab von euch nichts anderes erwartet», sprach er grinsend und verlangte dann von uns für sein Bier nicht gerade den Einkaufspreis.

Zurück in der Werkstatt, hätten wir vielleicht froh sein sollen, dass sie nicht nur so früh schon geöffnet hatte, sondern dass jenes Ersatzteil auch bereits geliefert und schon eingebaut war. Aber Katze sagte: «Der verarscht uns doch.»

Es half nichts, am Ende leerten wir unsere Portemonnaies und bekamen etwa zwei Drittel der Rechnung zusammen. Deutsche Mark waren wieder kein Problem, aber Het Amalfi Tigers mussten betteln um einen Rest Spritgeld für ihren Rückweg. Schließlich fuhren sie vom Hof, undankbar trotz Rabatt, wahrscheinlich typisch für Moffen.

Jetzt funktionierte die Heizung. Kurz war uns zum Jubeln zumute, bis Clemens sagte: «Ist das jetzt eigentlich *unser* Bus?»

«Wieso?»

«Weil wir alle dafür bezahlt haben.»

«Na ja, war ja auch ne Bandfahrt», sagte Katze.

«Bandfahrt stelle ich mir anders vor, zum Beispiel mit Ankommen.»

«Nicht lustig.»

«Wie hoch waren eigentlich überhaupt die Anschaffungskosten?»

«Die Anschaffungskosten? Studierst du jetzt BWL?»

«Wie viel du für die Möhre bezahlt hast.»

Die beiden kannten sich schon ewig aus dem Blasorchester der Freiwilligen Feuerwehr und stritten jetzt wie Geschwister. Soweit ich das als Einzelkind beurteilen konnte. Sicher hatte Katze recht, dachte ich, es war eine Bandfahrt. Blöderweise hatte aber ausgerechnet ich am meisten Kohle dabeigehabt. Und ich war ja erst eine Woche dabei. Was hatte überhaupt ich damit zu schaffen? Ein Auto voll mit punkigen Typen überholte uns. Ich stellte mir ihre Häme vor: Vorne Het Amalfi Tigers auch noch verkehrt herum, damit jeder es im Rückspiegel lesen kann. Zudem wusste ich inzwischen, dass selbst unser Bassist und Grafiker, der den Schriftzug überall hingesprayt hatte, keinen coolen Künstlernamen trug. Denn er hieß wirklich so: Dirk Katze.

So saß ich hinten, im Warmen, scheinbar zufrieden für die beiden vorn, keiner fragte mich nach meiner Meinung. Und ganz für mich allein haderte ich mit meiner Kleinlichkeit. Dirk Katze schob irgendwann seinen Jazzrock rein. Wahrscheinlich fuhren wir gegen den Wind, jedenfalls rasten die Wolken über uns hinweg, und die Lichtwechsel passten zur Musik.

Angekommen, war zum Glück niemand da, der uns Eintopf kochte. Nach dem Ausladen standen wir dann unschlüssig in der Einfahrt. Es war ja völlig klar, dass keiner wusste, wie es weiterging.

Nie hatten wir uns angefasst, uns niemals auch nur zum Abschied spießig die Hand gegeben. Jetzt aber sagte Clemens plötzlich: «Na und?», und kam auf mich zu. «Trotzdem, oder?» Er grinste, dann griff und schüttelte er meine Hand, «War trotzdem geil, oder?», sah mir tief in die Augen. Schließlich zog er mich an sich. Er fasste sich überraschend hart an, und trotz Schießbahnnacht roch er angenehm, ein bisschen nach Seife. Ich wusste gar nicht, was tun oder antworten. «Ja, echt», sagte ich oder so ähnlich. Dann kam auch Katze an, machte es Clemens nach, und ich hatte unseren Bassisten im Arm. Danach umarmte Katze Clemens. Und wir sagten jetzt alle, es sei *trotzdem geil* gewesen und *eigentlich*, immer wieder *eigentlich*. Und eigentlich war es auch nicht gelogen.

Die Sonne kam raus, es war noch immer eisig. Am Himmel Wattewolken. Ich war mit dem Fahrrad hergekommen, fragte mich jetzt auf dem Heimweg, wann mich eigentlich zuletzt jemand umarmt hatte. In meiner Familie gab man sich die Hand. Auch Anne hatte mich nicht in den Armen gehalten. Immerhin fixierte Evi mich manchmal im Würgegriff.

DIE REALITÄT

Seit ich damals Frau Sandker eingefangen hatte, nahm ich an Dr. Preuss' Patientinnenvorstellungen teil. Er kündigte das nie an, war auch jetzt einfach mit seinen Studenten auf die Station gekommen und ordnete Blandina gegenüber meine Teilnahme an. Wir saßen im Tagesraum, zwölf Studenten, darunter zwei Frauen, im Stuhlkreis, allein der Oberarzt und ich im Kittel. Er stellte mich wieder mal als angehenden Medizinstudenten vor, ich hatte aufgegeben, ihn zu korrigieren.

Preuss improvisierte eine Einleitung, dann – «Ich nehme an, unsere erste Dame wartet schon» – öffnete er die Tür

«Meine Herren und auch Damen, ich darf Ihnen Frau Ridderbusch vorstellen. Guten Morgen», er wies auf den leeren Stuhl neben seinem, «Frau Ridderbusch. Mich kennen Sie ja bereits und diesen jungen Mann ebenfalls. Schauen Sie sich die anderen Damen und Herrn Studenten gerne erst mal in aller Ruhe an. Die tun nichts.»

Wir lachten höflich.

«Frau Ridderbusch, wie geht es Ihnen?»

«Besser.»

«Besser. Das freut mich. Sehr schön. Deshalb habe ich

Sie ja überhaupt erst eingeladen, damit Sie den angehenden Doktoren von Ihrem ‹besser› erzählen, damit sie von diesem ‹besser› was lernen können.»

Frau Ridderbusch schaute Preuss an.

«Erzählen Sie uns aber vielleicht zu Anfang, wie es diesmal begonnen hat. Wie es dazu kam, dass es Ihnen schlechter ging?»

«Ich hab ja die Tabletten abgesetzt.»

«Tja.»

Frau Ridderbusch schwieg.

«Und dann?»

«Ging es wieder bergab.»

«Tja.»

Frau Ridderbusch wartete, vielleicht auf das dritte *Tja.*

«So weit ist es klar, könnten Sie ...»

«Man ist ja nicht man selbst.»

«Ah, ich verstehe. Sie meinen die Medikamente. Ich verstehe das, man ist nicht man selbst mit den Medikamenten, meint Frau Ridderbusch. Mal davon abgesehen, können Sie uns beschreiben, wie es dann weiterging?»

«Erst nur das Gefühl, und dann am Ende nix mehr. Erst nur das einsame Gefühl. Dann das Gefühl, dass man kein Gefühl mehr hat. Also alles Gedanken, man denkt ja alles nur, denkt, dass man kein Gefühl mehr hat. Fühlen kann man nicht.»

Sie sprach langsam, mit leerem Blick, dabei konzentriert.

«Nur noch Gedanken. Und am Ende nur dieser eine Gedanke. Man hat ja nur noch diesen einen einzigen Gedanken, nämlich dass man nur noch diesen Gedanken hat.

Verstehen Sie? Sonst gar nichts. Am Ende können Sie sich nicht mehr bewegen.»

«Sie haben das gut erklärt. Das Ende war nicht schön, wir haben es ja jeden Tag mit angesehen. Aber jetzt geht es Ihnen wieder besser.»

«Ich will nach Hause.»

«Ja, ja. Beschäftigungstherapie. Die Bewegung, unser Sport, das tut Ihnen gut?»

«Ja, aber ich will nach Hause.»

«Das klappt auch ganz bald, Frau Ridderbusch. In Ihrem Fall kann es ja gar kein besseres Anzeichen geben, dass Sie auf dem besten Weg sind, als genau diesen Wunsch, nach Hause zu wollen. Da werden Ihr Mann und Ihre Tochter sich aber freuen.»

Die Patientin, im Sitzen größer als er, sah auf eine leguanhafte Art zu Dr. Preuss, als habe sie da ihre Zweifel.

«Medikamentös sind Sie jetzt gut ...»

«Meine Tochter ist aus dem Haus.»

«Ach so. Ja, schön. Die freut sich trotzdem. Jedenfalls, medikamentös ist Frau Ridderbusch jetzt gut wieder eingestellt, der Rest ist Feinmechanik. Jetzt geht's erst mal auf die Offene und dann ein, zwei, drei Mal nach Hause auf Belastungserprobung. Und zack, ehe man sich's versieht, ist man entlassen, Frau Ridderbusch. Das wär doch gelacht. Nun, danke schön. Das war's auch schon. Ich danke Ihnen. Und die Herren Studenten und Damen auch. Wir alle danken Ihnen.»

Er erhob sich, geleitete sie zur Tür, nahm wieder Platz.

«So ...», er ließ den Blick schweifen, «Fragen? Was sage ich – Fragen ein andermal, ich habe es heute ein klein wenig eilig. Gut? Gut! Diese Patientin ist für uns keine Unbekannte. Vorstellig wurde sie diesmal – respektive ihr Mann – in einem stark fortgeschrittenen depressiven Zustand. Fortgeschritten will hier heißen bis zum Stupor. Sie konnte kaum noch sprechen, sich kaum noch bewegen, das heißt sehr, und ich meine *sehr*, verlangsamt. Und jetzt aufgepasst, meine Herrschaften, denn hier ist Vorsicht geboten. Trotz dieses auffällig gehemmten Antriebs sind solche Patienten oft suizidal. Wir haben die arme Frau Ridderbusch also mit Geduld und Spucke, will heißen mit Saroten aus ihrem tiefen Loch wieder herausgeholt. Und jetzt versuchen wir die Rolle rückwärts, denn sie war vorher optimal eingestellt und kam dementsprechend lange ohne stationären Aufenthalt wunderbar mit ihrem Lithium klar. Lithium richtig dosiert wirkt Wunder! Kam lange klar, will heißen, für ihre Verhältnisse. Drehtürpsychiatrie. Den Vorwurf haben Sie bestimmt schon gehört. Ich sag Ihnen, das mag für Spinner so aussehen, wenn man keine Ahnung hat. Die Krankheiten selbst sind die Drehtür. Manche geben den Kranken selbst die Schuld, weil sie wieder und wieder ihre Medikamente absetzen. Das tue ich nicht. Die Patientin hier, Frau Ridderbusch, ist seit Jahren manisch-depressiv, heute nennen wir's Cyclothymie. Wie gesagt, zuletzt sehr, sehr gut eingestellt, aber die Dame hat uns bereits öfter mit ihrem Besuch beehrt. Und ich sage Ihnen, ich kenne noch eine ganz andere Frau Ridderbusch. Sie müssten sie mal manisch erleben. Irgendwann hatte sie mal von der Straße weg eine ganze Ladung Eier gekauft. Ich weiß gar nicht, wie man das auf die Schnelle anstellt, rein organisatorisch, eine LKW-Ladung Eier. Ja, ja, Sie lachen. Aber ihre Familie hatte das an der Backe, den Kauf. So was ist überhaupt nicht lustig. Eine Familie mit Kind. Frau Ridderbuschs Mann steht ihr treu zur Seite, guter Mann. In guten wie in schlechten Zeiten. Als Arzt fragt man sich schon manchmal, wo da eigentlich die guten sind. Denn in den guten Zeiten setzen sie die Medikamente ab. Aber machen wir mal weiter.»

Er stand auf, und die nächste Patientin betrat den Raum. An ihr lernten wir «die eher seltene Schizophrenie mit komplexem, völlig geschlossenem Wahnbild» kennen. Die Patientin war schon wochenlang auf der Station, doch jetzt trug sie ein ungewohntes Sekretärinnenkostüm, als ginge sie auf ein Vorstellungsgespräch, ich erkannte sie kaum wieder. Über ihre Krankheit hatte ich wenig gewusst, und schon gar nicht, dass sie fest davon überzeugt war, sie habe eine Doppelgängerin. Misstrauisch beäugte sie uns, vertraute uns kaum etwas an. Umso mehr tat es danach Dr. Preuss. Das ginge seit Jahren, erklärte er, zuletzt habe sie – respektive ihre Doppelgängerin – sämtliche Bücher und die Kleidung ihres Verlobten verbrannt. Ein Feuer mitten in der Nacht, auf der Dorfstraße. Unterlagen, Briefe und alles, sogar was im Kühlschrank war.

Die nächste Patientin war Anne. Als sie eintrat, war augenblicklich nichts mehr an seinem Platz. Sie sah nicht zu mir her und versuchte offenbar selber, die Situation zu erfassen. Preuss war länger mit Einleitungsfloskeln beschäftigt. Schließlich streifte mich ihr Blick, aber so, dass ich mich ebenso erkannt wie verwechselt fühlte. Wir saßen keineswegs nah beieinander, trotzdem wagte ich kaum, in die Runde zu schauen, in der Furcht, dass uns alle anstarrten, als gehörten wir zusammen.

«Guten Morgen», sagte Anne in die Runde.

Sie sah völlig verändert aus, selbst ihre Stimme wirkte anders.

«Wie fühlen Sie sich?»

«Na ja, im Moment etwas komisch ... aber ansonsten eigentlich ziemlich gut ... Gut. Ziemlich gut.»

Ich hatte Anne so noch nicht gesehen. Sie sah wirklich gut aus, schön.

«Waren Sie beim Friseur? Steht Ihnen ganz wunderbar, dieser Bubikopf.»

«Danke. Die Frisur heißt eigentlich Bob.»

«Bob? Ist ja wunderbar. Lassen Sie uns weiter über Frisuren reden. Aber erst mal: Es geht Ihnen besser?»

«Ja.»

«Wieder *gesund*?», fragte Preuss.

«Na ja ... *gesund*? Vielleicht auf dem Weg. Halbwegs ... ziemlich gesund.»

«Über dieses *ziemlich* hatten wir schon gesprochen. Mich freut das sehr, und deswegen wollte ich Sie auch hier haben und bin froh, dass Sie es eingerichtet haben, Fräulein Schmidt.»

Preuss sprach in seinem normalen Ton, und mit einem Mal störte er mich.

«Diese junge Dame, meine Herrschaften», sagte er, «ist bereits auf der Offenen und eigens Ihnen zu Ehren noch mal zurückgekehrt an ihre alte Wirkungsstätte. Wie lange waren Sie hier, Fräulein Schmidt?»

«Sechs Wochen.»

«Das ist genau Durchschnitt.»

«Bitte?»

«Sind nur die Fakten für meine Studenten. Sechs Wochen Aufenthalt hier auf der Geschlossenen sind bei uns statistischer Durchschnitt. Aber sprechen wir ein wenig über Sie, Fräulein Schmidt. Mögen Sie erzählen? Ich weiß, wir haben das besprochen, Sie möchten nicht ins Detail gehen, das finde ich auch völlig richtig, aber ... Das Besondere an Ihnen, und Sie wissen das, das ist Ihre Krankheitseinsicht.»

«Meine Spitzenkrankheitseinsicht?»

«Sehr wohl. Mögen Sie uns ein bisschen erzählen?»

«Also ... was ich sagen kann, ist, dass ich weiß, dass ich mich verrannt hatte ... total. Und dass ich es hier nach ein paar Tagen wusste. Es war heftig. Hab mir ja auch keine Hilfe geholt. Das ging einfach nicht. Ich hatte so Angst, schreckliche Angst, hatte ... Ich war *psychottisch*, einfach *psychottisch*!»

Anne sprach «psychotisch» wie Preuss aus, mit kurzem O. So sprachen es hier alle aus. Also alle, die sich auskannten. Auch ich sagte inzwischen *psychottisch*.

«Können Sie uns noch ein bisschen was Konkreteres sagen. Was genau hat Sie so beschäftigt? Ihnen Angst gemacht.»

«Meine *Wahninhalte*?»

«Sehr wohl, so nennen wir es.»

«Ich spreche nicht gerne davon. Ich lasse es ruhen, Sie haben ja selbst gesagt, ich soll es ruhen lassen. Absinken.»

«Ja, ja, das habe ich gesagt.»

Anne sah ihn an. Sie bereute es, in unsere Runde gekommen zu sein. Ich meinte, ihr das anzusehen.

«Die Atommafia ... Entschuldigung, Frau Schmidt. Sie sind hier ja völlig sicher ... im Schoß unserer heiligen Mutter Kirche. Ein bisschen was müssen wir unseren Studenten doch bieten.»

Anne lächelte dünn.

«... vor der hatte ich Angst ... darum *kreisten meine Ideen*», zitierte sie Preuss' Ausdrucksweise.

Der lächelte. «Na gut. Dabei belassen wir es. Ein Psychiater schaut nach vorn. Wie geht's mit den Medikamenten?»

«Etwas besser.»

«Besser – das heißt?»

«Am Anfang hat man gesabbert. War mir auch egal. Das machen bestimmt die Medikamente selber, dass einem so was egal ist.»

«Nun, wir haben das bei Ihnen ja schnell wieder ausschleichen können.»

«Jetzt ist alles noch Watte. Unsichtbar. Man ist wie festgebunden. Ein bisschen. An sich selber festgebunden. Besser kann ich es nicht beschreiben.»

«Interessant. Aber ich versichere Ihnen, Fräulein Schmidt, Schritt für Schritt geht es jetzt aufwärts. Sie waren wirklich krank und haben sich in atemberaubendem Tempo wieder erholt. Jetzt übereilen wir nichts, in der Ruhe liegt die Kraft. Freuen Sie sich auf zu Hause?»

Anne nickte knapp.

«Frau Schmidt wird nämlich heute entlassen. Die Koffer sind gepackt! Sie hat sich nur für uns noch die Zeit genommen.»

Preuss fasste sie am Ellenbogen. Sie standen bereits auf. Mir war danach aufzuspringen, ein Lied zu singen, Kopf zu stehen, wenn ich dazu imstande gewesen wäre, jedenfalls nicht Preuss' Kittelgenosse zu sein. Aber die Runde war still, fast andächtig, als läge Applaus in der Luft. Jetzt fiel mir das mit dem Kleid auf, sie trug nämlich keins. Noch nie hatte ich Anne einfach in Jeans und Pullover gesehen, dazu roter Lippenstift.

«Danke», sagte sie.

«Wir haben zu danken, Fräulein Schmidt.»

Und schon war sie, ohne jeden Abschied, wieder draußen, und Preuss brachte sich in Positur, sie uns zu erklären.

Am Beispiel Anne erläuterte er die «typische Schizophrenie». Diese komme meist in «Schüben». Mit viel Pech lande man am Ende auf der Langzeit.

«Nun zum Thema Gewalt», fuhr Preuss fort, «ich möchte Ihnen keine Angst machen, Herrschaften. Gewalt ist in unserer geschlossenen Frauenpsychiatrie an sich kein Problem. Keines von Vorrang. Aber! Dieses süße Fräulein hat meinem geschätzten Kollegen Stationsarzt beinahe den Schädel eingeschlagen. Mit einem Wasserhahn. War eine ganz knappe Kiste. Fräulein Schmidt kam nämlich mit einer ausgewachsenen Paranoia zu uns, und da waren wir etwas unvorsichtig. Sie hat ein Badezimmer komplett in Schutt und Asche gelegt.»

Preuss tat, als wäre er dabei gewesen. Sein Oberarztton war mir plötzlich unerträglich. Nur weil es um Anne ging? Ausgerechnet zu dieser Geschichte vom Arbeitsbadezimmer ließ Preuss jetzt Fragen zu. Dass ich es gewesen war, der sie dort an jenem Abend allein gelassen hatte, kam glücklicherweise nicht zur Sprache.

«So weit kann sie gehen, die psychottische Angst, eine tiefe Paranoia. Und zwar hat Fräulein Schmidt Angst vor Atomkraft. Das wird ja allmählich ganz normaler Massenwahn. Ich sage nur Ostern in Wackersdorf. Mein Gott, hunderttausend Spinner. Wahnsinn. Ich sage immer: Zurück in die Steinzeit. So was kann sich ablösen, wie eben bei Fräulein Schmidt. Ein Wahninhalt ist letztlich beliebig. Eine unkontrollierbare, höhere Instanz macht irgendetwas mit Ihnen. Und zwar ganz speziell nur mit Ihnen. Sie stehen im Mittelpunkt, so erleben Sie das. Und zwar mehr und mehr. Am Ende bezieht sich alles auf Sie, wirklich alles. Auf der Straße werden Sie beobachtet, die Freunde tuscheln, zwischen den Zeilen berichtet die Tageszeitung über Sie, und wenn Sie beim Frühstück die Wurstpackung lesen – und die lesen Sie schon nur deshalb –, dann entdecken Sie, dass sogar dort Geheimnisse über Sie ausgebreitet werden. Lachen Sie nicht! Beim Fräulein Schmidt also die Atommafia. Und bei ihr mischt sich da wohl auch was Biografisches rein, weil ihr Vater in Hamm das Atomkraftwerk mitgeplant oder -gebaut hat. Wie auch immer. Herrschaften! Lieber fangen wir mit dem Psychologisieren gar nicht erst an. Fräulein Schmidt äußerte neben ihren Atom- dann auch noch ganz krude Märchenideen. Lassen wir das! Immer ist es ein Konglomerat. Ganz krankheitstypisch werden bei ihr jedenfalls, und in ihrem Fall eben durch den Atomstaat, Gedanken überwacht und abgesaugt. Das ist geradezu klassisch. In ihrer WG hatte Fräulein Schmidt deshalb auch alle Fenster dick mit weißer Farbe bepinselt. Jetzt wohnt sie aber erst mal wieder bei ihren Eltern in Hamm. Uns fremden

Ärzten hier wollte sie natürlich von alldem nicht allzu viel erzählen. Denn merke! Erstens ist es für die Kranken peinlich. Zweitens ist so was für die Kranken lange Zeit ihr persönliches Geheimwissen. Merke drittens: Es ist ganz einfach ihre Realität! Und wir zweifeln die an. Das Fräulein Schmidt hier hat zwar diese wirklich ungewöhnliche Krankheitseinsicht. Dennoch, im Grunde müssen wir die psychottische Realität immer genauso ausschleichen wie die Medikamente.»

Mich quälte, ihm zuzuhören. Nie hatte mich gestört, dass, wenn Preuss über die Patientinnen sprach, sie einfach nur Fälle waren. Jetzt aber widerstrebte mir, dass er breittrat, worüber Anne nicht hatte sprechen wollen. Zugleich wollte ich natürlich alles wissen. Jemand fragte nach Annes Prognose, ihren Zukunftsaussichten.

«Fräulein Schmidt ist eindeutig schizophren. Aber für sie sieht es gut aus. Erste psychottische Episode. Schnelle Genesung, Krankheitseinsicht, reagiert gut auf Medikation. Dazu keine Fälle in der Familie. Merke: Zwölf Prozent der Kinder von Schizophrenen erkranken! Merke ebenfalls: Bei knapp einem Viertel aller Erkrankten bleibt es bei einem einzigen Schub! Insofern für Fräulein Schmidt eine positive Prognose.»

Danach war Schluss und ich ohne Hoffnung, Anne hier noch anzutreffen. Evi erzählte ich: «Er hat uns Frau Schmidt vorgestellt. Stell dir vor, die wird heute entlassen. Auf welcher Station war die eigentlich?»

«Station Matthäus, glaube ich», antwortete Evi, «wie schön für sie.»

Ich begriff, dass ich längst danach hätte fragen können.

«Hätte ja gern bei eurer Vorstellung mal Mäuschen gespielt», sagte Evi.

«Echt? Komm doch mal dazu.»

«Na, vielen lieben Dank für die Einladung, Herr Doktor. Ich bin hier nur Schwester! Du Pfeife!»

Darüber hatte ich noch gar nicht nachgedacht, hatte einfach stumpf mein von Preuss gewährtes Einladungsprivileg genossen.

«Greif mich an, du Pfeife!», Evi nahm mich in den Schwitzkasten.

Später saß ich mit ihr in der Mitarbeiterkantine an einem voll besetzten Tisch, und es wurde gespottet über die sogenannte Schleierreform. Alle Nonnen dürften bald wählen, hieß es, ob sie ein neues, freizügigeres Modell oder, wie gehabt, den alten Schleier behalten wollten.

Derweil stocherte ich in meinem Salat und stellte mir vor, wie ich Anne in den letzten Wochen immer mal wieder auf ihrer Station Matthäus besucht hätte. Ich stellte mir gemeinsame Spaziergänge vor und dass sie mir ihre Kamera erklärt hätte. Ich hätte sie fotografiert und Anne mich. Wie Künstler. Und soeben hätten wir uns draußen auf dem Parkplatz voneinander verabschiedet. Sie hätte mir ein Foto von sich geschenkt. Hinten auf dem Foto ständen ihre Telefonnummer und Adresse. Ich stellte sie mir auf dem Weg nach Hamm in einem fabrikneuen Mercedes vor. Vater, Mutter, Kind. Anne hinten. Kamera, Bob, Lippenstift.

GAU

Ich lag flach auf dem Sofa, meine Jeans spannte sich über den Beckenknochen, obwohl ich kaum den Bauch einzog. Der Hund und meine Mutter schnarchten leise. Für meinen Vater, aufrecht im Sessel, begann wahrscheinlich die dritte Nachrichtensendung, zwei waren sein Mindestpensum. In der Nähe von Kiew hatte sich ein Atomunfall ereignet. Es sei in den letzten Tagen, erklärte der Sprecher, bereits an mehreren Orten in Schweden und Finnland erhöhte Radioaktivität gemessen worden.

Ich setzte mich auf. «Wusstest du das schon?»

«Ja.»

«Wieso hast du nichts gesagt?»

«War auch schon in ‹heute›.»

«Ich hab's doch immer gesagt. Hab ich's nicht immer gesagt?»

«Ja, ja, hast du. Noch nichts Genaues weiß man nicht.»

«Wo genau ist Kiew eigentlich?»

«Hast du nicht die Karte gesehen?»

«War nicht so lange im Bild.»

«Weit weg. In der Sowjetunion.»

Die Sache war tatsächlich so dramatisch nicht, dass am

nächsten Tag auf Station groß die Rede davon gewesen wäre. Abends aber gab es neue Nachrichten, und am Morgen darauf sprach die Nachtschwester bei der Übergabe schon von nichts anderem mehr. «Super-GAU. Die Russen haben es zugegeben. Das schmilzt in den Boden, das schmilzt komplett durch die Erdkruste.»

Der Nachtschwester schien der Begriff Super-GAU bereits völlig geläufig, ich selbst hatte am Abend vorher in den Nachrichten überhaupt zum ersten Mal von jenem supergrößten anzunehmenden Unfall gehört. Obschon ich selbstverständlich schon seit Jahren gegen Atomkraft war, so wie alle, die ich kannte, sofern sie keine angehenden BWLer waren. Solange es in der Schule cool gewesen war, hatte ich auch einen Button getragen. Die Nachtschwester war dann viel zu spät dran mit ihrem Bericht über die Vorkommnisse der Nacht, und die Kolleginnen schickten mich schon mal wecken.

Es war eines der letzten Zimmer. Dort brannte Licht. Komplett angezogen saß sie am Tisch. So selbstverständlich wie eine Halluzination für geübte Verrückte. Aufs Neue sah sie ganz ungewohnt aus. Anne wirkte, als hätte sie die Nacht durchgemacht, müde Augen, aber weit offen, an den Lippen rote Reste. Einen Finger hielt sie an die Lippen.

«Was machst du denn hier?», flüsterte ich brav.

«Ich hab mich selbst eingeliefert.»

«Ging's dir wieder schlecht?»

«Eher sicherheitshalber.»

«Ach so.»

«Pscht», Anne sah hinüber zu ihrer Zimmernachbarin, «sie schläft.»

Ich wandte mich bereits wieder zur Tür. «Aber», fiel mir wieder ein, «ich soll wecken.»

«Wie spät ist es denn?»

«Halb sieben.»

«So unmenschlich weckt ihr?»

«Kennst du doch.»

Anflug eines Annelächelns.

Die Zimmernachbarin lag im Tiefschlaf. Als sie endlich halbwegs geweckt schien, drehte ich mich zu Anne um. Sie saß immer noch am Tisch. Kein Blumenkleid, vielleicht ein gutes Zeichen. Ich atmete das ungelüftete Zimmer. Auch wenn Anne aussah, als habe sie kein Auge zugetan, roch es kräftig nach Schlaf.

Im Schwesternzimmer fragte ich dann möglichst unbeteiligt: «Frau Schmidt ist wieder da?»

«Ja, ja», antwortete Schwester Ingeborg, «hat sich selbst eingeliefert. Kam ganz allein. Der Diensthabende hat erst mal ihre Eltern informiert.»

«Was war denn?»

«Die hat doch sowieso schon so Atomideen. Hat jetzt wohl eine Wahnspannung wie nichts Gutes, sagt der Diensthabende. Nach den Nachrichten hatte sie sich sofort in den Zug gesetzt.»

«Macht aber vergleichsweise einen ganz guten Eindruck.»

«Ja? Ist doch wunderbar», schloss Ingeborg das Thema.

Ich kümmerte mich ums Frühstück. Anne tauchte auf und wirkte auffällig normal, half später im Tagesraum beim Geschirrstapeln und Abdecken. Ihre fließenden Bewegungen und wie sie mich ab und zu ansah, spöttisch und klar, passte nicht unter die anderen Patientinnen.

Als ich damit fertig war, fing sie mich ab. «Ich kenne hier ja fast niemanden mehr.»

«So ewig bist du auch noch nicht weg.»

«War vielleicht ein Fehler.»

«Dass du schon nach Hause bist?»

«Dass ich wieder hier bin.»

Später trat Blandina den Dienst an und trug zum ersten Mal den Reformschleier. Dass sie es erst zu überspielen versuchte, betonte die Attraktion noch mehr. Der alte Schleier war im Vergleich dazu ein abstruser mittelalterlicher Hut gewesen. Wir staunten sie an. «Na ... und? Na?», fragte sie.

Alle lobten eifrig. Weitere Patientinnen kamen, sahen sie an, irgendjemand begann zu klatschen. Blandina drehte sich. Wer hatte je ihre Haare gesehen – außer denen, die in Annes erster Nacht dabei gewesen waren, dachte ich. Sie hatte sie wachsen lassen. In die Stirn, die der neue Schleier ganz frei ließ, fiel ein gerader, schneewittchenbrauner Pony, und überdeutlich sah man ihre bislang verborgenen Ohrläppchen.

«Na?», Blandina tänzelte. Ich hatte sie nie so kindlich gesehen.

Später war Oberarztvisite. Ich wäre wegen Anne gern dabei gewesen, aber Schwester Ingeborg hatte wichtigere Aufgaben für mich. Knapp schaffte ich es zumindest zur anschließenden Besprechung. Dr. Preuss erklärte, er hätte Anne gar nicht aufgenommen. Da sie nun mal da sei, bleibe sie zwei, drei Tage zur Beobachtung. «Aber mit vollem Programm», betonte er, «und dann flugs wieder nach Hause, dass sie sich bloß nicht festsetzt.»

Am nächsten Morgen hatte sich die Nachrichtenlage wieder ein wenig beruhigt, der Innenminister schloss eine Gefährdung Deutschlands aus. Die Nachtschwester hatte somit die Übergabe nicht unnötig in die Länge gezogen, und wir teilten uns wie üblich den Weckdienst. Leider übernahm Evi die Seite, auf der Anne untergebracht war. Ich sah sie erst beim Frühstück, Anne kam, um mich zu begrüßen, an die Durchreiche.

«Morgen, Kuli.»

Es war mir peinlich, dass sie mich in aller Öffentlichkeit so nannte. Nachher half Anne beim Abräumen und fragte durch die Durchreiche: «Kann ich euch da in der Küche noch irgendwie behilflich sein?»

Häschen klärte umgehend: «Nein. Für Patientinnen nicht erlaubt!»

Später boten wir, da die Beschäftigungstherapeutin erkrankt war, ersatzweise einen Spaziergang an, für eine sehr große Gruppe. Der Himmel war so strahlend blau, dass man angesichts des Super-GAUs hätte denken können, es wäre besorgniserregend. Kiew aber war weit weg, und nach wie vor, nahm ich an, liefen bei uns im Tagesraum die Abendnachrichten fast ohne Zuschauer.

Blandina und ich machten die Begleitung. Als wir aus dem Krankenhaus hinaustraten, ging ein kollektives Seufzen durch unsere Truppe. Die Luft war so klar und warm. Augen wurden abgeschirmt, Jacken und Mäntel ab- und über die Arme genommen. Wir waren kaum ein paar Meter gegangen, da landete ein Zitronenfalter auf einer Schulter und ließ sich herzeigen.

Auch ich genoss das Licht, trug den Kittel offen, Parka über den Schultern. Neben mir ging eine rüstige, niedergeschlagene Dame. Mein Gesprächsversuch über das Wetter führte zu nichts. Doch in Sachen Small Talk war ich schon lang kein Anfänger mehr, und ich versuchte das Thema Kinder, das ging eigentlich immer. Sie war kinderlos. Wir nahmen den Weg in die Äcker. Überall schoss es grün aus der vor wenigen Tagen noch gefrorenen Erde.

Plötzlich sagte sie: «Jetzt ist es Zeit, die Herbstzeitlose zu bekämpfen.»

«Kennen Sie sich da aus?», probierte ich sofort. «Sind Sie vom Land? Vom Bauernhof?»

«Ach, nein, nein.»

Ich gab es auf, nahm meine Aufsichtspflicht wahr und blickte nach hinten. Blandina war in ein Gespräch vertieft. Anne schien zu bemerken, wie mein Blick sie streifte. Kurz darauf war sie neben mir.

«Hi.»

Auf «Kuli» wartete ich vergebens.

«Gespenstisch», sagte sie, «gespenstisch schön, dieses Wetter.»

Ich brachte ein paar gewöhnlichere Wetterfloskeln. Sie war stark geschminkt, selbst gespenstisch schön.

«Macht es dir Angst?», fragte sie.

«Das mit dem Atomkraftwerk?»

Anne reagierte seltsamerweise nicht.

«Meinst du den Super-GAU?», fragte ich nach.

«Spürst du es nicht?»

«Was?»

«Ich fühle es.»

Keinesfalls wollte ich mich *Wahninhalten* nähern. Also beruhigte ich: «Gestern haben sie in den Nachrichten für Deutschland jede Gefährdung noch mal absolut ausgeschlossen.»

Da war Anne schon losgerannt.

Die Dame neben mir hatte mich am Arm gefasst. Anne lief geradewegs auf eine Schranke zu. «Land- und forstwirtschaftlicher Verkehr frei», las ich, aber die Schranke war trotzdem unten. Ich sah Anne sich bücken. Mir fehlte es völlig an Eingebung. Sollte ich schreien? – «Halt! Halt!» Vielleicht brüllte ich solche Wortstummel. Jetzt liefen schon die nächsten Spaziergängerinnen bei uns auf. «Was macht die? Was macht die denn?» Blandina ging hinten, aber als ich mich kurz umsah, war sie nicht zu entdecken. Ich sah Anne rennen. Sie blickte sich nicht um. Konnte ich einfach nur zuschauen? Anne war freiwillig hier, nur zur Beobachtung. Und meine Aufgaben waren alle unmittelbar um mich herum. Die Patientin ließ von meinem Arm ab. Ich ließ meinen Parka fallen und rannte los.

Es ging ganz leicht. Meine Arme nahmen mich mit. An der Schranke stoppte ich nicht, setzte einfach eine Hand darauf ab und schwang mich hinüber. Geklapper. Debütant in jeder Art von Hochsprung, schlug ich lang hin. Als ich wieder stand, war Anne nur noch ein Fleck in der Kurve, wo der Weg in den Wald bog. Meine Brille war weg. Jetzt stand Anne still, meinte ich, guckte zurück, ihr helles Gesicht. Ich lief wieder los, Kittel im Sprintwind. Der

Annefleck verschwand in der Kurve. Mir blies die Pflicht ins Genick, ebenso der Leichtsinn. Die Angst und die Freiheit. Ich würde Anne kriegen, sie einfangen. Die Straße führte durch das Waldstück, dann kam ein Hof, ein Hund bellte. Dann eine Wiese, dahinter eine weitere Scheune, daneben ein riesiger gelber Trecker. Hier stand sie, wartete auf mich. Hände auf den Oberschenkeln.

Ich wollte sie packen, stand aber atemlos vor ihr. Da packte Anne mich. Sie hielt mich fest, drückte mich an sich. Ich hörte sie schnaufen, spürte, wie ihr Brustkorb sich hob und senkte, und zog sie ebenfalls an mich. Gemeinsam kamen wir zu Atem, aneinandergepresst.

«Bitte», flüsterte sie.

Ich wollte vor allem nicht losgelassen werden.

«Kuli, jetzt lass mal.»

Nun blickte ich sie an. Ihr liefen die Tränen. Schizophrene weinen nicht. Das hatte Preuss mal gesagt.

«Was ist denn mit dir? Was ist denn eigentlich, Anne?»

«Ich kann nicht bleiben.»

«Aber wo musst du hin?»

«Ich kann nicht weggeschlossen bleiben.»

«Du meinst auf Station? Kannst du das nicht mit den Ärzten besprechen?»

«Nein.»

«Aber du bist doch freiwillig.»

«Es geht aber nicht.»

«Wieso?»

«Hilfst du mir? Bitte hilf mir, Kuli.»

«Wie denn?»

«Du sagst, ich war weg. Hast mich nicht erwischt.»

«Das geht nicht», sagte ich voller Inbrunst. Eben weil ich spürte, wie leicht es wäre, für Anne zu lügen. Sie sah mich an, meinte ich, als wollte sie mich küssen.

Tatsächlich küsste sie mich und flüsterte: «Bitte!» Sie drückte mir noch mal ihre Lippen auf den Mund, jetzt etwas länger. «Kuli!»

«Aber das kann ich nicht.»

«Sag einfach: nicht mehr erwischt.»

«Und was machst du?»

«Wir treffen uns. Ich treffe dich heute Abend.»

«Wie? Wir … treffen?»

«Hier. Ja, genau hier. In der Abenddämmerung.»

«Aber …»

«Bitte bleib jetzt nicht zu lange. Vielleicht kommt gleich jemand hinterher.»

«Und was machst du?»

«Ich … Lass das ruhig meine Sorge sein. Geh!»

Sie gab mir noch einen letzten trockenen Kuss und verschwand hinter dem Trecker. Da war nur noch das Rauschen ihrer Schritte im Gras.

«Anne», rief ich halbherzig.

Einige Zeit stand ich noch da, wusste nicht weiter. Am Ende aber trottete ich los, begann sofort, mir Worte zurechtzulegen. Das erwies sich als irritierend unkompliziert, denn ich hatte einfach meine Pflicht getan. Hatte die Patientin lediglich nicht erwischt, genau wie Anne gesagt hatte. Und genauso unkompliziert erzählte ich es dann später.

Vor der Schranke lag meine Brille mitten auf dem Weg, wie hindrapiert. Ich sah von Weitem, dass unsere Spaziertruppe längst umgekehrt war. Die Vögel sangen, der Frühling lag hinter Glas. Auf dem ganzen Rückweg zum Krankenhaus begegnete ich niemandem.

LANDJUGEND

Wir hatten keine Uhrzeit ausgemacht, das schien mir das größte Problem. Keine Ahnung, wann genau es dämmerte, aber exakt dann, «in der Abenddämmerung», hatte Anne gesagt, sollte ich sie treffen. Als mein Vater die Tür zu meinem Zimmer aufgestemmt hatte, stand ich bei gellender Musik vor dem Spiegel und laborierte an meiner Brille herum. Erst zu Hause war mir aufgefallen, dass sie ein wenig schief saß. Ich bekam sie nicht wieder richtig ins Lot.

«Verdammt, hörst du mich denn nicht?», schrie mein Vater. «Mein Gott, Junge, unten bei uns vorm Haus steht die Polizei.»

«Ich komme», rief ich, als wäre ich vorbereitet.

Er stapfte vor mir das Treppenhaus hinunter. Ich hörte unseren Dackel bellen, den er offenbar ins Badezimmer gesperrt hatte. Draußen warteten zwei Uniformierte. Ob ich die Person meines Namens sei. Als wäre ich der Hausherr, bat ich sie herein.

Ich hatte eigentlich gedacht, es mit dem Empfangskomitee, das mich auf Station erwartet hatte, bereits überstanden zu haben. Zu meinem Entsetzen war sogar Professor Simoneit da gewesen. Preuss hatte hinter seinem

Rücken die Augen verdreht, während sein Chef sprach. Als der weg war, nahm er mich beiseite: «Meine Herren, weißt du eigentlich, wie selten hier weggerannt wird? Und bei dir schon zum zweiten Mal. Pass auf, das Fräulein taucht bald wieder auf. Mach dich mal nicht verrückt. Deine Chefin hat allerdings noch ein Hühnchen mit dir zu rupfen. Da zieh dich mal lieber warm an.»

Blandina wartete bis zum Ende ihrer Frühschicht.

Sie bat Evi und Ingeborg hinaus. Ich sollte Platz nehmen, sie selbst stand auf. In dem Moment war ich absolut überzeugt, dass sie mich durchschaut hatte. Blandina sah an mir herunter. Dann brüllflüsterte sie. Die Worte «unhaltbar» und «dummer Junge» kamen mehrfach vor, ebenso «in all den Jahren nicht untergekommen». Ich begriff es nicht gleich. Was sie so außer Fassung brachte, war, dass ich sie, Blandina, allein gelassen hatte. Dass ich eigenmächtig gehandelt hatte. Dass ich allein entschieden hatte, Blandina mit all den Patientinnen zurückzulassen.

Von mir fiel alles ab. Ich hörte ihr zu. Ich dachte sogar daran, mich zu rechtfertigen. Niemand hatte mir schließlich je gesagt, was wirklich zu tun sei, wenn tatsächlich mal jemand floh. Erst recht nicht, nachdem Frau Sandker es damals versucht hatte. Und bei ihr hatte ich offenbar alles richtig gemacht. Doch ich sagte nichts, gab mich zerknirscht, hatte ein Einsehen, war eines Besseren belehrt, entschuldigte mich. Blandina bestand wieder darauf, dass ich es sagte, genau wie damals, als ich den Schlüssel verloren hatte, dass ich es wiederholte, den genauen Wortlaut. «Das kommt nie wieder vor!»

Jetzt bot mein Vater den Polizisten Kaffee an.

«Wenn's keine Mühe macht», sagten sie. Und zu mir: «Wir kommen wegen Frau Schmidt, der von ihrer Station entwichenen Patientin.»

Ich war unruhig, offenbar wurde mir nun doch der Prozess gemacht. Mein Vater klapperte in der Küche. Plötzlich, voller Scham, wurde mir die Möglichkeit klar, dass es vielleicht gar nicht um mich ging, sondern um Anne, dass ihr etwas passiert war.

«Was ist denn?», fragte ich. «Ist etwas mit Frau Schmidt? Haben Sie sie gefunden?»

«Die Eltern haben eine Vermisstenanzeige aufgegeben, und Ihre Kollegen haben uns an Sie verwiesen. Wir haben's ja nicht weit, da dachten wir, klingeln wir mal. Sie waren der Letzte, den Fräulein Schmidt gesehen hat.»

«Der *sie* gesehen hat», korrigierte der jüngere.

«Das auch.»

Ich begann zu erzählen, wie es tatsächlich ungefähr gewesen war, und ließ am Ende einfach unseren Abschied am Trecker weg. Auf Station hatte eigentlich keiner etwas Genaueres wissen wollen, aber die Polizisten fragten nach. Worüber wir geredet hatten, welchen Eindruck Anne auf mich gemacht, was sie angehabt hatte. Während ich sprach, stand sie an jenem gelben Trecker förmlich vor mir, Annes Atem in der Nase, konnte ich kaum mehr sagen als: Pulli, Hose, Schuhe.

«Was für ne Hose denn? Jeans? Hatte sie keine Jacke dabei?»

«Ich glaub nicht, weiß nicht so genau.»

«Du weißt», wechselte der jüngere vom Sie zum Du, «nicht gerade viel.»

Mein Vater brachte Kaffee und Kekse und schaltete sich ein. Ausnahmsweise war ich ihm dankbar dafür, wie er von Hölzken aufs Stöcksken kam. Der Bauernhof, wo dieses Mädchen verschwunden war, müsste Tieskötter sein, da hätte sein Onkel mütterlicherseits seinerzeit als Knecht gearbeitet. Und hatte der jüngere Polizist nicht als Kind in unserer Nachbarschaft gewohnt? Und wäre der Zwillingsbruder des älteren Polizisten nicht ein Sangesbruder?

«Wahrscheinlich wegen der Uniform. Ohne hätte ich Sie sicher als seinen Bruder erkannt», sagte mein Vater. «Ohne Uniform hätte ich Sie erkannt.»

«Oder verwechselt», sagte der Polizist.

Gelächter.

Der jüngere nahm sich einen Keks und fing von der «russischen Atomexplosion» an.

Ich fragte: «Suchen Sie denn jetzt nach Fräulein Schmidt?»

«Nach Meinung der Ärzte schmeißt sie sich wohl nicht gleich vor n Westfalentöter.»

«Welchen Westfalentöter?», wollte mein Vater wissen.

«Der Zug. Der fährt doch direkt vorbei da bei euch an der Klapse. Hat über die Jahre schon einige Opfer gegeben. Ich sag nur: unbeschrankter Bahnübergang. Unser Westfalentöter – harmloses Witzken. Ich dachte, kennt jeder.»

Ich guckte blöd, mein Vater schwieg, er fand so was geschmacklos.

«Wird denn nach meinen Angaben noch ein Phantombild gezeichnet?»

«Phantombild?», die zwei grinsten sich an. «Ich schätze mal, die Eltern haben von ihrer Tochter ein Foto.»

Endlich verabschiedeten wir die beiden, mein Vater beschwingt, ich steif, auch wegen meiner saudoofen Frage. Wir sahen ihnen hinterher. Unter einem orangen Himmel spazierten sie gemütlich zu Fuß davon, als bräuchte niemand auf Erden ein Polizeiauto.

Papas Albtraum, dass sein einziger Sohn es mit der Polizei zu tun bekam, war noch mal glimpflich ausgegangen, also hatte ich danach seine Fragen schnell abgefertigt. Sowieso hatte er bislang über meine Arbeit, für ihn bekanntlich Zeitverschwendung, entsprechend wenig wissen wollen. Ich rannte wieder hinauf in mein Zimmer, nahm Deo, zog frische Jeans an und ein neues schwarzes Hemd. Bevor ich mich aufs Rad schwang, steckte ich im Partykeller Wein und Gläser in eine Tasche. Zwar konnte von Dämmerung noch kaum die Rede sein, doch Anne hatte ja auch Abend gesagt. Unser Abend war sommerwarm. Im Affenzahn nahm ich die Radfahrer-absteigen-Brücke. Die Ems leuchtete. Niemand war da, um sich zu beschweren, vielleicht wegen Tschernobyl – den Namen kannte inzwischen jedes Kind. Ich raste durch die gepflegte Ödnis. Schließlich kam doch irgendein Hundehalter um die Ecke und motzte mich an. Dann tauchten weitere Spaziergänger auf.

Wie nah die Stelle, wo wir uns verabschiedet hatten, unser Treffpunkt, eigentlich am Hospital lag, wurde mir erst gewahr, als ich die Gebäude sah, wo ich jeden Tag arbeitete. Ich war hingefahren wie aufgezogen. Jetzt stoppte ich, wollte keinesfalls direkt am Eingang vorbei. Ich musste hintenrum, über Land, probierte ein paar Stichstraßen zwischen Werkhallen und Getränkehändlern, bis ich endlich einen Zugang in die Äcker fand. Dort gurkte ich rum, schaute mich immer wieder nach dem Krankenhaus um. Zwischen den Bäumen wurde es bereits dunkler. Dass es so schnell dämmerte, damit hatte ich nicht gerechnet. Und ich fand diesen verdammten Hof einfach nicht. Dann endlich sah ich den gelben Trecker. Auf dem Bauernhof war schon Ruhe eingekehrt.

Da wir keine Uhrzeit ausgemacht hatten, musste Anne einfach an der Straße stehen, dachte ich. Natürlich Schwachsinn, trotzdem hatte ich es mir genau so vorgestellt. Ich lehnte mein Rad an die Scheune und wartete. Kein Hund bellte. Damit man es von der Straße aus nicht sehen konnte, parkte ich das Fahrrad noch mal um, kontrollierte meine Tasche, die Gläser, in Zeitung eingewickelt. Ich hörte Motorengeräusche, ging vorsorglich hinter den Trecker, dort konnte ich ja ebenso gut warten. Von wo würde Anne überhaupt kommen? Sie war doch auf der Flucht. Das hier war kein Rendezvous. Wie hatte Anne eigentlich den Tag verbracht? Ich Idiot – es war kein Rendezvous! Wir treffen uns heute Abend. Ich Idiot! Das hatte sie doch gar nicht ernst gemeint, nur so dahingesagt. Oder nur, damit ich für sie log. Damit ich sagte, ich hätte sie nicht erwischt. Dann hörte ich im Gras das Rauschen.

«Hallo.»

«Hi ... von da kommst du.»

Sie kam aus dem Wald, sah kaum verändert aus.

«Warst du den ganzen Tag hier?», fragte ich.

«Mehr oder weniger. So ein schöner Tag. Viel in der Sonne gesessen. Hast du was zu trinken dabei?»

«Ja», sagte ich mit gewissem Stolz, doch begriff dann, wie sehr ich danebenlag.

«Oh Mann, das tut mir leid. Du hast bestimmt echt Durst. Und auch Hunger. Ich hab nichts dabei. Nur ne Flasche Wein.»

Zum Glück sagte Anne nicht: «Süß.»

«Ja, vor allem Durst. An nem anderen Bauernhof, da gab's nen Wasserhahn. Hier am Hof hab ich mich nicht getraut zu suchen. Die wissen bestimmt Bescheid, so nah dran, und rufen sofort in der Klinik an, hab ich gedacht.»

«Hat alles zu», ich schaute auf die Uhr. «Ich könnte zur Tankstelle fahren.»

Anne zuckte mit den Schultern. «Geld habe ich auch keins.»

«Ich aber. Pass auf, ist ja nicht weit. Ich bin gleich zurück.»

Die Tankstelle war eigentlich keine fünf Minuten entfernt, aber ich hatte nicht an die Psychiatrieumfahrung gedacht. In dem winzigen Shop hatten sie dann kaum etwas zu essen. Wasser und eine Tüte Chips kaufte ich, an der Kasse noch ein Bounty.

Zurückgekehrt, begrüßten mich wieder Annes Grasschritte.

«Ich dachte schon, du kommst nicht wieder.»

Meine schweißnassen Hände bekamen das Wasser nicht auf. Anne schraubte die Flasche mühelos auf, setzte an, leerte sie zur Hälfte, drehte sich schamhaft weg und rülpste. Lächelnd klemmte sie sich die Flasche zwischen die Beine, riss die Chipstüte auf und fragte mit vollem Mund: «Willst du auch?

Ich schüttelte den Kopf, schon seit Monaten hatte ich so was nicht mehr gegessen.

In meiner Hand schmolz Annes Bounty.

Sie sagte: «Danke. Aber ich hasse Kokos.»

Anne hatte wirklich Hunger. Auch eine zweite Flasche Wasser hätte nicht geschadet.

«Wie lief denn das ab?», fragte sie. «Was haben die gesagt?»

«Auf Station? Gar nicht viel. Der Chefarzt war da, aber wohl nur zufällig. Ich hab denen einfach erzählt, du wärst schon weg gewesen. Ich wäre dir hinterhergerannt, hätte dich aber nicht erwischt. Du warst verschwunden. Vom Boden verschluckt.»

Beide überkam uns ein Grinsen, vielleicht ein *verschwörerisches.*

«Und dann?»

«Dr. Preuss hat gemeint, du tauchst schon wieder auf.»

«Haben sie was über meine Eltern gesagt?»

«Nein ... kennt der Chefarzt die nicht? Aber die haben deine Eltern sicher informiert. Da gehe ich mal schwer von aus.»

Warum ich ihr das mit der Vermisstenanzeige nicht erzählte, fragte ich mich nicht. Anne sah nicht aus, als müsse man sich Sorgen machen. Sie schien zu glimmen, war ein wenig überdreht, wirkte aber keinesfalls so, als müsse die Polizei nach ihr suchen. Ausführlich erzählte ich davon, wie Blandina mich einen Kopf kürzer gemacht hatte.

«Soll ich dir meinen Ansitz zeigen?», fragte sie. Gummy Smile.

Ich wusste nicht, was das sein sollte, ein *Ansitz*, aber Anne rauschte bereits durchs Gras, und ich folgte ihr, als spielten wir ein Spiel. Der Hund bellte.

«Steckt im Zwinger», beschwichtigte sie und führte mich auf einen schmalen Waldweg. Nach hundert Metern war da eine Leiter und oben im Dämmer, dunkel und zugewuchert, ein Hochsitz. Er schien riesig, mehr ein Baumhaus, im Dunkeln sah man die Spiegelungen von oben verbauten Fenstern. Richtung Straße erahnte man durchs Dickicht gerade noch das Gelb des Treckers.

«Komm», sagte Anne, «aber pass auf.»

Schon die Leiter erweckte wenig Vertrauen. Oben, in drei, vier Meter Höhe, musste ich meinen Mut ein wenig zusammennehmen. Ich reichte Anne, die schon oben war, meine Tasche hinauf und hievte mich durch eine Luke ins morsche Haus. Sie zog die Klappe hoch, und dann war es still.

Es roch nach Feuchtigkeit. Wir setzten uns auf eine mit Teppich belegte Bank. Anne öffnete ein zersplittertes Fenster, und zwischen Tannenzweigen und jungem Grün erschienen die Überbleibsel der Aussicht, derentwegen dieser Hochsitz hier aufgestellt worden war. Man übersah einen weiten Acker. Hinter der Bundesstraße leuchtete die Tankstelle, wo ich noch eben eingekauft hatte. Dahinter das flache Land, Höfe und Wälder. Anne stieß das zweite Fenster auf. Wir blickten aufs Flachland hinaus wie aus der Kabine einer Seilbahn. Linker Hand sah man die Psychiatrie, erkennbar an einem kleinen Stück Mauer vom Nonnenfriedhof.

«Schon Rehe gesehen?», fragte ich.

«Kommen die nicht ungefähr erst jetzt?»

«Könnte sein. Ich hab die früher auch morgens gesehen, vom Schulbus aus.»

«Schön hier, oder? Hab diesen Ansitz schon entdeckt, als ich noch auf der Offenen war. Da bin ich oft hierhin. Die Sprossen sind bei Frost nicht ganz ohne.»

Sie hatte, als sie weglief, also gewusst, wohin sie wollte.

«Kommt hier denn keiner mehr hin? Ich meine, benutzt das hier nicht noch jemand?»

«Ein einziges Mal habe ich ne Packung Zigaretten gefunden. Die hatte wer vergessen.»

Wir standen am Fenster. Es wurde dunkler, auch merklich kühler.

«Ist dir nicht kalt?», fragte ich.

«Überhaupt nicht.»

«Hattest du keine Jacke dabei?»

Sie schüttelte den Kopf.

«Bitte nimm die.»

Sie schüttelte wieder den Kopf, ich zog meine Jacke trotzdem aus.

«Glas Wein?», fragte ich.

«Klar», sagte Anne mit meiner Jacke über den Schultern.

Wir qualmten wie die Jäger, warteten auf Rehe, tranken den süßen Wein, konnten im Dämmer gerade noch so dessen Herkunft entziffern, Ungarn. Ein lang gezogener Pfiff ertönte, und der *Westfalentöter* zockelte neben der Bundesstraße entlang. Von unserem Abteil in den Lüften konnte man ihn in voller Länge sehen. Den Scherz des Polizisten ersparte ich Anne. Schweigend schauten wir dem Zug hinterher, trinkend und rauchend, sahen der hereinbrechenden Nacht zu.

«Ich glaub», sagte Anne, «ein Reh sehen wir nicht mehr.»

Es klang definitiv wie der Schluss von irgendetwas. Alles hätte ich getan, damit es noch nicht zu Ende war. Es rettete mich eine Rückkopplung.

«Was ist das?», sie griff vor Schreck nach meiner Hand.

Auch mir war der Lärm in die Knochen gefahren. Ich kannte den Sound, aber wie kam der hier in den Wald? Jetzt plötzlich erhob sich ein Krach, als beginne keine fünfzig Meter vom Hochsitz entfernt mitten im Wald eine Bandprobe. Welcher Tag heute war, hatte ich völlig vergessen. Dabei war ich auf meiner Irrfahrt hierher doch an einem Zelt vorbeigekommen, hatte dort Leute gesehen. Das musste näher sein als gedacht, auf der anderen Seite unseres Wäldchens.

«Ich glaube, das ist *Tanz in den Mai.*»

«Was für ein Tanz in den Mai?»

«Von der Landjugend.»

«Ach du Scheiße», sagte Anne.

Woher der Krach gekommen war, hörte man jetzt eine Ansprache, verstand aber kein Wort.

«Sollen wir gucken gehen?», fragte sie.

«Dahin? Zu diesem Landjugendball?»

«Bei mir zu Hause gibt's keine Landjugend.»

«In Dortmund?»

«Ursprünglich komm ich aus Hamm.»

«Lass uns zur Landjugend gehen», sagte sie.

«Da ist es schrecklich.»

«Was genau ist das denn? Ich kenn's nur vom Hörensagen.»

«Die machen immer diese Feste. Mit Zelt und so. Top-40-Band ... Das ist auch ein Verein, so katholische Landjugend, keine Ahnung.»

Ich hatte wirklich keine Ahnung, die Landjugend war immer indiskutabel gewesen, fertig. Aber ich hatte auch keine Ahnung, merkte ich, wie ich mir diesen gemeinsamen Abend eigentlich vorgestellt hatte. Und warum hatte Anne gar keine Angst, unter Leute zu gehen, und sei es nur auf diesen Landjugendball?

«Ich hab auch noch Hunger. Komm, Kuli.»

Immerhin freute ich mich, wieder Kuli zu sein. Anne ließ die Klappe herunter. Diesmal, nun im Dunkeln, stieg ich sogar als Erster hinunter. Die Weinflasche war leer, der Abstieg vielleicht auch deshalb kein Drama.

Unten stapfte Anne los, querfeldein direkt durch den Wald. Hier herrschte jetzt schwarze Nacht, man trat ins Ungewisse, ständig schlugen einem Zweige ins Gesicht. Nicht weit entfernt jedoch sah man das Licht. Darauf ging Anne zu, Richtung Musik. Dann kreuzten wir einen Weg. Als wir schließlich aus dem Dunkel heraustraten, war da die Landjugend. Zwischen Bierstand, Wurststand, Hauptzelt glotzte sie uns an. Am Himmel ein Halbmond wie mit dem Messer geschnitten. Anne fasste meine Hand. Oben auf dem Hochsitz hatte sie sie gleich wieder losgelassen. Mir brannte das Gesicht von den Zweigen. Es war eine klare, letzte Aprilnacht. Guckte die Landjugend nur, weil sie uns nicht kannte? Jetzt aber wandte sie den Blick bereits wieder ab. Man trank, rauchte, sprach, oder es war schon alles gesagt.

Aus dem Zelt kam das Gitarrenmotiv von «Every Breath

You Take». Das kannte jeder. Etliche Frauen strömten hinein.

«Ich hab Hunger», stöhnte Anne.

Man musste Bons kaufen, ich hatte nur noch knapp vier Mark in der Tasche, das Geld reichte so gerade.

Anne im Wurststandlicht. Ihren Senf- und Mayomund anzusehen, fiel mir schwer, dabei war mir der Verzicht eigentlich zur Lust geworden. Auch sie hatte vom Querfeldein im Wald ein paar Kratzer abbekommen. Ich zeigte ihr, wo man es sah, über der Augenbraue und am Kinn, berührte sie dort. Als sie satt war, ging sie zum Toilettenwagen. Auch ich untersuchte mich dort vor dem trüben Spiegel. Doch sah ich so unversehrt und harmlos aus wie immer.

Später zog mich Anne ins Zelt.

Ich wehrte mich, wollte witzig sein: «Tu das nicht ... um Himmels willen ... nein, tu das nicht.»

«Du Windbeutel», sagte sie tantenhaft, seltsam neunzehntes Jahrhundert.

Irgendetwas musste ich mir ja unter einer Landjugendparty vorgestellt haben, nämlich etwas unter meiner Würde, nicht aber dieses hässliche Fest. Das Zelt war fast so hell ausgeleuchtet wie ein Klassenraum. Eine Theke am Eingang, am anderen Ende ein hohes Podest, darüber ein paar Strahler, für die Band. Von der Decke hing eine grasgrüne Fahne, darin ein weißes Kreuz mit Axt, oder war das ein Pflug? Ein Zeltboden aus Latten, darauf vereinzelte Stehtischchen, an denen sich alle festhielten, als wäre hier auf der Wiese Seegang, auch dicht an der Theke standen sie. Bis auf eine Handvoll mutige Frauen, die in der Mitte sehr zurückhaltend tanzten. «Rock Me Amadeus».

Zum Glück kannte ich niemanden. Allzu hinterwäldlerisch wirkten die Leute nicht, viel kleines Karo, ein paar wie auch ich ganz in arrogantem Schwarz. Aufs Schuhwerk achtete man besser nicht. Die Frauen waren alle in Jeans und Pulli, wie Anne, an ihr aber hing meine Jacke herunter wie ein Sack, die Turnschuhe waren schlammig, sie hatte zwei pittoreske Kratzer im Gesicht, und ihr Bob, leicht zerzaust, sah aus wie frisch aus Paris.

Allmählich hatte sich wohl die See etwas beruhigt, die Zeltmitte füllte sich, weiterhin nur mit Frauen. «Bin gleich wieder da», sagte Anne und ging auf die Tanzfläche. Sie bewegte sich dort vielleicht nur für mich völlig anders als die anderen.

«Du hier?»

Ich musste mich sammeln.

«Geile Band, was? Haben wir schon zum dritten Mal gebucht. Haben sich aber letztes Jahr umbenannt. Jetzt Top Star Passengers. Früher die Blind Passengers. Der Gitarrist von denen, der mit der Sonnenbrille, der ist wirklich blind.»

Er war der kleine Bruder eines früheren Klassenkameraden. Vor Urzeiten unser Ersatzmann an endlosen Doppelkopfnachmittagen gewesen. Jetzt überragte er mich. Jener Gitarrist bewegte sich seltsam, das war mir schon aufgefallen, aber ich hatte es wie die Sonnenbrille für Show gehalten.

«Echt? Was macht denn dein Bruder? Ist der auch hier?»

«Nee, ist beim Bund, hat sich verpflichtet.»

«Und du noch Schule?»

«Jau. Was machst du?»

«Gilt das hier bei euch mit den Bons eigentlich auch für Bier? Ich hab das System noch nicht so ganz geschnallt.»

«Klaro.»

«Dann geh ich mal kurz raus und hol mir noch n paar Bons.»

«Jau, jau, Speis ist zu trocken.»

Ich lachte übertrieben.

Ich ging hinaus, ohne Ahnung, was ich dem kleinen Bruder eigentlich vormachen wollte und warum. Geld für Bier hatte ich leider keines mehr. Draußen warteten unverändert Frühlingsmond und Landjugend. Partout wollte ich hier keinem begegnen, den ich kannte, dachte ich. Eine Zigarette gab mir Halt. Als ich mir wünschte, Anne würde nach mir suchen, da erschien sie auch schon.

«Wo hast du denn die her?»

Stolz präsentierte sie zwei Wertbonschlangen.

«Betriebsgeheimnis.»

«Jetzt isst mal *du* was!», sagte sie und bestand für mich auf einer doppelten Pommes mit Bratwurst. Sich darüber herzumachen – doppelt rot-weiß – war ein richtig übles Vergnügen. Auch sie selbst verschlang noch mal eine Riesenportion.

«Du löst dich noch in Luft auf», sagte sie.

«Jetzt fang du nicht auch noch an.»

«Womit denn?»

«Dass ich es übertreibe.»

«Übertreibst du denn? Wie viel hast du denn schon abgenommen?»

Wir hatten schon mal über das Abnehmen gesprochen. Anne hatte Erfahrung. Sie hatte behauptet, ihre Medikamente wären auch «unvorteilhaft rein figurmäßig», sich in die Hüften gegriffen und zu Demonstrationszwecken irgendetwas Unsichtbares hergezeigt. *Rein figurmäßig* hatte ich sie auch noch nie betrachtet. Selbst als sie von sich und ihrem Fett gesprochen hatte, hatte ich nur an mich und meinen völlig realen, eigenen Speck gedacht.

«Fünfzehn Kilo», sagte ich.

«Junge. Darf ich mal fühlen?»

«Nein!», sagte ich, nahm aber schon Haltung an. «Lieber nicht.»

«Sei kein Frosch.»

Ich holte tief Luft – *Windbeutel, sei kein Frosch,* diese Großmuttersprache fiel mir bei ihr zum wiederholten Mal auf –, zog den Bauch ein, und sie legte mir beide Hände flach auf die Rippen.

«Da fühlt man ja alles.»

«Wieso?»

«Du bist ein ganz zartes Vögelchen.»

«Echt lustig», sagte ich.

Anne schob ihre Hände weiter nach oben, als wollte sie berühren, was ich selbst kaum anfasste, *meine Titten.*

«Lass mal», sagte ich schrill, wich zurück.

Sie lachte. «Kuli, du hast wirklich eine ganz außerordentliche Krankheitseinsicht.»

Anne wedelte mit dem, was noch von der Wertbonschlange übrig war. «Komm, wir trinken was.»

«Was soll das eigentlich immer mit diesem *Kuli*?», fragte ich.

Sie sah mich einen Moment an. «Ein Rätsel.»

«Nun sag schon.»

«Betriebsgeheimnis», sagte Anne. «Komm!»

Die Top Star Passengers machten gerade Pause. Im Zelt tauchte sehr bald der kleine Bruder wieder auf. Er erzählte, mit besoffenen Augen, aber völlig artikuliert, die Landjugend habe Angst gehabt wegen der Strahlung, dass deswegen heute Abend zu wenig Leute kämen. Das Zelt war ja halb leer, also hakte ich nach. Wäre eben nicht passiert, erklärte er. So wäre normal.

Anne kam von der Theke zurück, und er belagerte sie. Inzwischen hatte die Band wieder losgelegt, und ich verstand von ihrem Gespräch kaum die Hälfte, bildete mir aber ein, sie erzählte ihm einfach die Wahrheit, nämlich sie sei eine aus der geschlossenen Psychiatrie entflohene Patientin und ich habe ihr geholfen. Dann drückte sie mir ihr Glas und meine Jacke in die Hand und ging tanzen.

«Deine Freundin?», fragte der kleine Bruder.

Wir fanden den Heimweg nicht, weil wir zu betrunken waren. Oder zu verliebt. Auf mich zumindest traf beides zu.

Zuletzt hatten die Top Star Passengers mit einem Schlagerpotpourri begonnen, so schauderhaft, dass man eigentlich hätte kotzen können. Aber ich war zu Anne gegangen, hatte sie umfasst, herumgeschwungen, als könnte ich tanzen. Und ich hatte laut mitgesungen, denn im Gegensatz zu dem Mädchen in meinen Armen kannte ich jeden Fetzen Text von zu Hause aus dem Partykeller. «Santa Maria», «Der Nippel», «Wir steigern das Bruttosozialprodukt». Als die Musik am Ende erträglicher wurde, war es bereits komplett egal gewesen. Wir tanzten und vertranken die Bons.

Niemand von der Landjugend hatte den Mai eingezählt. Irgendwann war die Party einfach vorbei. Die Band packte ihr Zeug ein, der Gitarrist, blind oder nicht, war verschwunden und machte nicht mit.

Anne und ich fanden uns eng umschlungen auf der Landstraße wieder. Autos beleuchteten uns, wichen aus, Fahrräder klingelten. Die Landjugend fuhr nach Hause. Ich hatte meine Nase in Annes Haar. Sie ließ es geschehen. Schließlich küsste sie mich. Ich küsste sie. Hin und her, im Kreis. Auf der Straße war bald weniger los, zeitweise war alles schwarz, aber unser Kuss lief hin und her wie Blaulicht. Ich konnte gar nicht mehr aufhören.

«Kuli, wo sind wir?» Anne konnte damit aufhören.

Zum Glück wollte sie nicht wieder querfeldein durch den verdammten Wald. Ich hätte auch den Einstieg nicht mehr gefunden. Sie ging an meiner Hand, mir anvertraut. Der Mond war verschwunden. Sie stellte irgendeine Frage, und als müsste ich meinen Mund nun anderweitig beschäftigen, begann ich zu reden und redete immer weiter, über Max Frisch, dass ich von ihm gerade «Montauk» läse, eine Liebesgeschichte zwischen ihm, also Frisch selbst, er da schon über sechzig, und dieser Amerikanerin, dreißig Jahre jünger. Ich erzählte von dem Gedanken, den Frisch neben Lynn, so hieß sie, im Bett gehabt hatte, dass nämlich, wer Erfolg habe, aussehen dürfe wie ein Monster.

«Nein», korrigierte ich mich, «wie ein Walross, schreibt Frisch. Man darf aussehen wie ein Walross.»

«Und jetzt willst du auch berühmt werden?»

Ich fühlte mich sofort irgendwie ertappt. Tatsächlich

wollte ich berühmt werden, wer wollte das nicht – insgeheim. Dann verstand ich die Pointe.

Sie gab mir einen Kuss. «War ein Witz!»

Ich konnte nicht lachen.

«Du siehst nicht aus wie ein Walross!»

Im Rausch lachte ich doch.

Ich erzählte weiter, von Montauk, vom Tischtennis mit Lynn in einem Hotel am Meer, ein Spiel, das Max Frisch durchweg Pingpong nannte, welches ich aber jahrelang im Verein gespielt hatte, es darin sogar, als Walross, bis zum dritten Platz bei den Kreismeisterschaften gebracht hatte, die einzige Urkunde meines Lebens. Und ich erzählte, dass Frisch es Wohlgefallen nannte, jenes Gefühl, wenn er Lynn beobachtete, wie sie isst, das nennt er den ungeilen Appetit der Hageren, oder wie sie am Strand durch den Sand rennt, stapfend erst, die Arme schlenkernd, den Wind im Haar, das rot ist.

«Wie war das Wort?»

«Mit Wohlgefallen.»

Ich selbst hatte Anne so betrachtet, genau so, vielleicht hatte ich nicht ganz so schriftstellermäßig hingesehen.

«Bisschen altertümlich», sagte sie.

«Musst du gerade sagen.»

«Wieso?»

«*Windbeutel! Sei kein Frosch! … Ansitz.*»

«Sage ich das? Hast du das alles von mir?»

«Allerdings.»

«Du hörst ja ziemlich genau hin. Sag mal, weißt du echt noch den Weg?»

Wo wir unterwegs waren, ging sonst keiner mehr. Nur

der Asphalt gab den Weg vor, die Äcker lagen völlig im Dunkel. Ohne Jacke, nach dem Schwitzen im Zelt, hätte mir eigentlich kalt sein müssen, aber vielleicht fror man nicht mehr ab einem bestimmten Grad von Wohlgefallen. Irgendwann würde ich mich wieder auskennen, hoffte ich, meine Heimat war kein Dschungel. Anne ging jetzt fest bei mir untergehakt, und ich fragte mich, ob sie sich ängstigte. Für einen Moment erinnerte ich mich an ihre alte, rasende Angst. Aber Anne pfiff leise ein Lied, den Oldie, den vorher die Band als Rausschmeißer gespielt hatte. Sie fing an, es zu singen, schließlich sangen wir es beide, Lalala und Refrain, unterbrochen von Blaulichtpausen.

«So ein lindes Glück», sagte sie leise. Wieder so ein Annewort. Dann entdeckte sie plötzlich am Wegesrand einen Stock, hob ihn auf, ließ ihn sausen, schlug nach der Nacht, rief dabei: «Wir atmen Luft! Wir atmen Luft!», kam zu mir zurück und steckte mir die Zunge ins Ohr, was noch nie jemand getan hatte.

Später sangen wir lauthals wieder dieses Lied: «Don't know much about history. Don't know much about la, la, la, la ... But I do know that I love you. And I know that if you love me too, what a wonderful world this would be.»

Irgendwann sah ich den Trecker. Von dort kannte wieder Anne den Weg, huschte durchs Gras, hätte den Hochsitz blind gefunden. Die Leiter – Anne vor, über mir – zitterte. Sie löste die Klappe, schwang sich hinauf, reichte mir die Hand, und dann standen wir uns atemlos gegenüber.

Man konnte hier nicht aufrecht stehend knutschen.

Wir ließen uns rücklings auf die Sitzbank fallen. Der Hochsitz, oder der Baum, gab ein seufzendes Geräusch von sich. Plötzlich stand Anne wieder, stieß sich dabei den Kopf, lachte auf, zog sich mühselig etliches aus und setzte sich auf meinen Schoß. Der Schimmer ihrer Beine. Kurz wusste ich nicht, wohin mit den Händen. Sie hatten nur ihr Haar angefasst. Vorsichtig berührte ich Annes nackten Po.

Sie quiekte. «Hast du eiskalte Hände! ... Aber lass! Lass sie da.»

Mit dreizehn hatte ich mal kurz eine Freundin gehabt. Wir hatten es irgendwie hinbekommen, ganze Nachmittage zu verknutschen – alles strikt ohne Zunge. Das war die gesamte Geschichte meiner sexuellen Erfahrungen.

Jetzt war ich in einer Annewolke, und meine eiskalten Hände glitten ihren Rücken hinauf. Sie nestelte am Reißverschluss meiner Jeans. Meine Hände drückten in einer erschreckend weichen Gegend herum. Anne ächzte.

Ich machte mich lang unter ihr, zog meinen Reißverschluss auf, sie schob mir ihre ebenfalls eiskalte Hand in die Unterhose. Ich atmete Luft.

Sie rappelte sich hoch und sagte: «Komm, steh auf!»

Ich stieß mir heftig den Kopf.

Anne fummelte an meiner Hose, damit ich sie endlich runterzog. «Komm, Kuli!»

Jetzt stieß wieder sie mit dem Kopf an. «Mann, so ne Scheiße», lachte sie, drehte sich um und bückte sich. Ich hatte keine Ahnung und zugleich keinen Zweifel, was sie wollte. Sie schubste ihren Schimmer gegen mich. Ich drückte mich an ihren nackten Hintern.

«Komm, Kuli», ächzte sie. «Was machst du?»

Sie griff hinter sich und brachte ihn an die richtige Stelle, ruckelte sich zurecht, kam mir entgegen, und ich schob mich in sie – nicht eine Millisekunde suchte ich nach dem richtigen Wort. Dann hielt sie still, als wartete sie ab, ob mich der Schlag träfe. Vorsichtig begann ich mich zu bewegen, zuzustoßen, wie ich es kannte aus Filmszenen, es mir jahrelang vorgestellt hatte. Ich hörte Anne atmen, wimmern, sie bewegte sich nicht.

Jetzt schon zog sich die Welle in mir zusammen, und Anne machte sofort eine fixe Bewegung nach vorn. Ich kam ins Leere, in die Luft.

Sie ließ sich, wie sie war, auf die Bank fallen. Ich stand da wie ein Fragezeichen.

«Komm», sagte sie zum hundertsten Mal, und auch ich ließ mich fallen. Der Hochsitz seufzte, und ich rutschte hinüber zu Anne, unter mir auf der Bank der klamme, etwas widerliche Teppich, neben mir Annes weiche, warme Haut. Auch sie rückte mir entgegen, und ich legte ihr eine Hand auf den Schenkel, nun so gleich warm, dass es sich anfühlte, als ob meine Hand in ihr verschwand, und auch Anne tauchte mir ihren Arm unters Hemd. An Liegen war in unserer Kabine nicht zu denken, und doch, obwohl unbequem ineinander verkeilt, wurden wir ruhig, sackten weg, wir schliefen ein.

Am Maifeiertag weckte mich die Kälte. Meine Kommunionsuhr phosphoreszierte schon lange nicht mehr, aber dass für mich in einer knappen Stunde der Frühdienst begann, ließ sich ablesen. Anne lag zusammengekrümmt neben mir, hatte ihre Hose wieder an und sich mit meiner Jacke zugedeckt. Mit trockenem Mund lauschte ich dem Wind in den Ästen.

Kaum konnte ich es vor dem Dienst noch nach Hause schaffen. Ich war noch nie unangekündigt eine ganze Nacht fortgeblieben. Beim Gedanken daran spürte ich das mir bekannte flaue Sohngefühl. «Junge, ich bin wirklich enttäuscht von dir» – bei welchen Kleinigkeiten hatte ich mir das schon anhören müssen. Vielleicht war es die verdammte Enttäuschung meines Vaters jetzt endlich mal wert, dachte ich. Sowieso würde er kaum noch auf dem Sofa sitzen, hellwach vor Wut und Sorgen.

Anne neben mir schnaufte, als versuchte sie, den Raum zu heizen. Ich mühte mich hoch, zog die Hose über meine Klebrigkeit. Anne schlief weiter. Die kaputten Fenster standen weit offen, sie hielten eh nichts mehr draußen. Weit über die Tankstelle hinaus sah ich in den rosa Himmel. Der Tag versprach, so exorbitant schön zu werden wie der letzte. Weder Autos waren unterwegs noch Westfalentöter. Das Stückchen Friedhofsmauer in der Ferne färbte sich backsteinfarben. Eine dürre Glocke läutete, wahrscheinlich begann für die Nonnen die Frühmesse. Anne rührte sich. Warum versteckte sie sich eigentlich? Sie konnte sich doch einfach gesundmelden, dachte ich. Sie war nicht zwangseingewiesen. Oder würde das folgen, nach dieser Flucht?

Ich sah etwas in ihrem Haar, eine Klette. Vielleicht hatte sie die ganze Nacht mit dieser Klette im Haar getanzt, und es war mir nicht aufgefallen. Die hässliche Glocke verstummte bereits wieder.

«Du zitterst ja», sprach Anne in meine Jacke, halb über ihr Gesicht gezogen.

Ich beobachtete meinen Arm, meine Hand. «Stimmt.»

Anne gähnte. «Wo willst du hin? Nimm mal lieber wieder deine Jacke.»

Jeder Lichtstrahl brachte die Schäbigkeit unserer Jagdhütte mehr an den Tag, man konnte sie im Hellen auch besser riechen. Anne hatte sich hingesetzt, ihre Bobfrisur saß bereits wieder, bis auf die Klette.

«Wo willst du denn hin?», wiederholte Anne.

«Ich hab Dienst.»

«So wie du bist? Kannst du dich nicht krankmelden?»

«Von hier?»

«Ich meine später. Telefonzelle. Oder von zu Hause aus ... O Gott, ich mach mir gleich in die Hose.»

In Windeseile hatte sie die Klappe geöffnet und kletterte hinunter. Ich stieg ihr hinterher, misstraute heute dabei plötzlich jeder Sprosse. Von meinen Schuhen regnete es trockene Erde.

Unten erwartete sie mich schon wieder, sah müde und zugleich aufgekratzt aus, im vollen Tageslicht nun doch etwas derangiert.

«Du hast da was.» Ich entfernte ihr die Klette, sie saß nicht besonders fest. Anne hatte Mundgeruch.

«Bitte melde dich heute gesund», sagte ich, «wenn nicht persönlich, rufst du an. Sag einfach: Hallo, hier Anne, ich bin da und da und es geht mir gut. Bei unserm Diensthabenden. Und vielleicht auch bei deinen Eltern. Dann ist doch erst mal Ruhe, dann ist doch alles gut.»

Sie schüttelte nur den Kopf.

«Wieso nicht?»

«Lass mich.»

«Erklär's mir.»

«Niemand hört deshalb auf, nach mir zu suchen.»

«Doch, ganz sicher. Du hast doch gar keine Einweisung, gar keinen Gerichtsbeschluss. Außerdem kannst du denen doch Gott weiß was erzählen. Die Polizei sucht dann auf jeden Fall schon mal nicht mehr nach dir.»

«Wieso sagst du die Polizei?»

Es war mir so rausgerutscht, an sich ja auch kein Geheimnis. Ich hatte ihr nichts verschwiegen, nur davon nichts erzählt.

«Dass die dich suchen, kann sich doch jeder denken.»

Sie machte einen Schritt zurück.

«Du bist ein schlechter Lügner.»

Wenn sie auch recht hatte, war mir doch ein Rätsel, was sie mir vorwarf. Sie hatte die Augen geschlossen, schien sich zu konzentrieren.

«Anne?»

«Sag nicht immer Anne, Anne, Anne.»

Sie öffnete die Augen in dem Moment wieder, als ich auf die Uhr guckte.

«Dann fahr!»

«Aber was machst du?»

«Kuli ... bist du noch auf meiner Seite? Kuli?»

Ich zog sie an mich, kurz küssten wir uns trocken.

«Ich bleibe an der Luft», sagte sie

«Das ist dein Plan?»

«Ja.»

«Hier?»

«Na und? Ja, hier!»

«Komplett an der frischen Luft? Spazieren gehen reicht nicht?»

Sie verzog keine Miene.

«Ich muss mich verbergen.»

«Verbergen. Und gestern? Da hast du dich doch alles andere als verborgen.»

Sie sah mich an. «Komm, fahr jetzt! Dienst ist Dienst.» Sie klang wütend, schien zu glauben, dass ich wirklich lieber zum Dienst wollte, weg von ihr.

«Verstehst du nicht? Das fällt doch total auf. Gestern bin ich noch topfit hinter dir hergerannt, und heute soll ich krank sein. Noch schlimmer, wenn ich gar nicht erscheine, einfach so. Mich viel zu spät melde. Außerdem ist heute Feiertag, und Häschen hat frei.»

«Ich bin doch gar nicht sauer.»

«Anne, ich komm dann nach dem Dienst auch sofort wieder her. Bring dir alles, was du brauchst. Bis halb drei muss ich arbeiten. Ich fahr nur ganz kurz nach Hause, dann komm ich. Halb vier. Hier, willst du meine Uhr?»

Ich hätte ihr meine alte Uhr gerne angelegt, aber sie tat es sofort selbst.

«Hast du auch ein Kofferradio?», fragte sie.

Ich nahm mit dem Fahrrad einfach die direkte Strecke zum Krankenhaus. Gestern war ich genau hier in Gegenrichtung Anne hinterhergerannt. Der Himmel führte ein rosenrotes, immer kitschigeres Theater auf. Die vergangene Nacht oder die schneidend klare Luft machte mir Kopfschmerzen. Ich hatte wunde Lippen. Ich war geliebt worden. Schon jetzt sehnte ich mich heftig zurück in die Annewolke. Doch war ich nicht auch heilfroh, sie los zu sein? War ich verliebt? Hoffentlich war sie nicht schwanger. Das konnte eigentlich nicht sein. Um halb vier waren wir verabredet. What a wonderful world this would be.

Als ich am Fahrradständer ankam, fuhr auch Evi mit ihrer Honda Goldwing vor.

«Wie siehst du denn aus, Alter?»

AM NIL

Nach etwas Katzenwäsche und im frischen Kittel hatte mir auf Station anscheinend niemand mehr die durchgemachte Nacht angesehen. Erschöpft schob sich mein hellwaches Ich durch den Dienst. Ich war fassungslos, als Schwester Ingeborg rief, ich würde im Schwesternzimmer am Telefon verlangt. Noch nie hatte mich jemand hier angerufen. Zum Glück war es nicht Anne, sondern meine Mutter, heiser vor Sorge. Während Schwester Ingeborg Tabletten stellte, erzählte ich von meiner Nacht mit der Landjugend. Erleichtert berichtete meine Mutter darauf, es sei ja Entwarnung gegeben, die Atomwolke befinde sich laut Wetterdienst wieder auf dem Rückzug. Sie wurde richtig redselig – ihre Radtour vom Gesangsverein könne heute also doch stattfinden, und ich sei dann, wenn ich nach Hause käme, zwar allein, aber es gäbe für mich Kartoffelsalat und ein Glas Wiener Würstchen und so weiter. Ich musste sie erst daran erinnern, dass ich im Dienst war.

«Hauptsache, du lebst», sagte meine Mutter und legte auf.

Schwester Ingeborg schwieg. Ich war fast schon draußen, da sprach sie in den Medikamentenschrank: «Hättest dich wenigstens entschuldigen können.»

Wenig später fasste ich den Entschluss, ebenfalls auf Maitour zu gehen. Mit Anne. Wenn sie wirklich unbedingt «an der Luft» sein musste, konnte sie, konnten wir unmöglich im viel zu nahen Wald bleiben, in ihrem maroden Ansitz. Ich musste nicht lange überlegen. Zwar war ich längere Zeit nicht dort gewesen, doch ich wusste sofort, wo unsere Tour endete, wo unser Versteck lag.

Zu Hause war also sturmfrei, von daher konnte ich unbehelligt packen. Aber die Zeit war knapp. Blinki wuselte um mich herum, und ich redete auf ihn ein, passte auf, dass er nirgends anstieß. Mit dem immer blinderen Hund zu meinen Füßen raffte ich die Sachen zusammen, die ich mittags bereits nebenher auf einem Zettel aufgelistet hatte: Unsere Kodak Instamatic, Wasser, Brot (ich fand nur Toastbrot), Käse (Scheibletten), mehr von dem süßen Wein aus dem Keller, Wurst, Chips (aus unserem auch mit salzigen Sachen prall gefüllten Wohnzimmerschrank, von dort auch zwei Tafeln Schokolade), der Radiorekorder, der süße Wein (stand zweimal auf der Liste), Bier, Geld und, nicht zu vergessen: fünf frische Batterien, Mixtapes, Schlafsack, Isomatte, Decken, Kartoffelsalat (Mutti), Zahnbürsten, meine Jeansjacke (für Anne).

Unser altes Zelt entdeckte ich nach längerer Suche endlich im Heizungskeller. Decken fand ich nur eine einzige, kam deshalb auf die Idee, stattdessen aus dem Dachbodenschrank den Kamelhaarmantel meiner verstorbenen Oma mitzunehmen.

Erst kürzlich hatte ich von einem Cousin einen gigantischen Tramper-Rucksack geerbt. Aber als das Zelt hineingestopft war, war er beinahe voll. Ich packte alles wieder aus und schleppte etliche Posten erst mal in den Garten zum Fahrrad. Blinki raste derweil, das konnte er auch blind, kläffend den Gartenzaun entlang. Es waren viel zu viele Sachen, einiges musste wieder zurück ins Haus. Am Ende aber hatte ich mithilfe alter Satteltaschen zumindest das Wichtigste verstaut. Blinki stand mit melancholisch gelben Augen neben mir. Viel zu lange feilte ich noch am Zettel für meine Eltern mit der Lüge, wo ich eingeladen sei und die Nacht verbrachte.

Mein Rad fuhr sich, schwer beladen und mit dem Riesenrucksack auf dem Rücken, wie ein Motorrad ohne Motor. Inzwischen war ich viel zu spät dran, dennoch nahm ich lieber den Umweg. Mir begegneten etliche Ausflügler, alle mit frischem Grün an den Fahrradlenkern, Gott sei Dank kein Gesangsverein. Ich schwitzte, es war ein Maisommertag, wenn auch nicht mehr ganz so stechend blau wie gestern. Das Landjugendzelt lag verlassen und wartete auf das nächste Fest. Von da an hielt ich Ausschau nach Anne. Dass sie sich *verbergen* musste, hieß schließlich nicht, dass sie nicht doch plötzlich aus irgendeinem Dickicht brach. Bei Anne war alles möglich. Auch dass sie ängstlich im Hochsitz hockte, dass die Polizei sie gefunden hatte oder dass sie von selbst zur Vernunft gekommen war. Hoffentlich war ihr nichts geschehen. Aber wie wahrscheinlich war es eigentlich, dass sie sich einließ auf den kümmerlichen Campingausflug, den ich mir ausgedacht hatte? Je länger ich darüber nachdachte, desto lächerlicher kam ich mir vor auf meinem eseligen Sancho-Panza-Rad. Als dann endlich der gelbe Trecker in Sicht kam, war ich vielleicht noch nervöser als am vorigen Abend. Doch ich sah sie schon. Anne lehnte am Trecker und winkte. Als ich bremste, vor ihr zum Stillstand kam, verschränkte sie die Arme und sagte: «Endlich», tat einen Schritt auf mich zu und fragte glockenhell: «Was hast du denn vor?»

Plötzlich war ich davon überzeugt, dass sie mitkommen würde.

«Wart's ab.»

Ihr Gesicht war ziemlich sauber, sie hatte sich offenbar irgendwo waschen und sicher auch etwas trinken können. Mittlerweile sah sie trotzdem irgendwie abgerissen aus, aber auch frisch und voller Tatendrang. Wir standen uns gegenüber, als stellte sich die Frage: küssen oder nicht? Diesmal aber ganz grundsätzlich. Nämlich die Frage, wie wir uns von jetzt an begrüßen würden.

«Ich hab so Hunger», sagte Anne, und wir küssten uns nicht.

Stattdessen saßen wir in der Deckung des Treckers dann mit der Tupperware meiner Mutter im Gras. Sofort begann Anne, den Kartoffelsalat in sich hineinzuschaufeln, holte sich eine Wurst aus dem Glas, biss gierig ab, fragte mit vollem Mund «Senf?», schlang grinsend weiter, wirkte geradezu glückselig, hielt sich die Wursthand ans Herz: «Von Herzen danke. Danke, lieber Kuli!»

In meinen Ohren klang es übertrieben. «Meinst du das ironisch?»

«Nein, Mann, Kuli. Spinnst du?»

Vielleicht meinte sie das doch ein bisschen ironisch, aber ich freute mich. *Kuli* – was störte mich überhaupt an dem Wort? Im ersten Moment hatte ich mir tatsächlich eingebildet, es hätte irgendwas mit *cool* zu tun, dann hatte ich an den Kugelschreiber denken müssen, schließlich hatte sich der Handlanger aufgedrängt, der Lakai. Irgendwann könnte ich sie sicher noch mal danach fragen, nicht aber in diesem Moment *linden Glücks*. Ich hatte selbst wahnsinnigen Hunger, und schon fischten wir gemeinsam Würstchen aus dem Glas. Von der Straße her kamen Stimmen und Geklingel, Anne aß seelenruhig weiter.

«Kommen hier nicht ständig Radtouren vorbei?», fragte ich.

«Doch, ständig.»

Sie hatte trotzdem direkt an der Straße auf mich gewartet, vielleicht war verbergen gar kein Riesenthema mehr.

«Ich hab ein Zelt dabei», sagte ich. «Und ich weiß eine schöne Stelle. Gar nicht weit weg, an der Ems. Die Stelle kann man nur vom Wasser aus sehen, kenne ich vom Paddeln.»

«Ich hab noch nie in einem Zelt geschlafen.»

Ich verstand das als «ja».

«Aber wir müssen zu Fuß dorthin, ist eine Stunde Weg, schätze ich.»

Sie trank etwas, rülpste, grinste: «'tschuldigung, ja, finde ich gut.»

«Darf ich?» Anne griff nach meinen Zigaretten. Marke Senoussi. Ich kannte sonst niemanden, der sogenannte *Orientzigaretten* rauchte, deshalb rauchte ich sie. Anne steckte sich gleich zwei davon in den Mund, eine für mich. Danach beobachtete ich, wie sie ihre tiefen Züge sofort wieder auspaffte, um sich schließlich nur ein winziges letztes Wölkchen davon in die Lunge zu ziehen.

Wir hockten im Schatten. «Ist dir kalt?», fragte ich in Gedanken an die Jacke, die ich mitgebracht hatte.

«Bin reisefertig», sagte sie und lief dann, nachdem ich das Fahrrad mühsam wieder bepackt und den schweren Rucksack geschultert hatte, schwerelos neben mir her.

Das Krankenhaus umgingen wir weiträumig. Auf allen Wegen Frühsommerlicht. Vielleicht hätte ich mal angehalten, um einen Kuss zu versuchen – hätte ich für das überladene Rad nicht erst eine Stelle zum Anlehnen finden müssen. Kiew war von Westfalen weit weg, und der Wind blies alles zurück hinter den Eisernen Vorhang, hatte zumindest meine Mutter gesagt. Andere Ausflügler kamen uns entgegen und hatten genau wie wir keine Angst. Wir gaben wahrscheinlich ein seltsames Bild ab, wenn ich auch keine Ahnung hatte, welches. Eine vorbeifahrende Frau kreischte «Maria und Josef!», und man sah ihrem Fahrstil an, dass sie schon getankt hatte. Ihre Maitourschwestern gackerten.

Wir beide sprachen nicht viel, ich sagte mehr so Sachen wie: «Dort am Bahnübergang ... dahinten der Schornstein, bei der Firma hab ich zwei Sommer lang gearbeitet ... die Figuren, das ist der neue Kreuzweg, gibt hier nämlich einen alten und einen neuen.»

Manchmal fragte Anne nach, aber ich gewöhnte mich daran, dass es mit ihr angenehm war, länger nichts zu sagen, und dass es sich gar nicht peinlich anfühlte. Dass es mit Anne absolut schön genug war, einfach nebeneinanderher zu gehen, auch wenn mein Gehen dieses mühselige Schieben war.

«Natürlich hab ich schon mal in einem Zelt geschlafen», sagte Anne plötzlich, «das ist sogar eine ganz schöne Geschichte. Willste hören?»

«Na klar.»

«In Sorrent, da gab es nämlich Bungalows, aber ein paar hatten auch eigene Zelte dabei, und ich hab im Zelt übernachtet damals.»

Kurz hatte ich den Eindruck, dass das schon die ganze schöne Geschichte gewesen war. «Damals?»

«Ja, wann war das? 81? Ende der Zwölften haben wir die Abschlussfahrt gemacht. Juni 1980 muss das gewesen sein ... Das mit dem Zelt war an dem Abend eher so ne Spaßmaßnahme. Wir sollten geärgert werden, gefoppt, ich und meine Freundin. An dem Abend waren wir mit ein paar anderen schwimmen gewesen. Also Juni, herrlichstes Wetter. Warst du mal da unten?»

«Wo?»

«Sorrent.»

Es war mir unangenehm. «Sorrent ist in Italien?»

«Genau. Neapel, Capri, die Ecke.»

«Ich war mal in Rimini.»

«Jedenfalls ist es wunderschön da. Und unser Gelände, also eigentlich war's ja nur ein Campingplatz, das lag oben auf der Steilküste. Meerblick und so, aber vor allem konnte man, wenn man wollte, runterwandern, und dann war da ein ganz toller Badestrand mit so einer kleinen Felsnadel im Wasser. Für uns wie ein Privatstrand. Und da waren wir jeden Abend, endlos lange. An diesem einen Abend war's schon dunkel, totale Finsternis, als wir wieder oben ankamen. Auf dem Campingplatzanwesen gab es sowieso kaum Licht. Wir merkten gleich, dass irgendwas los war, so ein Gehusche und Gekicher. Und jetzt sah man sie überall. Ein paar davon hatten wir schon beim Aufstieg entdeckt. Damals hatte ich nur das Wort gekannt, auch irgendein Bild davon im Kopf gehabt, aber zum ersten Mal gesehen habe ich die damals in Sorrent. Glühwürmchen. Bei uns im Ruhrgebiet gab's die jedenfalls nicht. Du kennst die?»

«Schon. Klar.»

«Auch mal gesehen?»

Ganz sicher war ich mir nicht, also gab ich einen zustimmenden Laut von mir.

«An diesem Abend am Meer, oben auf der Steilküste, da glühten die. Hunderte. Die leuchten immer nur kurz, also waren es wahrscheinlich Tausende. Und wir standen mittendrin und hatten das Gefühl, es werden immer mehr. Überall diese kleinen Leuchtpunkte am Schweben, Hunderttausende, Millionen vielleicht, so ein richtiger Leuchtsturm, aber in Zeitlupe, verstehst du. Die fliegen langsam. Und wohin man auch sah, diese Phosphoreszenz. Oder diese Lumineszenz oder wie das heißt. So wunderschön, dass es dir erst mal Angst macht. Aber da war auch ein Gehusche um uns herum, das waren nämlich diese Heckenpenner. Die wollten wieder so einen doofen Streich spielen. Selbst das aber, Streich spielen, foppen, plagen, das konnten sie in Anwesenheit der Glühwürmchen nur in schön tun. Irgendwie andächtig, in Anwesenheit der Glühwürmchen konnten die Heckenpenner das alles bloß andächtig tun, sie huschten andächtig, kicherten andächtig. Immer wieder lief einer an unser Zelt, kroch hinein, dann gleich wieder raus ins Dunkel. Ganz dunkel war's ja nicht mehr. Es war Wurmlicht. Es dauerte ein bisschen, bis wir geschnallt hatten, was die machten. Aber dann sahen wir genauer hin, und unser Zelt war ein bisschen anders neben den anderen Zelten. Ein kleines bisschen heller. Die Heckenpenner fingen nämlich Glühwürmchen und taten sie in unser Zelt. Das war ihr Streich. Ich nehme an, dass sie am Anfang gar nicht gemerkt haben, dass es ein Kunstwerk war, was sie da fabrizierten. Etwas Wunderschönes. Im Vergleich zu den anderen glomm unser Zelt nämlich. Glomm, schönes Wort. Es war ein winziges Igluzelt, und wir hatten die äußere Schicht vom Iglu weggelassen. War ja heiß, italienischer Sommer. Durch diesen ganz dünnen Stoff glomm es, ließen die Glühwürmchen unser Iglu glimmen. Wer weiß, wie lange die schon Glühwürmchen fingen, bestimmt erwischten die manchmal auch drei oder vier auf einmal. Meine Freundin und ich standen da, guckten Richtung Wunder, sahen zu, wie im Iglu das Leuchten anschwoll. Nee, da schwoll eigentlich nichts, das war etwas ganz Leichtes, was ganz sanft Umgekipptes, auch so was Kindisches, diese Idee vom Glühwürmchensammeln, um ein Zelt zu beleuchten. Und es leuchtete, ich sage dir, Kuli, das leuchtete.»

Anne hatte als Erzählerin noch nie so losgelegt.

«Wie kamen die denn darauf?»

«Wer?»

«Die *Heckenpenner*. Ich meine, wieso ausgerechnet euer Zelt?»

«Brauchen die nen Grund?»

«Und die Nacht? Wie habt ihr geschlafen?»

«Meine Freundin fand die Glühwürmchen eklig. Sie wollte draußen schlafen. Ich hab mich sofort ins Zelt gelegt, wusste irgendwie, die leuchten nicht ewig. Ich flog im Iglu quasi wie durchs All. Irgendwann hatten die sich auch müde geleuchtet, da bin ich wieder raus. Unsere Nächte waren ja lang. Geschlafen haben wir immer auf den Ausflügen, auf dem Boot, im Bus. Noch ne lustige Geschichte: Beim Ausflug nach Amalfi ist einer dort vergessen worden. Der rief dann beim Campingplatz in Sorrent an, und der Lehrer sagte: ‹Mann, setz dich in den Bus.› Da sagt der Vergessene: ‹Wollen Sie mich verarschen? Amalfi ist doch ne Insel.›»

Gummy Smile – Anne sah mir an, dass ich es nicht kapierte.

«Ach so, das hab ich vergessen: Wir waren mit dem Boot hingefahren und mit dem Bus zurück.»

Ich guckte immer noch dämlich.

«Amalfi ist natürlich keine Insel, sondern liegt auf dem Festland. Wir waren mit dem Boot nur diese tolle Küste dort entlanggefahren. Dann mit dem Bus zurück.»

Hilflos grinste ich. Ich hatte Amalfi ja nur für einen x-beliebigen besonders überzeugend italienischen Namen gehalten. Anscheinend war Amalfi ein Ort.

«Meine Band heißt Het Amalfi Tigers», sagte ich.

«Echt? Wie?»

«Het Amalfi Tigers.»

«Und was heißt ‹het›?»

«Ist Holländisch für ‹die›.»

«Geiler Name.»

«Findest du?»

«Finde ich sehr.»

Jetzt erzählte ich. Und ich schmückte die Geschichte, wie die Het Amalfi Tigers vor Kurzem fast erfroren waren, ebenso aus, wie Anne es möglicherweise mit den Glühwürmchen von Sorrent getan hatte. Noch im Erzählen überlegte ich, ob ich ihr offenbaren sollte, wie sehr ich mich damals beim Auftauen bereits nach ihr verzehrt hatte. Aber das ließ ich dann lieber weg.

Genau wie gestern Nacht las Anne vom Wegesrand einen Stock auf, hieb damit durch die Luft, nun aber ohne zu schreien. Sie schien mir aufmerksam zuzuhören, am Ende aber verrannte ich mich in eine Auseinandersetzung mit Clemens über jene linke Hymne namens «Internationalists», die The Style Council letztes Jahr beim Live-Aid-Konzert gespielt hatten und die ich fantastisch, Clemens aber «ongeloofwardig» fand, unglaubwürdig.

«Ich habe eigentlich nicht so ein Interesse für Musik», sagte Anne.

Ich erschrak. Hatte ich sie die ganze Zeit gelangweilt?

«Was hörst denn du so?»

«Ach, alles Mögliche, früher gern Supertramp.»

«Und heute?» Ich lächelte verständnisvoll.

Sie zuckte mit den Schultern. «Ich hör die immer noch supergern.»

Ich wartete, um im richtigen Moment gemeinsam loszulachen. Aber sie fuchtelte lediglich vergnügt mit ihrem Stock herum, hatte es offenbar überhaupt nicht ironisch gemeint. Jeder hatte mal eine Supertramp-Phase, dachte ich – ich mit elf. Sie studierte Fotodesign, ich bewunderte ihre Bilder, dennoch schien es, als hätte sie von lebenswichtigen Dingen absolut keine Ahnung. Supergern Supertramp – vielleicht hatte sie auf dem Landjugendball überhaupt nicht gelitten. Anne erzählte jetzt, sie sei auf einer Waldorfschule gewesen. Dort habe es ein sogenanntes Instrumentenkarussell gegeben. Jedes Kind habe sich das Instrument, das es lernen wollte, aussuchen können. Anne hatte sich ein Fagott ausgesucht, schwarz, gigantisch, wunderschön. Nein, habe es da geheißen, Fagott ginge nicht, dafür sei sie zu klein. Das wäre es dann gewesen, für Anne mit der Musik.

Eine Brise kam auf, irgendwelche Flocken wirbelten durch die Luft.

«Was ist das?» Sie fasste mich am Ärmel.

Die ganze Zeit hatte ich mir gewünscht, dass sie mich berührte. Ich griff nach ihrer Hand, und für den Moment spazierten wir wie ein Liebespaar, wenn ich das Fahrrad einhändig auch nur mühsam geschoben bekam.

«Kuli, was ist das?», sie ließ mich schon wieder los, ließ ihren Stock fallen, wirkte ernstlich verunsichert wegen der paar Flocken.

«Was ist denn? Blütenblätter oder irgendwelche Samen», sagte ich, «ist doch hübsch.»

Ohne einen Gedanken ans schwere Packrad zog sie mich an sich. Das Rad sank auf den Weg, während ich in die Annewolke stürzte. Sofort wollte ich sie küssen, doch Anne hielt sich am Rucksack fest, zwang mich seltsam an sich, machte sich dann im nächsten Moment ruckartig schon wieder von mir los, hatte nur Augen für die Flockenwirbel. Sie machte ein paar alberne Tanzbewegungen und sang dazu unser Lied von gestern Nacht: «Don't know much about biology. Das passt doch jetzt.»

Alles zu rätselhaft, dass ich es romantisch hätte finden

können. Endlich ließ sie sich von mir wieder in den Arm nehmen. Ich verstand ihre Ängste einfach nicht, wenn es denn überhaupt welche waren. Sie passten überhaupt nicht in diesen Frühlingstag und in die langweilig idyllische Landschaft. Überwältigt von ihrer Nähe, drückte jetzt ich Anne heftig an mich, und sie wurde weich in meinen Armen. Leise sprach sie: «Bleib bei mir, Kuli.»

Danach bekam ich es doch einigermaßen hin, zugleich zu schieben und Annes Hand zu halten. Noch einige Male gerieten wir in den Blütenwind, aber Anne schien jetzt weniger beunruhigt. Sie erzählte lediglich Unzusammenhängendes über eine Frau H., und ich fragte lieber nicht nach, ob sie damit Frau Holle meinte, war auch ziemlich mit dem Rad und dem Weg beschäftigt, der sich elend in die Länge zog. Frau Holle lag nahe, Schnee aus Federn oder so. Anne gähnte öfter und steckte mich damit an, beiden saß uns die gestrige Nacht in den Knochen.

Als ich die versprochene Stelle endlich gefunden hatte, war Anne entzückt. Ich hatte vorher die Hoffnung beinahe aufgegeben, hatte Anne an einem Wegkreuz zurückgelassen, um ihr die Sucherei zu ersparen, war alleine los. Immer wieder die Böschung hinunter zur Ems und wieder hinauf. Jahrelang war ich nicht hier gewesen. Man sah jene kleine Bucht tatsächlich nur vom Wasser aus. Mein Vater und ich hatten jedes Mal an dieser Stelle angelegt, obwohl wir gerade erst losgepaddelt waren, nicht ein Fünftel unserer Tour hinter uns hatten. Im Sommer war der Sand hier wellig und weiß, das Schilf meterhoch und alles voller Libellen. «Wie am blauen Nil», hatte mein Vater jedes Mal gesagt, obwohl er natürlich nie am Nil gewesen war.

Nachdem ich sie hergeführt hatte, strahlte Anne, als ob irgendeine Hoffnung sich erfüllte, und auch ich sagte: «Wie am blauen Nil!»

«Ich hatte mir hier ein Lagerfeuer vorgestellt. Das Knistern und dazu ein ganz bestimmtes Mixtape.»

«Aber ich muss Radio hören», meinte Anne.

«Hab eh das Tape vergessen.»

Das alte, pfadfindermäßige Zelt hatten wir im weichen Sand notdürftig fixiert bekommen, waren jetzt müde, und zumindest ich spürte keine Lust, noch nach Holz zu suchen.

«Wir können uns ja ein Lagerfeuer vorstellen», sagte Anne, «fiktives Lagerfeuer.»

An diesem Lagerfeuer saßen wir dann Schulter an Schulter, hörten Radio und erfuhren, was alles noch unbekannt war, weil die Russen mauerten, und was man hingegen schon wusste, das aber dennoch keineswegs Anlass zur Sorge bot, und sahen dabei der trägen, völlig unblauen Ems zu, der die Sonne ein wenig Gold beimischte.

«Hat jetzt ganz genau die Farbe von den Fliesen im Badezimmer von meinem Patenonkel», sagte ich. Anne lachte.

«Guck mal da, du Romantiker, wieder ein Fisch.» Anne erspähte Fische im Minutentakt, meinte sogar welche springen zu sehen. Wegen T5, der Wehruntüchtigkeit meiner Augen, sagte ich, müsse ich ihr da vertrauen. Über die Nachrichten sprachen wir kaum ein Wort. Ich ahnte schließlich, eigentlich wusste ich es, dass sie nur wegen ihrer atomaren Wahnideen ein Kofferradio gewollt hatte.

«Machst du dir richtig Sorgen?», fragte ich lediglich.

«Im Gegenteil», antwortete Anne, unangenehm entschlossen.

Um Wasser zu sparen, tranken wir Wein. Er schmeckte so eklig und köstlich wie gestern Nacht. Allmählich wurde es kühler, aber nach wie vor wollte Anne meine Jeansjacke nicht. Sie fischte sich aus unserem Schlaflager den schon zur Decke ausgebreiteten Mantel meiner Oma. Wie immer spielte der WDR entweder Eurythmics oder Phil Collins. Anne stapfte zu *You Can't Hurry Love* in dem beigen Mantel durch den Sand, behauptete, der Kragen sei aus echtem Kamelfell, entdeckte in einer Innentasche ein violettes Halstuch und band es sich um. Beinahe wäre sie bei ihrem Auftritt in die Ems gefallen. Sie war total albern, doch ich fand ihre Albernheit erhaben. Auch ich war wieder betrunken. Ich konnte ihr einfach nicht sagen, wie sehr sie mir gefiel, wie unsäglich. Ich schrie nur: «Deine Ärmel sind viel zu kurz.»

«Das muss so!»

«Stimmt!», schrie ich.

Und das stimmte, denn alles musste so.

Wir waren natürlich leicht umzuhauen, bereits eine Flasche erledigte uns. Der Tag hatte mich überfordert. Im Packchaos hatte ich nachmittags tatsächlich alles Mögliche vergessen, unter anderem Gläser.

«Noch Medikamente?» Anne reichte mir den allerletzten Schluck Wein. Da kam mir, wenn auch betrunken, in den Sinn, dass sie ja bis gestern noch voll unter Medikamenten gestanden hatte, jetzt seit vierundzwanzig Stunden ohne war. Wieso hatte ich daran noch kein einziges

Mal gedacht? Und doch kratzte mich noch viel mehr die Frage auf, was gleich passieren würde, wenn wir nebeneinander im Zelt lagen.

Anne begutachtete die Kodak Instamatic, die ich nicht zu Hause vergessen hatte.

«Wieso sagst du eigentlich immer so umständlich *Kodak Instamatic*?»

Ich verstand die Frage erst gar nicht, so selbstverständlich sagten wir alle in unserer Familie Kodak Instamatic.

«Bitte nicht lächeln», sie legte den Arm um mich und machte ein Foto von uns, obwohl es dafür schon zu dunkel war. Längst hatten wir Schlafsack und Decke nach draußen geholt. Nun war ich es, der gähnte, während Anne ausdauernd erzählte, dazu plapperten das Radio und auch die Ems leise im Mondlicht. Von ihren zwei Brüdern, von einem Ferienhaus am Wattenmeer, gegenüber von Baltrum, von vorne total hässlich, aber hinten mit einem Garten voller Obstbäume und schöner Erinnerungen. Von einem Motorroller, der in Dortmund seit Monaten auf sie wartete und zwischenzeitlich von ihrem ehemaligen Mitbewohner gefahren wurde. Er ist malvenfarben, sagte Anne. Vom Professor einer Freundin, der sich «The End» auf ein Augenlid hatte tätowieren lassen. Er sei auch als «menschlicher Blitzableiter» stundenlang mit einer fünf Meter langen Stange auf dem Rücken nackt auf einem Feld herumgerannt. Von der Dunkelkammer, die sie in ihrer alten WG hatte und von der sie nicht wusste, ob es sie noch gab. Dort waren ihr auf rätselhafte Art Fotos abhandengekommen, im Entwickler weiß geblieben oder sofort pechschwarz geworden. Früher hatte sie viel

Zeit in dieser Dunkelkammer verbracht, sich später dann überhaupt nicht mehr reingetraut. Sie erzählte von einem Kugelhaufenreaktor, den ihr Vater mitentwickelt hatte. Davon, dass sie alles zurückbekomme. Das seien jetzt die Tage. Von Frau H. Alles werde zurückgegeben. Von Frau H. Alles werde gut. Das seien die Tage. Von Frau H.

Ich hatte das Gefühl, ich dürfe ebenso zuhören wie wegnicken. Sie sprach, gähnte selbst, den Arm um mich gelegt. Ich war todmüde. Und selten lebendig. Der Kugelhaufenreaktor, alles, was ich nicht kapierte, konnte nur ein Traum gewesen sein. Wer sagte, dass unsere ganze glückliche Maitour nicht nur ein Traum war? Und wenn schon.

Im Zelt lag sie, den Reißverschluss hochgezogen bis zum Kinn, neben mir wie eine Mumie. Ich hatte ihr den Schlafsack und die Isomatte angeboten, mich neben ihr auf unsere einzige Decke gelegt und mich notdürftig mit allem, was zur Hand war, zugedeckt. Die Mumie und ich hatten dann noch ein bisschen geknutscht. Es war eigentlich stockdunkel, und ich hätte nichts sehen dürfen, aber ihr Gesicht schien mir aus allernächster Nähe trotzdem von einer fremden Symmetrie und Schönheit. Die halbe Nacht hoffte ich dann auf ein Sirren des Reißverschlusses, auf ihre schläfrige Stimme: «Komm, ich wärm dich.»

Diese Nacht war bitterkalt. Immer wieder wachte ich auf und versuchte die Uhrzeit zu entziffern, Anne hatte zum Schlafen meine Uhr abgelegt. Ich war auch unruhig, weil ich am Morgen wieder Dienst hatte, aber keinen Wecker. Einmal hörte ich Geräusche, und ich war fest davon überzeugt, es wären Schritte, die Polizei habe uns gefunden oder der ansässige Bauer wolle uns vertreiben. Doch es war nur das Rascheln von Tieren, wahrscheinlich Bisamratten. Plötzlich erinnerte ich mich lebhaft, welche Heidenangst ich einmal gar nicht weit von hier ausgestanden hatte, nur ein paar Kilometer flussabwärts.

Damals hatten wir, mehrere Väter und Söhne, an der Ems zwei Zelte aufgeschlagen, oben auf der Böschung am Waldrand. Ich dürfte acht oder neun gewesen sein. An etliche Kästen Bier erinnerte ich mich, irgendwie verankert im Fluss, auch an eine tiefe Grube im Wald für den Müll, an eine Luftpistole, mit der wir Kinder auf Zielscheiben schießen durften. Einmal gab ein Onkel einen Schuss auf eine Kuh ab, die reagierte kaum, tat nur ein paar hilflose Schritte, brachte keinen Laut hervor, alle mussten lachen. Am zweiten Abend ließen uns die Väter unter irgendeinem Vorwand allein. Wir Söhne freuten uns unserer Freiheit. Aber als es dunkel wurde, zogen wir uns ins Zelt zurück. Bald schon begann es, im Wald ein Knacken und Rumoren, auch Schreie. Unsere schlimmsten Träume wurden wahr. Wir Kinder waren unterschiedlich alt, aber am Ende weinten alle. Wie damals eins ins andere übergegangen war: die Angst vor dem Grauen aus dem Wald. Dann kam auch von dort die Rettung in Gestalt unserer Väter. Schließlich die Verhöhnung: «Ihr wollt groß und stark sein? Memmen seid ihr!» Ich war noch ein Kind, aber ich hatte mich meiner Angst nicht geschämt. Sondern meinen Vater verachtet. Nicht nur ihn – «Versteht ihr denn keinen Spaß?» –, alle Väter.

Anne atmete neben mir wie ein Blasebalg. Meine Urlaubserinnerungen gingen in Träume über. Es wurde bereits hell, als ich das nächste Mal erwachte. Panisch griff ich zur Uhr. Ich war bereits eine halbe Stunde zu spät. Meine Liebste hatte sich die ganze Nacht über keinen Zentimeter bewegt.

«Anne», flüsterte ich unschlüssig. Ich fragte mich, ob sie vielleicht unter den geschlossenen Lidern hellwach war, flüsterte: «Ich muss. Bin um spätestens drei wieder da. Du weißt Bescheid, die Uhr lass ich dir hier», schloss selbst noch mal die Augen und atmete ein paar Mal die Luft ein, die sie ausatmete, zog dann leise von außen das Zelt zu.

Am Ufer versuchte ich mir ein paar Hände eiskalten Emswassers ins Gesicht zu werfen, verlor das Gleichgewicht, landete im Sand. Wieder, merkte ich, würde ich nach einer durchgefeierten Nacht aussehen. Ich kletterte die Böschung hinauf, sah vom Fahrrad aus noch mal runter zur Ems. Dann stieg ich wieder ab und brach einen toten Ast von einem Baum, lehnte ihn als Wegzeichen gegen einen Stamm, denn man sah von hier oben von unserem Versteck wirklich absolut gar nichts, keine Spur.

Es war schon wieder so ein Morgen, hellblau und rosenrot. Jetzt frei von Sack und Pack, flog ich geradezu durch Äcker und Wiesen, mit klappernden Schutzblechen, und je näher ich der Arbeit kam, desto kitschiger sah der Himmel aus.

Ich stellte mir vor, wie jetzt vielleicht Anne erwachte, aus dem Zelt kroch, sich räkelte, allein war. Was würde sie tun? Was als Erstes, was als Zweites? Sie konnte Toastbrot frühstücken, trocken, es herunterwürgen mit dem letzten

Wasser. Chips gab es auch noch und das Gurkenglas. Anne hatte einen leeren, freien Vormittag vor sich. Doch was wusste ich von ihren Vormittagen, von ihrer Freiheit – von ihrer Leere? War sie verliebt in mich? Hatte sie sich gestern Nachmittag wirklich über mich gefreut, oder hatte sie nur Hunger gehabt? Wie oft hatte sie mich seither eigentlich geküsst? Ich begann tatsächlich zu zählen. Etwas zog sich heftig in mir zusammen. Ich hielt es für Sehnsucht. Ich hatte mich doch vor einer Viertelstunde erst von ihr verabschiedet. Doch ihre letzten Worte waren ewig her. Was hatte sie mir gestern an unserem fiktiven Lagerfeuer alles erzählt? *The End* auf dem Augenlid. Angst vor der Dunkelkammer? Ein Kugelreaktor. Und immer ein Ohr am Radio. Wie lange war sie jetzt ohne Medikamente? Inzwischen war ich an der Bundesstraße. Heute war bereits einiges los hier, doch die Vögel, frühlingsverrückt, übertönten beinahe den Verkehr. Wahrscheinlich stand ich halb auf der Straße, jedenfalls hupte ein LKW-Fahrer, gestikulierte im Fahrerhaus.

«Leck mich», schrie ich, «was willst du? Leck mich! Komm her! Leck mich doch, du Horst!», und so weiter. Als ich mich beruhigt hatte, fuhr ich zur nächsten Telefonzelle und meldete mich zum ersten Mal im Arbeitsleben krank. Magen und Darm.

Evi war dran. «Da musst du bei der Pflegedienstleitung anrufen. Du hörst dich ja gar nicht gut an. Also, lass mal gut sein, ich mach das für dich. Dann wird's ja mit dir wohl heute Abend nichts.»

Ich hatte völlig vergessen, dass sie Geburtstag hatte und ich bei ihr eingeladen war.

Gegenüber war eine Bäckerei. Ich kaufte Brötchen und zwei Tüten Milch, weil es kein Wasser gab. Draußen zerplatzte eine der Tüten beim Versuch, sie hinten auf den Gepäckträger zu spannen. Durchs Bäckereischaufenster beobachtete man, wie ich aufs milchgetränkte Rad stieg. Es war noch nicht sieben, und ich schwitzte bereits wie im Hochsommer. Wieder hatte ich für Anne gelogen. Meine Krankmeldung würde ihr gefallen.

Ich stellte mir vor, wie ich sie mit der kalten Milchtüte an ihrer Wange weckte, wie sie hochschrak, während sich das Zelt mit dem Duft frischer Brötchen füllte. Später blühten am Wegesrand irgendwelche Blumen. Kurz darauf hatte ich einen lila Strauß hinten auf dem Gepäckträger, pfiff eine Melodie und war, als ich die Ems erreichte, heilfroh über mein Wegzeichen.

Unten stand das Zelt offen. Der Mumienschlafsack lag draußen wie ein Kokon. Keine Spur von Anne. Das Radio lief. Da lag der Mantel meiner Oma und, wenn ich recht sah, auch alles andere, was Anne am Leib gehabt hatte, Pullover, Hose, Unterwäsche, ihre grünen Socken. Ich lief hin und her, ging die Bucht ab. Das war lächerlich, denn sie maß nur ein paar Meter. Ich bahnte mir einen Pfad in die winzige Nachbarbucht, die war steiniger, halb hinter Schilf verborgen, niemand konnte sich dort verstecken.

«Anne?»

Allmählich verstand ich, dass sie, wenn sie von hier verschwunden war, nackt unterwegs sein musste. «Anne», schrie ich jetzt, wollte schon die Böschung hinauf, wusste aber, dass man von dort gar nichts sah. «Anne!»

Ich rannte noch mal zurück in die kleine Nachbarschilfbucht und schaute übers Wasser. Erst dachte ich, es wäre eine Bisamratte. Aber es war ihr Kopf. Mit nassen Haaren, fast am anderen Ufer, wirkte er winzig. Anne schwamm in der Ems.

«Hey … hey! Hörst du mich nicht? Anne, was machst du?» Ich war glücklich, sie nicht verloren zu haben, zugleich wusste ich, wie eisig das Wasser noch war. Ihr Kopf ging schnell hoch und runter, verbissen schien sie gegen den Strom anzuschwimmen, kam kaum Zentimeter voran.

«Hey! Sag doch was!»

Ich zog Schuhe und Socken aus, um zumindest etwas näher ranzukommen, rief weiter. Das Wasser war stechend kalt. Plötzlich winkte sie. Schwamm aber stumm sofort weiter, als störte ich bei einem Wettkampf. Ebenso gut konnte sie aber auch in einer abstrusen Not sein.

«Anne!», schrie ich und zog mich jetzt komplett aus. Das Flussbett war schlammig, total unmöglich, vorsichtig ins Wasser zu gehen. Ich versuchte es, japste, schwankte, dann fiel ich hinein. Die Kälte war unerträglich. Mehr oder weniger auf allen vieren hievte ich mich zurück ans Ufer, sah von dort wieder Annes Kopf steigen und fallen. Selbst wenn sie nichts von mir mitbekommen hatte, war es blamabel, welch jämmerliche Figur ich abgab. Blinki spränge im tiefsten Winter in die Ems, dachte ich, wenn meine Eltern ihn ließen.

Dann stürzte ich mich kopfüber in den Fluss. Der Schock dämpfte alles. Ich tauchte wieder auf, keuchend wie ein Seehund. Hier war die Kälte das Medium, nicht das Wasser. Sie war ein stechender Strom und trieb mich ab, denn zu mehr als Hundepaddeln war ich nicht in der Lage.

Eigentlich kein schlechter Schwimmer – «Fett schwimmt oben», spotteten sie früher –, begann ich doch zu kraulen, kämpfte mich durch die Suppe. Sie war so braun wie im Sommer, wenn mein Vater und ich abwechselnd aus dem Boot gesprungen waren, um uns abzukühlen. Er arbeitete beim Wasserwirtschaftsamt, wusste Bescheid, jedes Mal hatte er gesagt: «Mach den Mund zu. Pass auf, dass du nichts runterschluckst!» Ich war inzwischen beinahe auf Annes Höhe und sah, wie sie sich an der Strömung abarbeitete, als interessierte sie sich nicht für andere Badegäste. Das Wasser kochte vor Kälte, und doch gewöhnte man sich. Ich schwamm fast neben ihr, als sie endlich Notiz von mir nahm.

«Herrlich, nicht?», fragte sie mit blauen Lippen.

«Spinnst du? Nein, find ich nicht ... Wieso antwortest du mir denn nicht?»

«Wasser in den Ohren.»

«Mein Gott, ich dachte, du bist vielleicht in Not.»

«Wieso? Wieso in Not?»

«Wieso? Weil das Wasser saukalt ist.»

«Stimmt.»

«Scheiße ... Wie viel Grad sind das?»

«Pass auf», warnte Anne. Ein ziemlicher großer Ast trieb auf uns zu, sie gab ihm einen kleinen Stoß.

«Wie lange schwimmst du denn schon?», fragte ich.

«Ich fall gleich in Ohnmacht.»

Ich war überzeugt, das wäre ein Witz, aber als sie mich ansah, wusste ich es besser. Sie verdrehte schon die Augen.

Ich machte zwei Züge, griff ihr unter die Achseln, Anne ließ es geschehen. In der Schule hatten wir Rettungsschwimmen gehabt. Bis zur Erschöpfung hatten wir geübt, wie man sich befreite, wenn einen die hilflose Person umklammerte, aber Anne war ruhig, vielleicht tatsächlich ohnmächtig. Die Ems hielt nicht an. Jetzt war sie ohne Temperatur, ich fühlte nichts mehr. Ich bekam die Brühe in den Mund, verschluckte mich, hielt Anne aber fest über Wasser und schwamm uns rückwärts. Schließlich spürte ich Schlamm am Rücken, kam dort aber nicht auf die Füße. Es hatte uns an eine viel zu steile Stelle abgetrieben, ich bekam uns nicht an Land, wir rutschten immer wieder zurück ins Wasser. Ich kämpfte weiter. Irgendwann endlich lagen Anne und ich schief im Gras. Insekten summten.

«Anne?»

Sie schien nicht ohnmächtig.

«Wie geht's dir?», fragte ich.

«Weiß nicht.»

Es ging kein Lüftchen. Die Sonne tat mit unseren nackten Körpern, was sie konnte.

«Was sollte das?»

«Weiß nicht.»

«Doch, du weißt es.»

«Es geht mir schon viel besser.»

«Gut, da bin ich froh ... Aber was sollte das?»

«Ich kann dir vertrauen, Kuli?»

«Hab ich dich nicht gerade aus der scheiß Ems geholt?»

Ich atmete wieder halbwegs regelmäßig, aber ich merkte, dass ich anfing zu zittern.

«Du kennst den Kugelhaufenreaktor?», sagte sie. «Alles wird zurückgegeben.» Auch Anne bekam das Zittern, man hörte es an ihrer Stimme.

Ich hätte jetzt fragen können, was genau das alles eigentlich bedeuten sollte. Aber es war zu kalt, die Sonne wärmte uns nicht. Von fern hörte man leise einen Beitrag aus unserem Radio. Anne klapperten die Zähne. Ich richtete mich auf und sah sie an, nackt und bebend.

«Kuli, mir ist kalt.» Es sah aus, als versuchte sie es, aber brachte kein Lächeln mehr zustande.

Ich erhob mich, als hätte ich einen Plan. Nachdem ich Anne aufgeholfen hatte, stand sie vor mir, als wäre sie überraschend gewachsen, fände die eigenen Beine noch ungewohnt. Wir waren die ersten Menschen, denen eine Umarmung keine Wärme gab. Jetzt fiel es mir auf: Sie trug meine Uhr. Anne hatte meine Kommunionsuhr mit ins Wasser genommen. Wir begannen, die Böschung hinaufzuklettern, fassten in Brennnesseln, Anne rief mit heller Kinderstimme: «Aua … aua, aua.» Oben angekommen, konnten wir endlich rennen, so schnell das barfuß ging und Hand in Hand. Da war mein Wegzeichen, hechelnd ging es abwärts, von unten das Radio.

Ich warf als Erstes den Mantel meiner Oma ins Zelt, dann den Schlafsack. Ich lief hinüber in die andere Bucht, um meine Sachen zu holen. Als ich zurückkam, war Anne in Unterwäsche, wartete zitternd. Mir fiel auf, wie verdreckt sie war, ebenso wie ich. Unsere Knie waren schwarz, auf unserer Haut klebte Gras.

«Wir schmeißen alles rein und decken uns damit zu», gab ich vor. Anne nickte und sah mir zu, wie ich im Durcheinander für uns ein Lager fabrizierte. Dann legte sie sich schlotternd hin, ich mich neben sie. Gemeinsam zogen wir Schlafsack, Mantel, Hosen, Pullover, Taschen, Jacken, alles heran, was ein bisschen zu wärmen versprach.

«Nicht so», sagte sie und drehte sich um, als wäre es mit mir zu eng. «Löffelchen.»

Der Deckenturm rutschte auseinander.

«Was heißt das? Was meinst du?»

Sie rückte noch ein wenig näher und begann, unsere Stückwerkdecke wieder zusammenzusetzen. Ich half mit. «Wie ein Löffelchen», sagte Anne, rückte noch dichter heran. Ich spürte jetzt ihren Rücken und ihre nackten Beine und Füße. Mir war so eiskalt, dass ihre Haut warm war. Vielleicht ging es Anne ja durch ein physikalisches Wunder umgekehrt genauso. Noch nie war ich jemandem so nah gewesen. Da rückte Anne noch ein winziges Stück näher, bis es völlig passte, einrastete. Sie tastete nach hinten, holte sich meine Hand nach vorne, und so lagen wir, bis sie nicht mehr zitterte und auch mir irgendwann nicht mehr kalt war. Irgendwann bemerkten wir, wie laut Annes Magen knurrte und wie orange das Licht im Zelt war, wie laut unser Radio. Trotz alldem nickten wir ein.

«*Dein* Magen knurrt», weckte mich Anne, und genau in dem Moment knurrte wie ein Kommentar auch ihr eigener. Im Radio plärrten die Nachrichten: Staus an der polnischen Grenze, wo Lastwagen auf Strahlung untersucht wurden, siebenundzwanzig davon stark verseucht. Die Behörden dachten darüber nach, wie man sie entseuchen kann. Sowjetische Frachter in Bremen und Bremerhaven zeigten leichte Strahlung, ihre Mannschaften mussten an Bord bleiben. Einige Bundesländer rieten von frischer Milch ab. Der Wetterbericht versprach Regen im Süden, das Ende der Schönwetterperiode. Dann Phil Collins.

Mehr als mit Musik und Nachrichten war ich mit Annes nackten, heißen Beinen beschäftigt. Sie musste mich spüren, war aber nicht von mir abgerückt. Vorsichtig begann ich, ihren Arm zu streicheln, drückte meine Nase in ihr Haar, berührte mit den Lippen ihren Hals. Sie machte dabei leise Geräusche, als seufze sie, und ich bewegte vorsichtig mein Becken. Plötzlich setzte sie sich auf und machte mit einem Handgriff das Radio leiser. Ich lag da wie halbiert. Doch Anne legte sich wieder zu mir, jetzt andersrum gedreht, griff unvermittelt nach meinem Schwanz, hielt ihn fest und sagte feierlich: «Wir machen ein bisschen was, aber wir ficken nicht.»

Wirklich gern hätte ich etwas ihrer Würdiges geantwortet, aber ich kannte Frauen, die *ficken* sagten, kaum aus Romanen. Was dann geschah, war für Anne vielleicht nur *ein bisschen was*, für mich aber etwas Großes, völlig anderes als ficken, zumindest als jenes Ficken im Hochsitz, wie ich es gestern Nacht kennengelernt hatte und was ausgerechnet mein erstes Mal gewesen war. Uns war warm, wahrscheinlich war es schon Mittag, jedenfalls brauchten wir keine Decken mehr, und das Zeltlicht färbte meinen ungewohnten Körper gelb und Annes graue Augen olivgrün. Die Orangetöne wechselten, vielleicht kamen Wolken auf. In fast alle Radiobeiträge hatten sie inzwischen Geräusche von Geigerzählern geschnitten, und ständig knackte es, während wir uns berührten.

Halbstündlich kamen neue Nachrichten.

Irgendwann aßen wir draußen die Brötchen und tranken auch sorglos die Milch. Wir verschlangen alles, was wir sonst noch hatten, trotzdem wurden wir nicht richtig satt. Dann saßen wir wieder am fiktiven Lagerfeuer, schauten auf die Ems, deren unblauer Geruch noch an uns haftete. Ich erzählte Anne, dass der Vergleich mit dem Nil von meinem Vater kam, erzählte ihr vom Paddeln und dass mein Vater immer genau an unserer Stelle gesagt hatte, hier sei die Ems wie der blaue Nil.

«War er mal da?», fragte sie.

«Wo?» Es wurde mir im Fragen klar. Mein Vater am Nil war offenbar für Anne kein Ding der Unmöglichkeit.

Nach wie vor trug sie meine Kommunionsuhr. Die war stark beschlagen, früher war sie mal wasserdicht gewesen, jetzt offenbar nicht mehr. Wir verloren darüber kein Wort. Der Himmel war bedeckt, Anne hatte nun doch meine Jeansjacke an.

«Kommen hier denn Paddler vorbei?», fragte sie.

«Wenn, dann erschrecken wir die zu Tode.»

Sie fand es nicht witzig. «Aber du meinst, es kommen welche?»

«Nein», beruhigte ich.

Anne war schweigsam und zärtlich, ich hingegen beinahe so aufgedreht wie sie gestern. Ich fand es nicht langweilig, von meinen vagen Studienplänen zu erzählen, von meinem Lieblingslehrer, Deutsch und Geschichte. Der im Sommer immer im Tropenanzug herumgelaufen war. Sogar unsere Schulwallfahrt zum Papst nach Osnabrück, zu Fuß mit einem meterlangen Holzkreuz, obenauf Stacheldraht, kam mir interessant vor. Irgendwie kam ich auf

Rosa Luxemburg zu sprechen, auf meine eigene Supertramp-Phase, redete davon, dass ich lange ernsthaft gemeint hätte, in jene Silvia aus diesem fantastischen Song von Lou Reed verliebt gewesen zu sein. Dabei versuchte ich Anne zuliebe, das Thema Musik eigentlich zu vermeiden. Sie hatte wieder den Arm um mich gelegt und lehnte manchmal den Kopf an meine Schulter. Das gab mir das Gefühl, ich sei weniger ein Kleinstadtabiturient als einer dieser Künstlerfreunde auf ihren Fotos, jemand wie Anne selbst, und als hätte ich ihr etwas zu sagen.

«Ich hab mich auch mal zuerst in ein Bild verliebt», begann sie.

«Von wem?»

«Joon», sie sprach es mit langem O aus.

Mehr kam erst mal nicht. Ich hatte sofort den schlaksigen Typen vor Augen, den sie fotografiert hatte beim Kopfstand mit Kippe im Mund.

«Und was war drauf, auf dem Bild?»,

«Der malt Informel.»

Ich hatte keine Ahnung, was das bedeutete, informell.

«Ist das ein Freund, Joon?»

«Wir sind zusammen.»

Es gab mir einen Stich.

«Oder wir waren es.»

Hatte ich gedacht, ich wäre der Einzige, der Anne gut fand?

«Hat er dich denn besucht?», fragte ich.

«Nein ... nur ein einziges Mal.»

Anne machte jetzt das Radio an, inzwischen schonte sie die Batterien. Sie schätzte die Zeiten für die Nachrichten ab, denn von meiner Uhr lesen konnte man sie nicht mehr.

Man hätte lachen können, dass schon wieder Phil Collins lief, doch ich war mit Joon beschäftigt. Dabei schmiegte Anne sich bereits wieder eng an mich.

Nunmehr wusste man, dass in Tschernobyl der Reaktorkern durchgeschmolzen war. Völlig zufällig war auch dieser KP-Chef namens Jelzin zu Besuch in Hamburg. Die Ursache des Unfalls wäre menschliches Versagen, erzählte der. In Deutschland am höchsten belastet waren Freiburg, Saarbrücken, Aachen und die Insel Norderney. Dennoch bestand absolut keine Gefahr für die Gesundheit, lediglich Frischmilch war zu meiden und Obst und Gemüse vor dem Verzehr sorgfältig zu waschen. Bundesweit und rund um die Uhr wurde nun gemessen und verglichen, auf Flughäfen wurden Passagiere aus dem Ostblock mit Geigerzählern untersucht. Den bedenklichsten Anstieg von Radioaktivität verzeichnete man in Rumänien. Keinesfalls aber waren für die Menschen in Deutschland, das wurde mehrmals wiederholt, gesundheitliche Schäden zu befürchten. Der Wetterbericht kündigte auch für Westfalen Regen an.

Wir redeten über all das nicht. Gerade deshalb war ich mir sicher, dass Anne voll war von Atomgedanken. Und dass sie sich Regen wünschte. Dass ihre große Hoffnung war, so glaubte ich, davon werde ihr nun alles zurückgegeben. Von der Strahlung, vom Strahlenregen. Nur so bekäme sie ihre Gedanken zurück. Die ihr abgesaugt worden waren. Sinnierte ich. Von der Atommafia. Von Frau H. Vom Himmel. Allein deshalb war sie in die Ems gegangen.

Als Regenersatz. Warum sonst war sie bis zur Ohnmacht dringeblieben.

Dann wieder fragte ich mich, ob ich inzwischen nicht selbst einen Hau hatte. Denn ich saß mit meiner Geliebten unter einer immer dichter und dunkler werdenden Wolkendecke und hatte weniger Angst vor dem, was vielleicht wirklich vom Himmel fallen konnte, als vor ihren Gedanken.

«Was denkst du?», fragte ich.

«Mmh», antwortete sie, als hätte ich sie geweckt.

«Ich meine, die Nachrichten und so.»

«Wieso fragst du?»

«Hast du keine Angst?»

Anne setzte sich auf. «Das hast du mich schon mal gefragt.»

«Echt? Vielleicht ... Na und?»

«Du weißt es.»

Ich griff nach ihrer Hand, bereute die Fragen bereits. «Aber was genau, was genau weiß ich?»

«Fragst du mich aus?»

«Nein. Wieso denn?»

«Gut, Kuli, dann frag», sagte sie in einem bitteren Ton, den ich noch nicht kannte.

«Ich frag mich einfach nur, was wir machen, wenn es anfängt zu regnen.»

«Verstehe. Was machst *du*?»

«Ich gehe wieder ins Zelt. Kommst du mit?» Ich setzte ein Lächeln auf und versuchte, sie an mich zu ziehen.

«Um mich zu befummeln und zu befragen?»

Sie stand auf und kroch ins Zelt, kam mit einem kaum

zu deutenden Gesichtsausdruck wieder heraus und zog sich demonstrativ den beigen Mantel über. Mir war übel, vielleicht vor Reue. Ihr wirrer Bob war eher noch eleganter, ansonsten sah sie aus wie ein Tier im Mantel meiner Oma.

«Wo willst du denn hin?», fragte ich.

«Ha! Wo kann ich denn hin? Sag's mir, du Fragenkönig, wohin kann ich?» Sie stapfte ans Wasser, stand dort mit dem Rücken zu mir wie am Strand einer Insel.

«Anne!» Ich musste eigentlich nicht schreien.

«Kuli!» Sie drehte sich um und fiel im Sand auf die Knie, Tränen im Gesicht. «Du weißt doch genau, wie viel besser es mir Tag für Tag geht. Es geht mir *so* viel besser!»

Sie war ein paar Armlängen zu weit entfernt, um ihr zärtlich über die Wangen zu streichen. Ich schämte mich, trotzdem dachte ich es: *Schizophrene weinen nicht!* Im gleichen Moment lag mir, zum ersten Mal im Leben, das Wort Liebling auf der Zunge.

Ich sagte: «Liebling, warum weinst du?»

Es gab keinen Grund, aber wir flüsterten.

«Weil du mir nicht traust und ich dir nicht!»

«Es geht dir vielleicht doch nicht ganz so gut, wie du denkst.»

«Siehst du?», sagte sie leise, dann brüllte sie: «Es geht mir nämlich so viel besser, so gut ging's mir noch nie.»

«Aber schau doch nur mal, wie du aussiehst», rechtfertigte ich mich, «ich meine, genau wie ich. Schau doch mal, wie wir beide aussehen.»

«Bist wenigstens *du* glücklich?»

Die Frage traf mich, als ahnte ich bereits, was ich erst

ohne sie richtig begreifen würde. Nämlich wie glücklich ich mit ihr hier war, am Nil.

«Überleg mal, wie lange du schon ohne Medikamente bist», sagte ich.

«Eben. Spiel dich nicht so auf.»

«Schon zwei Tage.»

«Eben», sie wurde wieder laut. «Du tust mir echt leid. Ich hab dir vertraut. Spielst dich hier auf, aber was weißt du überhaupt über mich?»

«Ich weiß nur, dass ich dich liebe» – so ein Satz wäre jetzt in einem Hollywoodfilm fällig gewesen, aber wir waren nicht in Ontario oder Mississippi, auch wenn es hier am Nil vielleicht sogar danach ein bisschen aussah. Doch was wusste ich schon? Und was hatte mich nur dazu verleitet, so auf Annes Krankheit rumzureiten? Ich hatte doch erfolgreich so getan, als spielte das keine Rolle. Und wieso durfte ich Anne eigentlich, so wie sie war, nicht lieben? Weil sie krank war? Wer verbot mir das eigentlich? Ich musste nur für sie da sein, dafür sorgen, dass sie sich nicht in die eisige Ems warf, wenn ich nicht aufpasste.

«Ich weiß nichts über dich? Ich weiß nichts?», sagte ich. «Die Glühwürmchen von Sorrent? Fotografiert sich in einer Schlangengrube. Studiert nämlich Fotodesign in Dortmund, und die Schlangen auf ihren Fotos sind in Wahrheit Baumwurzeln.»

«Studierte», sagte Anne.

«Kann drei Bratwürste nacheinander essen, vielleicht vier. Macht immer Ferien an der Nordsee gegenüber von Baltrum, findet das Wattenmeer scheußlich, aber mag Apfelgärten bis zum Horizont.»

Sie schien sich zu entspannen.

«Sagt *Ansitz*, sagt *Windbeutel*. Sagt *lindes Glück*. Besitzt einen malvenfarbenen Motorroller, verpasst im Radio keine Nachrichtensendung.»

Anne lächelte.

«Supertramp-Fan, durchschwimmt im nächsten Winter den Ärmelkanal, in gewissen Kreisen berühmt für spektakuläre Krankheitseinsicht.»

Sie kniete im Sand und blickte mich an, sah aus, als hätte sie ihren Humor wiedergefunden.

«Schön, dass du wieder lachst», sagte ich.

«Du bist süß.» Anne wischte sich durchs Gesicht.

Dann stand sie auf und sagte: «Jetzt musst du gehen.»

«Was?», ich tat, als hätte ich sie nicht verstanden. «Was soll ich?»

«Tu nicht so.»

«Ach, Mann, Anne.»

«Tschechen jubeln, wenn jemand beim Eiskunstlauf stürzt.»

«Was soll denn das? Welche Tschechen? Verstehe ich nicht.»

«Der Kugelhaufenreaktor, als ob du das nicht wüsstest. Meinetwegen war ich schuld … schuld, schuld. Aber jetzt geht es mir *so* gut, es geht mir *so* gut. Alles wird zurückgegeben. Kuli, tu nicht so! Das verhindert ihr nicht. Das verhindern die alle nicht. Tschechen jubeln, wenn jemand beim Eiskunstlauf stürzt.»

«Mann, Anne, hör auf, jetzt ist gut. Hör jetzt mal auf mit dem Frau-Holle-Scheiß. Kugelhaufenreaktor, ich hab doch gar keine Ahnung, was das ist. Tschechen jubeln?

Meinetwegen erklär mir das einfach. Bitte erklär mir das ganz in Ruhe. Anne! Ich bin's ... Kuli.»

«Ach so? Du Fragenkönig! Von der Frau habe ich doch gar nichts gesagt.»

«Von welcher Frau?»

«Von Frau H.», schrie sie auf. «Verkauf mich nicht für blöd!»

«Ich verstehe nicht. Ich bin jedenfalls nicht diese *ihr*, von denen du sprichst ... ich bin nicht *die*!»

«Verkauf mich nicht für blöd.»

«Liebling», sagte ich. Es sagte sich jetzt, beim zweiten Mal, schon lauwarm.

«Mit deinem Liebesscheiß kannst du dir den Arsch abwischen.»

Jetzt stand auch ich auf. Besser, nicht auch noch vor ihr auf dem Boden zu hocken.

«Anne, vor zwei Stunden im Zelt war doch noch alles in Ordnung.»

«Da hast du mir ja keine Ruhe gelassen.»

«Was meinst du damit?»

«Hast mich ja schon gestern Nacht kaum schlafen lassen, dich an mir gerieben.»

Wie in einem Stummfilm riss ich den Mund auf. So fühlte es sich jedenfalls an. Ich spürte, wie rot ich wurde und wieder diese Übelkeit, die bereits bei «befummeln und befragen» eingesetzt hatte.

Das Einzige, was mir einfiel, war: «Hat das jetzt was mit Joon zu tun?»

«Ach, Kuli. Du bist so ein Kind. So ein richtig süßer, kleiner, dicker Junge.»

Anne ging unvermittelt wieder ans Wasser, stand dort mit dem Rücken zu mir. Vielleicht war mir schlecht von mir selbst. Ich war so gekränkt, am liebsten wäre ich einfach abgehauen. Genau das hätte aber ein süßer, kleiner, dicker Junge getan. Und es war genau das, was Anne von mir verlangte.

«Anne.»

«Anne!», äffte sie mich nach, «Anne, Anne!», als riefe sie es ans andere Ufer.

«Hau ab!», schrie sie Richtung Ems.

«Und was machst du, wenn ich weg bin?»

Wütend drehte sie sich um.

«Was machst denn du, wenn ich dich weggejagt hab?»

«Ich lass mich gar nicht wegjagen.»

«Du hetzt die Meute auf mich!»

«Welche Meute?»

«Dass ich nicht lache! Hör doch mal hin! Anne! Anne! Anne!», rief sie wieder ans andere Ufer. Plötzlich rannte sie los, dicht an mir vorbei in unsere Nebenbucht, verschwand dort. Die ganze Zeit spielte das Radio. Anne hatte vergessen, Batterie zu sparen.

Wenn ich auch keine Lust hatte, fast Abscheu verspürte, lief ich ihr hinterher. Ich befürchtete schon, sie ginge wieder schwimmen. Da hörte ich im Schilf ein Geräusch.

«Hau ab!», schrie Anne.

Etwas stieß gegen mein Bein. Ein dumpfer Ton neben mir. Ich begriff, dass sie mich bewarf.

«Verzieh dich», schrie sie, und plötzlich sah ich sie, wie sie ausholte, völlig anders als damals die Mädchen in der Grundschule. Intuitiv bückte ich mich. Etwas traf mich am Hals. Der Schock, dass sie das wirklich getan hatte, mir ernsthaft wehtun wollte, war schlimmer als der Schmerz.

«Jetzt hör auf, ey», brüllte ich. «Mann, du hast mich getroffen. Du hast mich am Hals getroffen.»

Ich sah sie schon wieder ausholen, die verdammte Bucht war voller Kiesel, aber sie musste sich offenbar nicht mal bücken, hatte bereits welche in den Manteltaschen. Zwei Würfe gingen daneben. Wie am Spieß schrie ich: «Verdammte Scheiße, du hast einen solchen Knall, Anne, du hast einen solchen Knall!»

Ich ging in die Hocke, auch um mich zu sammeln, hatte bereits selbst einen Stein in der Hand, ein ziemlich großes Exemplar, als ich verstand, was ich im Begriff war zu tun.

«Anne», rief ich, so sanft ich konnte, in ihre Richtung. «Anne, bitte! Das ist doch jetzt totaler Quatsch. Ich glaub dir das alles. Ich glaube, dass es dir gut geht. Vor mir brauchst du doch keine Angst haben. Mein Gott, Anne, ich bin's, Kuli. Ich bin dein Kuli!»

Jetzt schien Waffenruhe. Ich richtete mich vorsichtig auf. In dem Moment sah ich, wie sie weit ausholte und ein dicker Kiesel einen klaren, berechenbaren Bogen nahm. Dem auszuweichen schien kein Problem. So aber, wie ich es anstellte, bewegte ich mich darauf zu. Er schlug mir an den Kopf, und ich ging zu Boden. Mit dem Schmerz traf mich sofort der Gedanke, dass das die Lösung war: Goliath hatte gesiegt und musste sich um David kümmern. Mein Schädel tat ernsthaft weh. Ich wartete. Als ich begriff, dass Anne sich nicht um mich sorgen, sich nicht um mich kümmern würde, richtete ich mich mühsam auf.

Sie war halb im Schilf verborgen und blickte auf den

Pfad, wo ich hockte, in der erhobenen Hand einen Stein. Es war nicht diese Geste, sondern ihr Blick, der mich daran erinnerte, wie sie im Arbeitsbadezimmer den Hahn in der Hand gehalten hatte. Jenes Bild hatte ich mit der Anne, wie ich sie danach kennengelernt hatte, überhaupt nicht mehr in Verbindung gebracht. Es war Zeit, Angst zu haben.

Ich sagte kein Wort, schlich Richtung Zelt, ließ das Radio laufen und überhaupt alles, wie es war. Wirr suchte ich nach dem verdammten Schlüssel, hastete dann bereits die Böschung hinauf, musste das Fahrrad zurücklassen.

SIEGEN DURCH NACHGEBEN

Sag mal ... müssen wir dich einliefern?», begrüßte mich Evi.

«Hab leider kein Geschenk», antwortete ich.

«Langsam mach ich mir Sorgen. Wie du schon wieder aussiehst», legte sie mir väterlich, nur halb ironisch, die Hand auf die Schulter. «Bist du denn schon wieder gesund? Was war denn los?»

«Bin wieder auf dem Damm.»

«Wenn du das sagst.»

«Kann ich kurz ins Badezimmer?»

«Ist vielleicht ne kleine Schlange. Ich find's schön jedenfalls, dass du da bist. Jetzt gratulier mal dem Geburtstagskind! Mein Gott! Willst du duschen? Erzähl doch mal, was passiert ist.»

«Ich bin gestürzt mit dem Fahrrad. In einen Graben.»

Das mit dem Sturz hatte ich mir überlegt, der Graben war improvisiert.

«Tut dir was weh. Bist du verletzt?»

Ich schüttelte den Kopf. «Vor allem das Rad hat was abbekommen.»

«Na, ich geb dir mal ein Handtuch.»

Offensichtlich machte ich einen schlimmeren Eindruck

als gedacht. Unterwegs hatte es zu nieseln angefangen. Die Verseuchung war mir scheißegal gewesen, ich hatte nur gehofft, der Regen würde mich sauber waschen.

Evis Bad war am Ende des Flurs, von einer Schlange keine Spur. Kaum war ich drin, da klopfte sie schon und reichte mir das Handtuch herein. «Dusch ruhig. Bist du wirklich nicht verletzt?»

«Nö – danke.»

Ich hatte nicht mit meinem Spiegelbild gerechnet. Unterwegs war ich mir immer wieder mit den Händen durchs Gesicht gefahren und hatte so den Dreck nur weiter verteilt. Als ich die Brille abnahm, starrten mich meine Augen geradezu smaragdfarben an. Für gewöhnlich waren sie einfach graugrün.

Ich war vor Anne davongerannt, bis ich keine Kraft mehr hatte, dann war ich, so schnell ich konnte, gegangen. Gleichzeitig hatte ich unentwegt daran gedacht umzukehren.

Ich nahm Evis aseptische Ablage wahr, die frische Zahnbürste, die Tube in einem dieser Zahnpastaständer, die zum restlosen Ausquetschen dienten. Von draußen hörte ich Stimmen, keine Musik. Keinesfalls wollte ich hier, auf Evis Geburtstagsparty, duschen. Aber ich war dreckig, als wäre ich verkleidet. Also zog ich mich dann doch aus. Als es klopfte, reagierte ich nicht.

Es war lediglich Evi: «Hey, brauchst du auch was zum Anziehen?»

«Nee, schon gut.» Dabei waren natürlich auch meine Klamotten nicht mehr wirklich partytauglich.

Unter der Dusche bekam ich erst meine Knie gar nicht

wieder sauber. Ich drehte die Temperatur schrittweise immer noch ein wenig höher, bis es sich kochend anfühlte. Selbst in meiner Verzweiflung blieb mir beim Duschen ein Rest Freude darüber, was jetzt anders war. Früher nämlich hatte ich wegen des Bauchs meinen Schwanz nicht gesehen. Im Zelt, vor Stunden erst, hatte mich Anne nach diesen Streifen an meinem Bauch gefragt, und ich hatte ihr erzählt, wie unsere Hausärztin mir damals mit süffisantem Grinsen die Diagnose *Schwangerschaftsstreifen* gestellt hatte. Da hatte Anne nicht gesagt: «Ich schlag dir den Schädel ein», sondern hatte meine Schwangerschaftsstreifen geküsst.

Ich fragte mich jetzt, was mich vor der Badezimmertür in Evis Wohnung erwarten würde. Abgetrocknet fand ich einfach keine Stelle für mein nasses Handtuch, so sehr war hier alles an seinem Platz. Ich zog meine Sachen wieder an, fand nun, geduscht, deren Zustand nicht mehr ganz so schlimm. Als es zum x-ten Mal klopfte, machte ich auf.

Ein hagerer Typ mit New-Wave-Tolle: «Hallöchen. Na, endlich. Wir haben da draußen alle schon gehört von deinem Ungemach.»

Dann, im Wohnzimmer, saßen Leute auf einem Bett, das auch als Sofa fungieren musste. Sie winkten mir zu, hatten alle offensichtlich wirklich schon von mir gehört. Ein Kleiderständer, ein überdimensionaler Kaktus, an der Wand ein Clockwork-Orange-Filmplakat, das war's. Die Sofaleute verfolgten auf einem kleinen tragbaren Farbfernseher die aktuelle Berichterstattung.

Jemand fragte mich: «Regnet's jetzt richtig? Bist du wirklich da durch? Hast du deshalb geduscht?»

Die eigentliche Party schien sich in der Küche abzuspielen. Dicht gedrängt empfingen mich acht, neun Personen. Überraschenderweise kannte ich niemanden, aber es war noch früh, unsere Spätschicht hatte noch gar nicht Feierabend. Ich bekam ein merkwürdig bitteres Bier in die Hand gedrückt, wurde zu meinem Unfall befragt. Mein Licht sei kaputt gewesen, erzählte ich, aus Angst vor dem Regen wäre ich gefahren wie der Henker, etwas habe dann auf der Straße gelegen und ich sei im Graben gelandet.

«Was lag denn auf der Straße?»

«Ne tote Ratte, glaube ich, Bisamratte.»

«Echt?»

Mir war so schnell nichts anderes eingefallen, aber man glaubte mir anscheinend alles, und ich staunte selbst, wie leicht es aus mir herauskam.

Evi stellte sich neben mich. «Du siehst wie neugeboren aus.»

Ihr Gesicht war ein wenig rot, was ihre vielen Sommersprossen noch dunkler färbte. Doch Evi wirkte völlig entspannt. Sie trug ein Hemdkleid, es traf ziemlich genau den Orangeton ihres Haars. Sie schnitt mir ein Stück Baguette ab, ich knabberte nur daran, bekam kaum etwas runter.

«Mann, langsam übertreibst du es echt», sagte sie, «mit deiner Diät.» Ich hatte den Eindruck, Evi hätte bereits jetzt ihre Zunge nicht mehr ganz unter Kontrolle, sie lehnte sich leicht von der Seite an mich. So stand ich in ihrer neonbeleuchteten Küche, neblig von Nikotin, und war gleichzeitig an der Ems, draußen im Dunkeln im Regen.

«Muss mit dem Essen noch ein bisschen aufpassen», behauptete ich.

«Ach so, dein Darmleiden, hatte ich fast wieder vergessen. Aber Bier geht schon wieder? Dann bist du ja wohl morgen wieder am Start, was? Ich hab mal vorsichtshalber Dienst getauscht. Gebt mal noch ein Jever rüber für meinen jungen Kollegen hier!»

«Schmeckt's?» Das Bittere sah Evi mir an. «Hab ich eigens für heute aus meiner Heimat importieren lassen.»

Mir schmeckte das Zeug keineswegs, trotzdem trank ich.

«Aber jetzt mal Butter bei die Fische.» Evi sprach leiser und sah mich an. «Was ist denn eigentlich los?»

«Wieso?»

«Mit dir.»

«Nix Besonderes.»

«Gestern besoffen zum Dienst, heute krank, trotzdem dann hier bei mir vor der Tür und als schwarzer Mann. Bist du verliebt?»

Das hatte Evi nur so leicht lallend dahingesagt. Trotzdem spürte ich einen Kloß im Hals. Wäre ich nicht seit Jahren aus der Übung gewesen, hätte ich jetzt vielleicht wirklich losgeheult. Und wären die anderen nicht da gewesen. Dann hätte ich Evi wahrscheinlich sofort alles gestanden und mit ihr gemeinsam für Anne Hilfe geholt. Genau das aber hatte Anne ja vorausgesehen, dachte ich. Dass ich noch heute die Meute auf sie hetzen würde, hatte sie gesagt, heute Abend noch.

«Punkrock», sagte ich dann.

«Was?

«Ich mein so Punkrock», ich suchte Kontakt mit ihrer Flasche, stieß an. «Punkrock!»

«Verstehe. Er meint so Punkrock», lachte Evi, hob die Flasche hoch, rief: «Punkrock! Prost, Leute!»

Sie gab mir eine Zigarette und fing von ihren Reiseplänen für den Sommer an. Ihr «Bock», sie meinte die Goldwing, sei ja ein Reisemotorrad, sagte sie, es klang irgendwie fremd, «Reisemotorrad», wie norddeutsches Platt, sie hörte damit gar nicht wieder auf, «Reisemotorrad».

Plötzlich stand Schwester Ingeborg vor mir. «Wieder obenauf?» Sie hatte ich hier nicht erwartet. Dann fiel mir ein, dass sie im selben Haus wohnte, Evi die Wohnung besorgt hatte, daran hatte ich nicht mehr gedacht. Jetzt war ich wirklich froh, möglicherweise tatsächlich ein wenig wie neugeboren auszusehen. Nachdem ich ihr vom Unfall erzählt hatte, rückte sie mir – «Welchen Graben meinst du, wo ist das passiert?» – inquisitorisch auf die Pelle.

Ich dachte mir für Ingeborg etwas aus und flüchtete mit einem frischen Bier zum Sofabett vor den Fernseher. Nach wie vor lief keine Musik. Ab und zu strich ich mir über den Kopf, als müsste ich mich meiner Beule versichern.

Der Bundesinnenminister hatte zwei Bürgertelefone eingerichtet. Trockenmilch sei zu empfehlen, Frischmilch nur dann auszugeben, wenn sie einen bestimmten Wert an Jodstrahlen nicht überschreite. «Jodstrahlen, was soll denn das sein? Das ist doch wieder totaler Quatsch!», rief der Typ, den ich vom Badezimmer kannte. Kühe sollten in den nächsten Tagen nicht auf die Weide. Auch kein Frischfutter solle mehr verfüttert werden. «Bericht aus Bonn» hatte Innenminister Zimmermann interviewt. Der klagte, die Sowjets hätten eine absolute Informationssperre verhängt. Das trage, wie man sich denken könne, nicht zur Beruhigung im Westen bei. Öfter noch sagten die Sofaleute «Ist doch schon wieder totaler Quatsch» oder Ähnliches.

Nur ich war die ganze Zeit am Nil, stand unter einem Schirm und rief lauthals «Anne» von der Böschung hinunter. Die Pappeln lärmten, und ich hatte Angst. Auch dazu schwieg Moskau sich aus. Besonders hohe Belastungswerte hatte Regensburg, aber der Wind drehte nach Süden.

Evi betrat den Raum. «Happy Birthday to me! Ey, jetzt macht mal die Glotze aus!»

Auf dem Sofa begann sich alles zu räkeln, als hätte man auf diesen Weckruf nur gewartet. Sofort schaltete jemand brav den Fernseher aus. Evi stellte sich in die Mitte des Zimmers, zog die Schuhe aus und warf sie achtlos von sich. Alle schienen Bescheid zu wissen, was kam. Evis langes Hemd schimmerte wie Kupfer. Ohne den Fernseher war es noch dunkler im Raum, der kreisrunde Flokati zu Evis Füßen glomm ein wenig, das Hellste hier.

«Wünsch ich mir zum Geburtstag», sagte sie, «tu mir jemand die Liebe!»

«Evi, lass», rief jemand.

Der Typ mit der Tolle stand vom Sofa auf, zog die Schuhe aus. Einige klatschten.

«Danke, Achim!», sagte Evi. Er überragte sie locker um zwei Köpfe. «Greif mich an», sagte sie.

Die beiden verbeugten sich, und als er nach ihr griff, streifte sein Fuß, meinte ich, bereits die Decke. Er rumste auf den Flokati, rollte sich elegant zurück in den Stand und war wieder in Angriffshaltung. Als Achim erneut zufassen wollte, griff Evi nach seiner Hand und trat einen Schritt zur Seite wie in einem Kostümfilm beim Tanz. Es sah aus, als risse Achim sich selbst zu Boden. Danach wirkte sein Lächeln etwas gezwungen. Vielleicht hatte er die Lust verloren, das Geburtstagskind gewinnen zu lassen, jedenfalls umschritten sich die beiden im Kreis, als belauerten sie sich. Er landete dann wieder auf dem Rücken, und jetzt saß Evi halb auf seinem Bauch. Achim stöhnte, während man Evi leise schnaufen hörte. Er bog den Rücken durch, versuchte sie abzuwerfen, für den Moment sah es aus wie Rodeo. Dann hatte Evi schon irgendwie schraubstockartig die Beine um seinen Hals geschlungen, und er gab ihr mit der freien Hand einen Klaps, das Zeichen wohl, dass er aufgab.

Alle klatschten wie verrückt. Die beiden Kämpfer verbeugten sich. Da hatte ich, um in den Ring zu steigen, meine schmutzigen Schuhe bereits ausgezogen.

Evi blickte völlig unzerzaust in die Runde. Als sie mich entdeckte, strahlte sie. «Ah, mein junger Kollege. Hau rein! Endlich. Keine Angst, ich pass auf dich auf. Also los. Greif mich an!»

Ich tat es.

Plötzlich war es sehr hell, der Flokati kratzig. Das Nächste, was ich wahrnahm, war die Reihe Schuhe unterm Kleiderständer. Evis knallrote Stiefeletten, ein Paar Turnschuhe, zwei Paar weiße Arbeitssandalen.

«Wie heißt er?», sprach eine fremde, sonore Stimme.

Man fasste mich an und rollte mich auf den Rücken. Die Stimme rief meinen Namen.

«Wenn du mich hörst, sag was! Irgendwas. Sag irgendwas, wenn du mich hörst!»

«Ich höre Sie», sprach ich in Watte.

«Was für ein Tag ist heute?»

Freitag, das wusste ich, oder war schon Samstag?

An mir wurde herummanipuliert. Dann wurde ich hochgehoben, wieder abgelegt, mitsamt einer harten Ablage wieder aufgehoben. Als man mich schließlich durchs Treppenhaus trug, lief es mir kalt den Rücken hinunter, denn ein bisschen war es wie in der Handvoll Träume, in denen ich als Kind Meister gewesen war über einen fliegenden Teppich.

Aufs Martinshorn verzichteten die Rettungskräfte. Es gab zwei Fenster, beide undurchsichtig, doch in den winzigen Spalten suchte ich nach dem Schimmern von Blaulicht. Evi war bei mir. «Der ist total unruhig!», rief sie. Wahrscheinlich, weil sie Krankenschwester war, saßen die Kollegen vorne. Von dort rief die sonore Stimme, das komme bei Schädel-Hirn-Trauma mit Ohnmacht schon mal vor. Ich erinnerte mich an nichts, zumindest an nichts Schlimmes. Ich hatte Kopfschmerzen. Evi quetschte meine Hand.

SCHLANGENGRUBE

Ich war mit Nana Mouskouri aufgewacht, und alles war wieder da. «Guten Morgen, Sonnenschein», die Schwester hatte das Lied leise gepfiffen beim Vorhängeaufziehen. Draußen war es regnerisch, es dämmerte noch. Ein Arzt hatte mir gestern Beobachtung und eine Schlaftablette verordnet. Evi hatte ihm ebenso wie mir erläutert, wie der «Sportunfall» passiert war – nach wie vor erinnerte ich mich daran nur ungefähr. Doch ansonsten war alles wieder da. Brennend übel war mir vor Schuld und Sehnsucht.

Sofort würde ich gehen. *Vorzeitige Entlassung auf eigene Verantwortung.* Bei uns auf Station kam damit immer wieder mal jemand an. Für gewöhnlich redeten wir es den Patientinnen aus. Gingen sie dann damit zu den Ärzten, schätzte ich, wurde ihnen diskret mit dem Richter gedroht.

«Morgen», mein Nachbar schob schlurfend seinen Tropf ins Badezimmer. Das dritte Bett war leer. Zum Frühstück würden sicher meine Eltern auf der Matte stehen, Evi hatte nach deren Nummer gefragt. Das Aufstehen ging ganz gut, zumindest die Kopfschmerzen wurden im Stehen nicht schlimmer. Ich hatte eine Art Nachthemd an, fand aber meine Sachen im Schrank und zog mich an. Auch in diesem Krankenhaus kannte ich mich halbwegs aus. Hier hatte ich öde Besuche absolviert, kannte den Geruch, war selbst Patient gewesen, Blinddarm, sogar geboren war ich hier.

Auf dem Korridor war niemand, die Kolleginnen hier hatten zu tun. Ich nahm den Aufzug, eilte als auffällig junger Arzt, erschöpft von der Nachtschicht, auf den Ausgang zu. Mein Kopf dröhnte. Dennoch kehrte ich, als ich den Regen spürte, nach ein paar Schritten um, geistesgegenwärtig, und fand in einem Ständer irgendwo im Wartebereich, wie erwartet, vergessene Regenschirme.

Hätte ich ein bisschen Geld in den Taschen gehabt, hätte ich den Bus genommen. Doch sie waren leer, weil der Abschied eine Flucht gewesen war. Ich erinnerte mich: Anne war seltsam, vielleicht krank, aber ich war total hysterisch gewesen. Was hatte ich mir, ohne es mir einzugestehen, allein wegen meiner verdammten Uhr ins Hemd gepisst. Ich sah Anne tanzen, sah sie nackt vor mir, schlotternd. Dass sie mit einem Stein meinen Kopf getroffen hatte, war extrem. Innerlich musste ich lachen.

Da war ich bereits über Land unterwegs. Der Regen ging in sanftes Nieseln über, und mir begegnete ein alter Mann, ein Bauer, er führte ein Pferd an den Zügeln. Deutlich war ihm anzusehen, dass ich keineswegs nur in Gedanken gelacht, sondern laut mit mir selbst gesprochen hatte.

«Ich hab keine Angst!», sagte er zu mir, ungefragt.

Als ich mich noch mal nach ihm umdrehte, schwenkte er altväterlich seinen Hut. «Ich hab keine Angst!», rief er wieder und zeigte gen Himmel. Nun – auch ich hatte keine Angst, zumindest nicht vor dem Regen.

Erschöpft machte ich eine letzte Pause am Wegkreuz, wo ich – das war zwei Tage her – Anne hatte auf mich warten lassen, bis unser Versteck gefunden war. Von hier aus konnte man beinahe schon nach ihr rufen. Mir war schlecht, mein Kopf tat weh. Ich würde einfach hinuntermarschieren, würde nachsehen, was los war. Wo sie war. Mein Fahrrad stand an den Baum gelehnt, wie ich es verlassen hatte. Kein Mensch weit und breit. Stumpf stampfte ich hinunter zur Ems. Das Zeltlager war eine Müllhalde. Es hatte vielleicht die ganze Zeit so ausgesehen.

Vor dem Zelt die Isomatte, aber kein Schlafsack. Der Reißverschluss vom Zelt war zu. Falls sie schlief, konnte man sie vielleicht atmen hören, dachte ich, hockte mich nah ans Zelt, der Nieselregen aber war im Verein mit der Ems doch laut genug, alles zu übertönen. Vorsichtig machte ich den Reißverschluss auf. Spürte sofort, dass sie nicht in ihrer Höhle war. Ich kroch hinein, kroch wieder hinaus. Jetzt hielt ich Ausschau nach einem Kleiderhäufchen, rannte in die Kieselbucht. Ich rief nicht nach Anne, als wüsste ich bereits, dass sie weit weg war. In die Ems gegangen war sie jedenfalls nicht, davon war ich absolut überzeugt, denn ins Wasser gegangen wäre sie nackt, nur mit meiner Uhr bekleidet. Zwar fehlte die Uhr. Aber es war auch nirgendwo ein Kleiderhäufchen. Ich inspizierte alles noch mal. Im Zelt herrschte Chaos, ein völliges Durcheinander, aufrecht stand allein der Radiorekorder, wie das Kopfende eines Bettes. Ich meinte zu wissen, wann sie aufgebrochen war, nämlich als die Batterien endgültig leer waren. Aber als ich den On-Knopf drückte, spielte das Radio. Eurythmics. Ich hörte gar nicht hin, vergrub meine Nase, meinen ganzen Kopf in Annes Schlafsack und gab Laute von mir.

«Anne, Anne, Anne!» Später stand ich doch am Ufer und schrie, genau wie sie es selbst getan hatte. So was fände Dr. Preuss sicher saukomisch, trotzdem würde er seine Studenten ermahnen: «Lachen Sie nicht!» Jedenfalls würden Anne und ich uns eher die Zungen abbeißen, als ihm davon zu erzählen. Ein letztes Mal noch kroch ich ins Zelt, um nach meinem Geld zu sehen. Es war alles noch da.

Dieser Weg war so holprig und unendlich scheiße. Vom Radfahren wurde mir schwindlig. Also schob ich. Wo die Ems geradeaus lief, ließ sie sich von der Böschung aus perfekt überblicken. In der Schule hatten wir beim Rettungsschwimmen immer in Judoanzügen ins Becken gemusst, damit wir das Gewicht von nasser Kleidung spürten. Jedwede Kleidung, selbst der Mantel meiner Oma, dachte ich, selbst ein Kamelhaarmantel wärmte ja im Wasser nicht. Ich stellte mir Annes schnelle, lange Züge vor. Zu Fuß würde ich sie niemals einholen. Und sie schwamm stromabwärts. Das glaubst du doch nicht wirklich, sagte ich mir. Auf keinen Fall! Nein, das glaubte ich nicht wirklich! Kein Kleiderhäufchen, also lief sie angezogen herum. Ich stieg wieder aufs Rad. Da war kein Kleiderhäufchen.

Außerdem, wenn Anne wirklich im Kamelhaarmantel meiner Oma unterwegs war, dann wäre sie in diesem Aufzug längst aufgegriffen worden. Jetzt kam die Sonne raus. Wo hatte ich den Schirm? Bereits am Nil hatte es aufgehört zu regnen, anscheinend hatte ich ihn dort liegen lassen. Ich kam an jenem Zaun vorbei, wo mein Onkel damals mit der Luftpistole auf die Kuh geschossen hatte. Ich hätte mit Anne einen schönen Spaziergang hierher machen können. Kühe standen hier noch immer auf der Weide, gegen die behördliche Empfehlung. Mein Onkel hatte damals auch die Grube für unseren Müll gegraben. Sie war mir erschreckend tief erschienen, vielleicht, weil ich als Kind selbst noch hineingepasst hätte. Anne und ich hätten an den Bäumen nach den alten Zielscheiben suchen können, vielleicht waren sie noch da. Sie hätte mich davor fotografiert, obwohl sie genau gewusst hätte, dass Fotos mit einer Kodak Instamatic im dunklen Wald nichts wurden.

Wo wollte ich eigentlich hin, bis zur Nordsee? Die Ems war schiffbar ab Rheine und mündete dann in den Dollar, hatte ich in der Grundschule gelernt. Es hieß *Dollart,* erfuhr ich später. In Gedanken sprach ich mit Anne über all das, erzählte ihr solche Geschichten aus meinem Leben. Sie war bei mir und lebendig. Eine quicklebendige Wasserleiche. Das glaubst du doch nicht wirklich! Nein, auf keinen Fall, das glaubte ich nicht wirklich! Eine Wasserleiche war hier nur meine bescheuerte Suche, auf dem Rad den scheiß Holperweg entlang bis zur Nordsee.

Mein Gott, bestimmt war Anne längst zu Hause. Hatte angerufen und sich von ihrem Papa abholen lassen im fabrikneuen Mercedes.

Es gab zwei Kleinstadtuhren, beide gingen falsch. Behaupteten zumindest diejenigen, die manchmal bei der Zeitansage anriefen, um die eigene Uhr nach der Atomuhr in Braunschweig zu stellen.

Ich war derart erschöpft, dass ich einfach nicht schneller hatte herfahren können. Die Uhr am Marktplatz zeigte erst halb zwölf. Doch die Straßen waren so leer, dass ich fürchtete, es wäre schon Mittag und die Hauptpost geschlossen.

Auf der Postuhr war es elf Uhr dreißig. Ich hetzte los zur Eingangstür, sie gab ganz normal nach, in der Halle war Betrieb, zwei Schalter besetzt. Ganz normal wurde mir mürrisch von der Beamtin Geld gewechselt und das Telefonbuch von Hamm überreicht.

In ging in meine Zelle, in Hamm gab es Schmidts seitenweise. Bei der ersten Nummer war mir vor Aufregung schwindelig.

«Hallo, hier ist Franz. Kann ich bitte Anne sprechen?»

«Anne? Hier gibt's keine Anne.»

«'tschuldigung, hab ich mich verwählt.»

Wie ich auf Franz kam, wusste ich nicht. Es lief stets gleich ab, nirgendwo gab es eine Anne, doch noch beim dritten, vierten Anruf hatte sich das Schwindelgefühl nicht ganz gelegt. Dann traute ich mich nachzufragen: «Haben Sie vielleicht in Ihrer Verwandtschaft eine junge Frau namens Anne?»

«Muss ich überlegen. Wer sind Sie denn überhaupt?»

Erschrocken legte ich auf, hatte so weit noch nicht gedacht. Ich bekam schlecht Luft, die Zelle war innen gepolstert, wahrscheinlich für diskrete Akustik. Dann dachte ich mir etwas anderes aus.

«Hallo, hier ist Franz. Können Sie mir weiterhelfen? Ich habe nämlich ein Portemonnaie gefunden von einer Anne aus Hamm, Anne Schmidt, also der Name steht da, aber ohne Adresse. Schmidt gibt's natürlich viele, deshalb …»

«Und jetzt telefonierst du uns alle ab? Spinnst du? Geh zum Fundbüro! Wie viel war denn drin?»

Als ich endlich eine bessere Geschichte erprobt hatte, war mein Kleingeld alle.

«Wir sind aber keine Wechselstube!» Die Postbeamtin murrte, half mir aber weiter. Mit frischem Geld rief ich weitere elf, zwölf Schmidts an.

«Anne, ist für dich», sagte plötzlich jemand.

Ich meinte, vorbereitet zu sein. Irgendwann musste es ja passieren.

«Anne –?», fragte die Stimme misstrauisch.

«Ich bin's», sagte ich, «Kuli.»

«Wer? Welcher Kuli?», quäkte die falsche Anne.

Mein ganzes Vorhaben war absolut kindisch, das sah ich ein, doch die Einsicht brachte nichts. Lediglich begann ich, die Schmidt-Einträge zu zählen, und gab es wieder auf. Jede Einheit kostete zwanzig Pfennig, erneut musste ich Geld wechseln, diesmal nahm ich den anderen Schalter. Nicht mal eine komplette Telefonbuchseite hatte ich abtelefoniert.

Bei einem der nächsten Anrufe meinte wer, es würde eine junge Anne Schmidt in der Verwandtschaft geben. Man gab mir die Nummer ihrer Eltern. Inzwischen realistischer, glaubte ich nicht mehr sehr an diese Anne, wählte dennoch hektisch, bevor ich die Nummer wieder vergaß. Die Tochter hieß dann Annabelle.

Eine x-te Frau Schmidt war es schließlich, die sagte: «Anne ist nicht zu Hause. Wir wissen nicht, wo sie ist.»

Ich war sofort überzeugt, mit Annes Mutter zu sprechen. *Wir wissen nicht, wo sie ist.*

«Wie lange ist sie denn schon weg?»

Erst in diesem Moment begann ich zu begreifen, was ich mir nicht mal wirklich klargemacht hatte, als die Polizei bei uns gewesen war. Seit Tagen schon – *wir wissen nicht, wo sie ist* – suchten auch Annes Eltern verzweifelt nach ihr.

«Versuch's doch später noch mal», sagte Annes Mutter dann. «Sie hat samstags Nachhilfe, danach geht sie meistens noch zu Martina rüber. Soll ich ihr was ausrichten? Franz, bist du noch da?»

«Danke, ich rufe dann wieder an.»

«Keine Ursache. Tschüss, Franz.»

«Tschüss, Frau Schmidt.»

Die Postbeamtin klopfte ans Glas: «Was treibst du eigentlich dadrinnen? Feierabend! Wir haben Wochenende.»

Während die letzten Kunden sich zerstreuten, saß ich auf den Stufen und dachte an meine eigenen Eltern. Ganz sicher hatte Evi sie verständigt, und sie waren voller Sorge im Krankenhaus erschienen, um dort von meiner vorzeitigen Entlassung auf eigene Verantwortung und gegen ärztlichen Rat zu erfahren. Beziehungsweise: dass ich abgehauen war.

Ziellos fuhr ich umher. So wie früher, in den allerlangweiligsten Jahren. Irgendwann hatte dieser dicke Junge auf dem Hollandrad immerhin die Literatur entdeckt. Und von da an konnte er alles Mögliche sein, zum Beispiel

Mitte sechzig und ein berühmtes Walross in New York. Dabei fuhr er jetzt, im Frühling 86, keineswegs so durch die Gegend wie damals, es sah nur so aus. Sein Zustand war scheußlich, jämmerlich, zum Heulen. Insofern fantastisch, denn langweilig war ihm nicht.

Als ich vor dem Plus gerade eine Flasche Wasser ansetzte, sagte jemand Hallo. Es war ausgerechnet der kleine Bruder aus der Landjugend.

«Da sind wir uns jahrelang nicht begegnet und jetzt ...», begann ich eine fade Unterhaltung, stieg dann abrupt aufs Rad. Mir war der Ansitz wieder eingefallen.

Es war mir egal, als ich direkt an der Hülle vorbeifuhr. Um die Zeit war zumindest mit Spaziertrupps von unserer Station kaum zu rechnen. Völlig überraschend war der gelbe Trecker verschwunden, ich verpasste deshalb beinahe unseren Waldweg. Trotz meiner Kopfschmerzen bretterte ich die holprige Piste entlang. Der Einstieg war geschlossen. Ich rief ein paarmal nach ihr, dann hangelte ich mich die nassen Sprossen hinauf, hieb oben gegen die Klappe, erinnerte mich, wie der Mechanismus funktionierte, hievte mich hinein, kam zu Atem. Auch hier hatten wir nichts hinterlassen außer Müll. Es war düster, roch grauenhaft. Ich stellte mir vor, wie schrecklich es eigentlich gewesen wäre, Anne tatsächlich hier anzutreffen, in eine Ecke gekauert wie Rumpelstilzchen. Schön war hier nur der Blick durch die Fenster auf Äcker und Wolkenspiel. Aber wie auf Kommando pfiff dazu in der Ferne der Westfalentöter, als wollte er sich in Erinnerung bringen: Auch mit mir ist noch zu rechnen.

Vielleicht hatte erst der Regen diesen feuchten Stockgeruch heraufbeschworen. Es war jedenfalls kaum auszuhalten. Selbst ohne Gestank wäre mir übel gewesen, und unter dem üblichen Holzgeseufze ließ ich mich auf unsere Bank fallen. Da war etwas. Ich ertastete das Bounty, das Anne an unserem ersten Abend nicht hatte essen wollen. Inzwischen war es platt gesessen oder geschlafen, aber die Verpackung war unversehrt. Überall Relikte unserer Nacht, Chips, Kippen, die Weinflasche, in einer Ecke ein zerknülltes Tuch, das ich vorsichtig hervorzog. Doch als ich daran roch, musste ich würgen, vor allem wohl wegen der Erwartung, es würde nach Anne duften. In diesem stinkenden Loch in fünf Meter Höhe hatte ich meine Unschuld verloren, so sagte man wohl.

Der erste Schritt hinab durch die Hochsitzklappe flößte mir irgendwie Respekt ein. Das letzte Mal kam mir schon Monate her vor. Ich ließ das Scheißteil hinter mir dann einfach offen, und es klapperte vor sich hin, während ich mir sagte, Sprosse für Sprosse: Ich komme nie wieder.

Ich fuhr zurück an den Nil, räumte dort ein wenig auf, legte mich ins Zelt, schlief ein und erwachte so erholt, als hätte ich eine ganze Nacht hinter mir. Mein Schädel tat weniger weh. Laut Radio war erst später Nachmittag. Ich setzte mich nach draußen, aß das platte Bounty, trank meine Flasche Wasser. Anne war in Hamm und ruhte sich aus, fuhr mit einem malvenfarbenen Roller durch Dortmund, auf einem gelben Trecker nach Italien. Dort war Flut, und sie sprang vom Nähzimmer ihrer Mutter aus direkt ins Meer. Hinterm Ferienhaus trockneten die DLRG-Aufnäher. Danach setzte sie sich zu mir – Gummy Smile, Annewolke – ans fiktive Feuer.

Ich war im Sand eingenickt, konnte danach die Übelkeit nicht mehr von Hunger unterscheiden. Im Vorzelt fand ich einen Rest Toastbrot. Die trockenen Scheiben klebten mir derart am Gaumen, dass ich mir ausmalte, daran zu ersticken. Zugleich stellte ich mir vor, Anne käme genau jetzt, in diesem Moment zurück, würde sich mit Küssen auf mich stürzen. Beim besten Willen hätte ich nur «umpf, umpf» herausgebracht. «Umpf, umpf», hätte Anne mich nachgemacht. «Umpf, umpf», hätten wir uns totgelacht.

Es war noch taghell. Ich verkroch mich ins Zelt, versuchte in Annes Schlafsack zu schlüpfen wie einen verkehrten Sarkophag, Kapuze überm Gesicht. Annes Geruch war im Verschwinden begriffen.

Dich an mir gerieben, befummelt und befragt – hatte ich wieder Annes Vorwürfe vor mir. Und einen Kloß im Hals. Wenn ich aber die Augen schloss, erinnerte ich mich genau, wie sie beim Knutschen ausgesehen hatte, an ihr zweites, von der Nähe entstelltes, magisches Antlitz. Eigentlich ein Annewort, *Antlitz*. Was sie von mir, wie sie mich gesehen hatte, konnte ich natürlich nicht wissen, aber auch sie hatte mich atemlos angeblickt. Nichts passte mehr zusammen, doch alles ballte sich zu nur einem einzigen dichten, atomaren Tag.

Nur eine Minute hatte ich leichtherzig, daliegend wie im Campingurlaub, Radio gehört, Arme hinterm Kopf. Schon in der nächsten war ich plötzlich und endgültig überzeugt, es wäre nie wiedergutzumachen. Definitiv hatte ich nicht genug gesucht. Ich schleppte mich in die Kieselbucht, stand dann noch mal an unserem Zeltstrand und spähte ans andere Ufer. Der Ems waren wir gleichgültig. Am anderen Ufer war absolut nichts. Und dieses Nichts versank in der Dämmerung. Es war so lachhaft, hier herumzuschreien. Ich stieg die Böschung hinauf, ein paar Meter in den Wald hinein. Anne hatte vielleicht wieder querfeldein gemusst, auf der Flucht vor der Meute, und war in ein Loch getreten, hatte sich etwas gebrochen, lag ganz in der Nähe hilflos herum.

«Anne!», meine Stimme klang brüchig, als hätte ich ein Jahr nicht gesprochen, wie ein Eremit. Das Schweigen, mit dem der Wald antwortete, war beängstigend, bedrohte mich. Ich war kein Eremit.

Der Wald war ein Fehler gewesen. Wieder unten am Fluss, begriff ich, wie wenig ich nachgedacht hatte über diese Nacht. Nun brach sie über mich herein. Als Kind hatte ich in diesem Zelt mal versucht, in unserem Reihenhausgärtchen zu übernachten, allein. Ich hatte das Experiment nach Einbruch der Dunkelheit sofort wieder abgebrochen, glaubte nämlich an eine Hexe, die Kindern in der Dunkelheit die Ohren abbiss. Es war ein Glaube, tiefer als an Gott. Noch mit fünfzehn, sechzehn hatte ich nicht einschlafen können, solange mein sich darbietendes Ohr nicht ein wenig zugedeckt war. Gerne hätte ich Anne davon erzählt. Allein der Wunsch danach aber fühlte sich an wie unrecht, als hätte ich sie vertrieben und wäre nun zur Strafe hier draußen allein.

Bis zur letzten Reißverschlusszacke zog ich das Zelt hinter mir zu und machte drinnen das Radio an. Inzwischen war Deutschland sich einig, dass überall etwas niederging, «Fallout» war das Wort dafür. Ich zwang mich, mein Ohr nicht zuzudecken. Was ich hingegen nicht hinbekam, war, nicht an meine Eltern zu denken. Für sie war ich mit schwerem Schädel-Hirn-Trauma im Fallout unterwegs. Wie ein Strudel ergriff mich die Idee aufzugeben. Nach Hause gehen. Einfach alles, alles gestehen. Das Urteil annehmen. Der Strudel lullte mich ein.

Als mich die Wasserratten weckten, glaubte ich, es sei Anne. Etwas raschelte, und da war ein Prasseln von Feuer. Allmählich begriff ich, dass das Feuer nur wieder Regen war, der aufs Zelt fiel. Das Rascheln aber kam bestimmt von Annes Füßen. Gestern hatte ich die Dunkelheit empfunden wie eine warme Decke, jetzt war es, als hielte mir jemand die Augen zu. Ich wollte schon ihren Namen rufen, fürchtete aber eine Antwort fast mehr noch als keine. Wovon ich den Nachmittag über geträumt hatte – dass sie plötzlich den Reißverschluss aufzöge, hereinkröche, um sich zu mir zu legen –, war mit einem Mal der blanke Horror. Was hereinkäme, wäre: etwas wie Anne, das riechen würde wie Anne, sich anfühlen, anschmiegen, «Löffelchen» sagen würde wie Anne. Und ich müsste mich fügen. Anne war eine Hexe.

Weil das Grasrauschen überhaupt nicht aufhörte, beruhigte ich mich wieder etwas. Denn da war auch ein Plätschern, wie es wahrscheinlich Bisamratten verursachten, die auf die Jagd gingen. Ich hätte gerne um Anne geweint, dachte ich. Dann täte ich es *bitterlich*, wie Anne sich vielleicht ausgedrückt hätte. Doch war ich ja nicht mal in der Lage, eine einzige verdammte Träne zu zerquetschen. Nicht mal um mich selbst. Paddelnd auf meiner Angstsuppe, drückte ich einen Finger gegen das Dach, und es liefen Tropfen herab. Das war die Lösung: Das Zelt war undicht.

Also musste ich Radio hören, bis es dämmerte, dann aufstehen. Das Zelt war undicht. Ich würde alles hier zurücklassen. Ich würde losfahren, wie ich war. Mir eine Geschichte zurechtlegen brauchte ich nicht, denn ich würde einfach allen die Wahrheit sagen.

Als ich dann das Radio anschaltete, gab es auf, die Batterien waren endlich leer. Bald sang der erste Vogel, und mir schien, als hätte ich vorher nie richtig hingehört, denn der Gesang – von vielleicht Hunderten oder mehr – schwoll nicht etwa an, sondern, als würde er eingezählt, war schon bei vier komplett da, die ganze Band. Schließlich, als ich mich aufs Rad setzte, waren meine Kopfschmerzen und die Übelkeit verflogen – bis auf ein wenig vom flauen Urgefühl, das mir der Gedanke an meinen Vater machte. Der dunkelgraue Himmel hing tief, aber es hatte wieder aufgehört zu regnen. Hinter dem Wegkreuz stand ein Rapsfeld in voller Blüte, sein simmerndes Gelb war mir die ganze Zeit nicht aufgefallen.

Das Fahrrad machte Strecke, obschon es offiziell, dachte ich, noch kilometerweit von hier in einem Graben lag. Windböen schüttelten den Regen von den Pappeln, und ich bekam ein paar Tropfen ab, imitierte schnalzend das Knacken von Geigerzählern, anscheinend bester Laune, als wäre mir schon alles vergeben. Erst der Anblick unserer

Siedlung, des Spielplatzes, der Wallhecke nebst Fuchsloch, des Weges zwischen den Häusern dämpfte mich wieder.

Als ich die Haustür aufgeschlossen hatte, eilte mir meine Mutter entgegen.

«Mein Gott», sie drückte mir den Kopf gegen die Schulter. Mein Vater hinter ihr: «Junge.»

Sie waren im Schlafanzug. Wie klein sie waren, dachte ich. Dazu der Dackel. Zu viert standen wir im Flur, es war furchtbar eng. Sie sahen mitgenommen aus, blickten mich erwartungsvoll an. Beide hatten endlich die Wahrheit verdient. Es schnürte mir die Luft ab. Ich verstand: Selbst die gusseiserne Hängelampe, die Trockenblumen, der Schuhschrank, die Tapete, selbst der pfeiferauchende Opa auf dem Gemälde, für das meine Oma einem Hausierer sagenhafte vierhundert Mark bezahlt hatte – alles hier erhob Anspruch auf mich.

Also fing ich mit dem Krankenhaus an. Ich hätte mich nämlich ganz einfach kerngesund gefühlt. Hätte ja nicht gewusst, dass sie überhaupt davon erfahren würden, sonst natürlich Bescheid gesagt. Bei einem neuen Freund gewesen, kennt ihr nicht. Täte mir leid, alles total leid. Ja, mit Dingens hätten wir aufgepasst, mit dem Fallout. Schlimm, schrecklich wäre das. Ich hätt's ja immer gesagt. Jeder Satz machte ein Fenster auf. Wir alle kamen sichtlich zu Atem. Und mein Bekenntnisdrang löste sich in Luft auf.

Mehr war nicht nötig, von Anne kein Wort. Die Geschichte hatte natürlich metertiefe Löcher, aber mein Vater schaute bereits ein zweites Mal in die Zeitung von gestern, und meine Mutter setzte Kaffee auf. Sie nahm mich zwischendurch beiseite: «Diese Evi hat zwei Mal angerufen. Die hat sich auch Sorgen gemacht, weil du nicht mehr im Krankenhaus warst. Ist das deine kleine Freundin?»

Ich versuchte zu grinsen: «Nein!»

«Na ja, vielleicht lern ich sie ja mal kennen», zwinkerte sie mir zu, und ich fragte mich, wann sie das zuletzt getan hatte und ob jemals überhaupt.

Als wir frühstückten, kündigte mein Vater an, er fahre mich zur Sicherheit heute noch mal ins Krankenhaus. Danach diskutierten wir, was man demnächst überhaupt noch essen konnte. Ich gähnte hauptsächlich.

«Kein Wild, keine Pilze», meinte mein Vater.

«Essen wir doch sowieso nicht», erklärte meine Mutter. «Pilze nur mal auf Jägerschnitzel, und da kommen sie aus der Dose.»

BLINKI

Das Warten bei der Ambulanz dauerte ewig. Am Ende war ich nach einem fünfminütigen Interview, bei dem ich alle Symptome leugnete, endlich auch offiziell und ordnungsgemäß entlassen, und mein Vater fuhr mich wieder nach Hause. Dass ich Sonntagsdienst hatte, fiel mir erst ein, nachdem ich mich hingelegt hatte. Es war mir gleichgültig. Erst kurz nach Mitternacht wachte ich wieder auf. Dann tat ich, während ein Viereck Mondlicht durch mein Zimmer wanderte, kein Auge mehr zu.

Am Morgen klopfte überraschend mein Vater: «Hast du heute Dienst?»

«Spätdienst.»

«Der Hund ist die Treppe runtergefallen.»

Meine Mutter musste arbeiten, mein Vater hatte sich freinehmen können. Den Tierarzt erreichte man von uns aus zu Fuß. Blinki zitterte, als ich ihn auf den Armen trug. Ich war überhaupt zum ersten Mal beim Tierarzt. Mir kam es vor, als wäre Blinki immer gesund gewesen, zwei, drei Mal aber, erfuhr ich von meinem Vater nun, hatten sich meine Eltern gekümmert. In der Praxis war morgens nicht viel los, nur eine Dame mit Wellensittich wartete.

Es hingen keine Bilder an den Wänden, wahrscheinlich weil es den Patienten egal war. Ich flüsterte auf meinen warmen, vor Angst bebenden Hund ein, wusste nur nicht recht, was, wollte nicht lügen. Auch mein Vater, dicht neben mir, streichelte Blinki. Er erklärte dann auch, nachdem wir aufgerufen wurden, dem Tierarzt noch mal die Lage, wie schwierig alles sei, für den Hund nur noch eine Qual.

«Wie alt?», fragte der Tierarzt.

«Zwölf», sagte ich. Mein Vater und ich hatten auf dem Weg hierher zum x-ten Mal seine Hundejahre errechnet. Vierundachtzig.

«Wie heißt er?»

«Blinki»

«Deiner?»

Ich nickte.

«Dann hat unser kleiner alter Mann es ja bald geschafft. Wer hält ihn fest?»

Wir blickten uns an, mein Vater und ich.

«Mach du mal, Junge», sagte der Tierarzt. «Ist nicht schlimm, gibt vor allem dem Hund Sicherheit. Erst mal hier auf den Tisch.»

Ich setzte Blinki ab.

«Jetzt leg ihn mal auf die Seite.»

Er wollte nicht, ich musste ihn hochheben, und er jaulte auf. Alle drei redeten wir ihm gut zu. Als er endlich lag, hob er den Kopf und sah uns mit blinden Augen an, nicht vorwurfsvoll, auch nicht, als durchschaute er uns, denn das tat er ja die ganze Zeit, sondern schlicht, selbst nach vierundachtzig Jahren, völlig unvorbereitet.

Der Tierarzt rasierte eine Stelle am Bein, zog die Spritze auf und setzte sie Blinki umstandslos. Der gab keinen Laut von sich. Auch mein Vater hielt ihn nun fest, sodass unsere vier Hände auf ihm ruhten. Blinki hörte auf zu zittern und starb.

«So, ich glaube, das war's schon. Darf ich mal?»

Wir lösten uns, der Tierarzt untersuchte ihn und sagte: «Hat's geschafft, es ist vollbracht.»

Ich berührte den Leichnam, Blinkis Fell, Bauch und Rücken, alles so warm wie zuvor.

«Ist nie leicht», sagte der Tierarzt, «ist immer ein Abschied ... Was machen wir jetzt? Wollen Sie ihn mitnehmen, oder sollen wir uns kümmern?»

«Was meinst du?», fragte mein Vater.

Ich hatte noch keinen Gedanken daran verschwendet. Aber ich konnte mir nicht vorstellen, ihn zurückzutragen, erkaltend, nachdem ich ihn warm und lebendig hergetragen hatte. Ich sah uns beide auch nicht allein zu Hause mit der Hundeleiche – die wo lag, im Körbchen?

«Ich weiß nicht», sagte ich.

«Gut, dann lassen wir ihn hier bei Ihnen.»

Blinki blieb also auf dem Tisch. Wir verließen den Raum. Mein Vater bezahlte bei der Sprechstundenhilfe die Spritze plus einer Gebühr für *Beseitigung*. Dann waren wir, beide nicht wissend, wohin mit unseren vier Händen, schon wieder auf dem Heimweg.

«Was machen die denn mit ihm?», fragte ich meinen Vater.

«Schätze, die haben dafür nen Behälter.»

«Was für einen Behälter?»

«Halt eine Tonne oder so was.»

«Die tun die Tiere doch nicht auf den Müll.»

«Nee, eine Kadavertonne, schätze ich, am Ende verbrennen sie die sicher irgendwo.»

Wir schwiegen, und ich fragte mich, wann denn die Sprechstundenhilfe oder der Arzt Blinki in jene Kadavertonne werfen würde, womöglich genau in diesem Moment, und ich sah mich zurückrennen, zu spät kommen, die Sprechstundenhilfe sagen: «... durch die Tür in den Hinterhof, die große weiße Tonne, du machst einfach den Deckel auf und ziehst ihn dir wieder raus.»

Lieber ging ich weiter, sprachlos. Auf halbem Weg räusperte sich mein Vater. «Ich muss dir etwas sagen.»

Einfach Weitergehen half nicht, merkte ich, die Rechnung ging nicht auf. Ich dachte an die Kadavertonne und bereute es mehr und mehr.

«Ich muss dir was sagen.»

«Was denn?»

«Ich muss mich bei dir entschuldigen», sagte er.

Kurz blickte ich auf. Ich verstand ihn nicht. Dass wir Blinki dagelassen hatten, war erst eine Viertelstunde her. Allmählich begriff ich, dass ich so etwas von ihm zum ersten Mal hörte, noch nie hatte er sich bei mir entschuldigt.

«Wofür?»

«Ich wollte mich dafür entschuldigen, dass ich dich damals von deinem FSJ abbringen wollte, überhaupt von der ganzen Arbeit in der Hülle, in der Psychiatrie.»

Nun drehte ich mich zu ihm hin, sah ich ihm doch in die Augen. «Echt?»

«Dabei ist das eine ganz tolle Sache. Fast schon bewundernswert, was du da machst. Ich könnte das nicht. Und du wächst da auch dran. Das sieht man ja. Deine Mutter und ich, wir sind jedenfalls ganz schön stolz auf dich.»

Eben noch war ich bei Blinki gewesen. Jetzt hatte ich Schwierigkeiten, das einzuordnen, was mein Vater gesagt hatte. «So viel habe ich euch doch gar nicht davon erzählt.»

«Aber genug», er legte mir seine Hand auf die Schulter.

Ich spürte den Pfropfen sich lösen. Scheiße, ich musste weinen. Schande und unerfüllte Liebe, Sehnsucht, Trauer und Reue stiegen mir wie Sekt in die Nase. Es war lange her, Jahre, aber Gesicht, Mundwinkel, Augenlider, meine Drüsen und Schleimhäute erinnerten sich. Fatalerweise würde mein Vater jetzt denken, ich weinte vor allem, weil er stolz auf mich war. Er selbst machte plötzlich fremdartige Geräusche, ich sah lieber nicht hin.

«Papa, wieso hast du ...», ich versuchte, mich wieder unter Kontrolle zu bringen, «wieso hast du Blinki dagelassen?»

Er reagierte nicht gleich, fragte dann: «Bitte?»

Plötzlich war ich überzeugt, meine Eltern hätten sich verschworen, abgesprochen, weil sie ganz sicher sein Hundegrab nicht in ihren *Anlagen* gewollt hatten.

«Mach mal halblang», schniefte mein Vater. «Ich hab dich doch gefragt. Hättest doch bloß ein Wort sagen müssen. Denkst du, für mich und Mutti ist das so einfach?»

Trotzig schwieg ich.

«Hartmann sagt», sprach er erst eine ganze Weile später wieder, als wir am Spielplatz vorbeikamen, Hartmann war sein Kollege, teilte mit ihm das Büro, «die überlegen, ob sie im ganzen Bezirk auf den Spielplätzen den Sand austauschen.»

«Wieso?», fragte ich, immer noch nicht wieder ganz in dieser Welt. «Wieso? Wieso denn den Sand austauschen?»

Blandina nahm mich zur Seite und fragte, ob ich wirklich wieder vollkommen gesund sei. Komplett, behauptete ich, und sie schickte mich umgehend zur Pflegedienstleitung. Die war eine lebensfrohe Nonne, ebenfalls mit Reformschleier. Freundlich bat sie mich, Platz zu nehmen, und erläuterte mir, was es hieß, ohne Krankmeldung der Arbeit fernzubleiben: Blandina war für mich eingesprungen. Ein langes Wochenende hätte ich gefehlt, davon ein Dienst immerhin offiziell von einer Kollegin entschuldigt, die anderen genau genommen komplett ohne Nachricht. Am Ende drohte sie mir mit – das hässliche Wort klang aus ihrem Mund melodiös – *Abmahnung*.

Zurück auf Station, war sofort Evi bei mir, wollte alles wissen, was passiert war und wo ich gewesen war. In Sachen vorzeitiger Entlassung ließ sie sich zum Glück ähnlich leicht abspeisen wie meine Eltern. Vor allem schien sie erleichtert, dass sie mich nicht ernsthaft verletzt hatte.

«Wir zwei lassen uns noch mal mit ner Kiste Jever so richtig volllaufen», diesen Spruch hörte ich von da an fast täglich von ihr. Irgendetwas hatte sich zwischen Evi und mir verändert, von «Greif mich an» war jedenfalls keine Rede mehr. Vielleicht hatte es auch damit zu tun, dass sie gekündigt hatte. Fast zeitgleich mit mir würde Evi in gut drei Monaten die Arbeit beenden und zurück in ihre norddeutsche Heimat ziehen.

Ich hielt beim Dienst die Fassade aufrecht, allerdings immer in der Erwartung, endlich etwas zu erfahren. Und jede angekündigte Neuaufnahme, fürchtete ich, hoffte ich, war Anne. In den ersten Tagen hatte ich sogar Angst vor unseren Stationsspaziergängen, stellte mir vor, dass Anne mir und den anderen draußen auflauerte.

Vor und nach den Diensten verkroch ich mich zu Hause in mein Dachgeschoss. Meine Eltern ließen mich in Ruhe, sogar völlig unbehelligt fasten. Ich aß kaum noch etwas. Nur Hungern und Lesen bekam ich noch hin. Musikhören war ein Risiko. Denn ich heulte, seit der Pfropfen raus war, beim geringsten Anlass. Einmal hatte ich sogar die alte Supertramp-Platte aufgelegt und, noch bevor die Nadel aufsetzte, nicht mehr ein noch aus gewusst: «Oh yeah! Give a little bit of your love to me.»

Ich war mir zuwider. Eigentlich hatte ich ja Routine darin, mich zu schämen. Jetzt aber zählte ich vor dem Spiegel meine Rippen, damit im Grunde zufrieden, während mich eher meine Seele – oder wie man das nennen sollte, mein Gewissen? – verlegen machte. Ich weinte bitterlich, weil Anne vielleicht tot war, schämte mich, weil ich mir trotzdem auf sie einen runterholte. Ich stellte mir vor, dass sie in Hamm sehnsüchtig an mich dachte, dann wieder, dass sie an der Nordsee war, womöglich mit ihrem gottverdammten Joon, und froh, mich los zu sein. Ich schluchzte, weil ich sie ausgenutzt hatte. Oder sie mich. Ich beklagte, dass ich sie nie wiedersehen würde und dass die Annewolke sich bereits verflüchtigte. Dann dachte ich wieder an die Kadavertonne und dass ich an der Ems immer noch nicht das Zelt abgebaut hatte und so weiter.

Immerhin hatte ich Anne an niemanden verraten. Hielt auch sie mir die Treue? Oder hatte sie mich aufgegeben? Aber hätte sie mich verraten, dann hätten wohl längst schon ihre Eltern auf Station angerufen, wenn nicht gleich die Polizei.

Jetzt las man in der Zeitung von Umsiedlungen in der Ukraine. Für uns Deutsche hingegen, hieß es, sei das Rauchen immer noch viel gefährlicher als die Strahlung. Ich rauchte im Moment wie ein Schlot. Es gab Ärzte, so las ich, die allen bundesrepublikanischen Schwangeren zur Abtreibung rieten, wegen der Gefahr von Missbildungen. Mitte Mai kam jedoch bereits Entwarnung für Spinat, Salat, Schnittlauch und Milch. Anders als von meinem Vater bzw. Hartmann angekündigt, war in unserer kleinen Stadt kein einziger Sandkasten ausgebaggert worden. Immerhin waren alle Spielplätze abgesperrt und überall Zettel aufgehängt. Täglich kam ich daran vorbei und las, Kinder sollten «nicht auf dem Boden oder im Grase» spielen. In den Tagen, auf die es angekommen war, dachte ich, hatten wir ziemlich viel *auf dem Boden oder im Grase* gespielt, am Ende noch dazu im Regen. Ich und Anne. Manchmal prüfte ich vor dem Spiegel, ob mir Haare ausfielen.

Anfang Juni drohte das FSJ-Abschlussseminar am Dümmer See in Niedersachsen. «Abschied mit vollen Segeln» lautete das Motto. Es war das vierte Seminar, ich kannte die Üblichkeiten. Jetzt hatte ich insbesondere Angst vor den

Feedbackrunden, denn traditionell wurde da viel geweint. Aber nachdem es losgegangen war, gaben mir die fünf Tage am weiten, selbst an seiner tiefsten Stelle nur anderthalb Meter tiefen See unerwartet Auftrieb. Bei allen vorherigen Seminaren hatte ich mich leidlich in der Rolle des dicken Introvertierten durchgeschlagen, jetzt war es anders.

«Mein Gott, bist du verändert», sagten mir alle. Zudem hatte ich ein Geheimnis.

Atomstaat, Frieden, Sinn des Lebens – respektvoll, fast ängstlich hörte ich anfangs noch zu. Das wandelte sich zu einem gewissen Trotz. Jedes Mal wurde es am Ende der Gesprächsrunde persönlich, und dann nickte ich zwar verständnisvoll wie die anderen, insgeheim jedoch stolz, um nicht zu sagen arrogant, weil ich all die Abiturientenbekenntnisse so popelig fand. Die Teamer schlugen irgendwann Gesprächstermine mit sogenannten Vertrauensteamern vor, und ich ließ mich hinreißen zu dem Witz: «Wenn schon, wäre mir eine klassische Beichte lieber.»

«Echt? Das geht. Gerne», war die Antwort, «machen wir möglich vorm Abschlussgottesdienst.»

Wer wollte, hatte nachmittags Segelunterricht. Ich manövrierte mich dabei immer wieder außer Sicht der anderen und vergoss in meiner Einhandjolle die aufgestauten Tränen. Was wünschte ich mir denn eigentlich tatsächlich mehr als eine Absolution? Obwohl, dann fiel dem heulenden Segler doch so einiges ein: dass Anne lebendig war und wohlauf zum Beispiel oder dass sie gleich nach dem Anlegen auf mich wartete, ganz allein auf dem Bootssteg, mir um den Hals fiel.

Nach dem Segeln spielten wir Fußball. Ich war schnell,

wenn auch ohne Kondition und Ballgefühl. Schmutzig und zufrieden ging ich vom Platz. Abends wurde gesoffen, manchmal tanzten wir zu ganz unmöglichen Songs.

Für den Abschluss hatten sich die Teamer eine Messe auf dem Wasser ausgedacht, den «Abschied-mit-vollen-Segeln-Gottesdienst» – das Motto wurde nicht gerade unterstrapaziert. Eigens dafür war ein Kreisjugendseelsorger angereist, die von mir am Ende dann doch ausgeschlagene Beichtgelegenheit. Alle waren wir auf Booten, er predigte in ein Megafon, man verstand kaum etwas. Die Idee der Teamer zur szenischen Umsetzung von «Wir knüpfen aneinander an, wir knüpfen aufeinander zu, Shalom, ein Friedensnetz» fiel buchstäblich ins Wasser. Als das Lied zu Ende war, sprangen sofort etliche in den See, um die Seile zu bergen, die die Teamer ausgeworfen und verloren hatten. Später schließlich, nach unserem letzten ungelenken, aufgekratzten Beieinander im Nieselregen vor dem Bildungshaus, der heisere Jugendpfarrer überall dazwischen, stob alles – *mit vollen Segeln* – auseinander.

Ich war mit Bus und Bahn da, genau wie ein Mädchen aus Steinfurt, das einen Teil der Strecke neben mir saß. Sie war eine solche Schönheit, dass ich in den vier Seminaren kaum drei Sätze mit ihr gewechselt hatte. Jetzt aber, *mit vollen Segeln* oder was immer, kamen wir ins Gespräch, und ich brachte sie zum Lachen.

«Du hast dich so verändert», sagte auch sie, «von uns allen am meisten. Das sagen alle.» Und nach einer Pause: «Wie viel hast du eigentlich abgenommen?» Ich hätte sie beinahe nach ihrer Adresse und Telefonnummer gefragt. In Osnabrück trennten sich unsere Wege. Als ich umgestiegen war und mein Zug sich in Bewegung setzte, begann ein Juniregen. Ich sah dann hinaus auf die bald erntereifen Äcker und rutschte zurück in die matschige, windstille Senke, aus der ich gekrochen war.

Ich hatte frei. Blandina hatte mir die an das Seminar anschließenden Urlaubstage «aus dienstplanerischen Gründen» mehr oder weniger aufgedrückt. Eine Woche der Ungewissheit. Vorher, am See, hatte es mich nur selten beschäftigt, kaum gequält, nicht zu erfahren, was auf Station los war, ob dort Neuigkeiten eintrafen oder vielleicht sogar die Verschollene selbst. Jetzt schlief ich mit diesen Sorgen ein und wachte auf damit. Ich träumte viel, konnte mich aber nie genau erinnern, übrig blieb immer nur das Gefühl, ich sei entlarvt. Dabei konnte man ja nicht allein mir auf die Schliche kommen, beruhigte ich mich, sondern immer nur *uns*, schließlich hatten Anne und ich gemeinsame Sache gemacht. Andererseits, was könnte man der kranken Anne vorwerfen?

Am Mittwoch rief ich Evi an, die sich darüber wunderte. Natürlich hatte ich nicht den Mut, direkt nach der Patientin zu fragen, die ich liebte. Doch wenn ich den Namen Anne nicht aussprach, würde Evi mir kaum erzählen, ob sie vielleicht wieder aufgetaucht war, womöglich nicht mal, falls sie zurück auf Station wäre. Tatsächlich fing Evi schnell wieder von ihrer verdammten Kiste Jever an. Ich wollte eigentlich nur, behauptete ich, nach dem Umzugstermin fragen, wolle mir den schon mal rot im Kalender eintragen, hätte ihr schließlich hoch und heilig versprochen zu helfen.

«Ach, ich wohn doch möbliert», sagte sie. «Was hier überhaupt wirklich mir gehört», es klang, als drehe sie sich auf ihrem Flokati einmal um die eigene Achse, «kann ich fast mit dem Bock abtransportieren.»

Immerhin wurde es von Tag zu Tag mit meiner Heulerei besser. Sehr willkommen waren mir die Proben mit HAT, wie wir uns, streng intern, inzwischen abkürzten, HAT – Het Amalfi Tigers. Es sollte nämlich doch noch klappen mit unserem liegen gebliebenen Groningen-Gig. Als wir uns samstagvormittags auf den Weg machten, vollzog sich das deutlich unglamouröser als beim letzten Mal. Clemens, neuerdings achtzehn und mit frischem Führerschein, fuhr den VW-Polo seiner Mutter, ich steuerte den Neuwagen meiner Eltern, ihren ersten, den sie mir dennoch freimütig angeboten hatten, einen schneeweißen Ford Escort mit Radkappen und Spoiler in Wagenfarbe. Katzes Bulli war trotz unserer Investitionen auf dem Schrott gelandet.

Er saß jetzt neben mir, lobte höflich mein etwas peinliches weißes Auto, und ich fragte mich, ob Katze auch nur halb so aufgeregt war wie ich.

«Bist du nicht bald fertig mit deinem Zivildienst?», fragte er.

«Fertig ja, aber ich mach FSJ.»

«Danach immer noch Deutsch und Geschichte auf Lehramt?»

Tatsächlich hatte ich mich längst in Münster einschreiben wollen. Anne war mir dazwischengekommen.

«Ja, aber nach dem Grundstudium gehe ich nach Berlin», sagte ich.

«Kling doch gut, klingt doch schön», sagte Katze, und ich fragte mich, ob er sich lustig machte, denn er selbst behauptete immer, er hätte keine Zukunftspläne, oder er quatschte irgendwas vom Ruhm.

Bald waren wir über die Grenze und diesmal dann auch überraschend schnell schon in Groningen angekommen. Wir fragten uns durch bis zum Eetcafé. Es stellte sich heraus, dass es dort zwar nicht mal eine Bühne gab, wir aber trotzdem lediglich die Vorgruppe waren. Das ältliche Chefpärchen zeigte uns dennoch voller Stolz ihren Laden.

Katze machte erst draußen bei unseren Autos einen Riesenaufstand. Ich selbst war viel weniger enttäuscht als erleichtert.

Als später die Groninger Hauptband ankam, erwies sie sich uns Moffen gegenüber als überraschend holländisch freundlich.

Mein erster richtiger Auftritt! Alles bisher war Musikschule. Ich zitterte vor Aufregung, als es losging. Der Laden füllte sich gerade erst. Mit feuchten Händen griff ich mich durchs erste Stück. Ein paar hielten sich die Ohren zu. Wegen der Lautstärke? Zumindest ein bisschen Applaus. Irgendwo wurde laut und rätselhaft gejuchzt. Klang so etwa Mitleid? Wir sahen uns an. Aus irgendeinem Grund stand Clemens plötzlich auf hinter seinem Schlagzeug und verbeugte sich, wer weiß, warum, jedenfalls warf er dabei ein Becken um. Katze half augenrollend, es wieder hinzustellen. Dann machte Clemens auf Holländisch einen Witz, anscheinend einen guten, denn alles lachte. Und dann zählte er ein. Und startete ein Pfingstwunder. Jedenfalls verstand ich plötzlich irgendwie zum ersten Mal unsere immer etwas zu komplizierte Musik. Und ich fühlte mich zugleich selbst verstanden. Von Clemens und Katze oder vom hereinströmenden Publikum, von wem immer. Unser Sänger sang sich die Engelsstimme aus dem Leib, Katze rumpelte seine Läufe vor sich hin, und was ich tat, war schief und gerade, fett und dünn, wenn jämmerlich, so doch auf jeden Fall gewagt, und vor allem blies es einem die Ohren weg. Ich begann, hinter der Gitarre zu zucken. Könnte Anne mich jetzt sehen, dachte ich.

Als die Frau vom Eetcafé-Pärchen sich schließlich auf die Armbanduhr tippte und irgendetwas Grobes auf Holländisch herüberbrüllte, übersetzte Clemens es mit «Zugabe». Unsere Zugabe dauerte Lichtjahre.

Katze meinte hinterher, wir wären scheiße gewesen. Clemens analysierte die Applausentwicklung, und zwar sehr kritisch. Meinetwegen war ich also allein mit meiner Euphorie – ich war immer noch völlig außer mir. Als Musiker trank man gratis – für mich ein weiteres Debüt. Diese Praxis stimmte allmählich auch Katze und Clemens milder, zumal uns jetzt aufrichtete, wie mittelmäßig die Hauptband war. Nichtsdestotrotz wurde sie im Eetcafé heftig gefeiert.

Am Ende verbrüderten wir uns. Beide Bands hatten schließlich alkoholbedingt gewisse Mühe, all ihr Zeug auseinanderzuhalten, abzubauen und einzuladen. Zu guter Letzt brachte nur uns Het Amalfi Tigers ein deutschsprachiger – «Habt ihr Schlafsäcke?» –, ziemlich punkiger Kellner ins Artist Apartment, ein Matratzenlager in einem verwaisten Zimmer seiner siffigen WG.

Am nächsten Morgen fuhr Katze bei Clemens mit. Das Frühstück hatten wir noch an der holländischen Autobahn geplant, denn dort gebe es in den Raststätten, wusste Clemens, den *tweede kopje koffie van het huis*. Jeder von uns bekam dort dann ein winziges Stück Honigkuchen, aber mehr Kaffee und bittere Witze, als man wollte.

Allein im Auto, trat ich danach aufs Gas, genoss den Neuwagen, die Boxen vorne und hinten, spürte das fremde Selbst noch in den Gliedern, das mich auf der Bühne hatte ausflippen lassen. Ich dachte an Anne, und es schnürte mir erstmals nicht die Kehle zu. Eines Tages träfe ich sie wieder. In Berlin oder so.

Clemens und Katze luden bereits aus, als ich ankam. Aufgekratzt, beinahe manisch packte ich mit an. Schließlich galt es nur noch, die Gulden unter uns aufzuteilen, die übrig geblieben waren. Das Eetcafé hatte uns am Ende mit der Hälfte der vereinbarten Gage, mit hundert Gulden abgespeist, rätselhafterweise mehr oder weniger widerspruchslos. So hatte Groningen stattgefunden. HAT gingen auseinander. Keiner wurde umarmt.

Als ich zu Hause meinen Eltern vom Auftritt erzählte, war meine Manie sofort zu Ende. Wie versprochen, saugte ich erst mal gründlich das Auto aus. Dann ging ich aufs Zimmer. Nichts Sichtbares erinnerte dort an die vorvergangenen Tage. Und doch war alles, Schreibtisch, Spiegel, Bett, Decken und Wände, mit meinen tage- und nächtelangen Gedanken vollgeschmiert. Und das alles war nur von mir, war nur ich. Wie war eigentlich Anne gewesen? Wie hatte sie überhaupt ausgesehen? Nur vage erinnerte ich mich.

Doch mit allen Fasern sehnte ich mich nach ihr. Nur ein Foto, und meine Seele wäre gesund. Warum traute ich mich nicht mehr an die Ems und baute endlich das Zelt ab, fände vielleicht die Kodak Instamatic wieder? Mit Annes Bildern von uns? Hexenangst? Ich war so durch und durch lächerlich. Meine Mutter rief nach mir.

«Telefon!»

«Wer ist dran?»

«Ein Mädchen.»

Verwirrt nahm ich den Hörer.

«Kennste mich noch?», fragte sie. Es war Rike. Wir hatten lange nicht gesprochen, Wochen, eher Monate nicht. «Aber bin dir gar nicht böse», sagte sie. «Wie geht's dir?»

«Gut. Wir hatten gestern ein Konzert in Holland.»

«Wow. Du hast ne Band ... Übrigens, Tommäs und ich haben uns getrennt.»

Noch am selben Abend gingen wir ins Kino. Sie hatte ihren alten R4 abgeschafft, der habe neben Tommäs' dicker Karre einfach keinen Sinn gemacht. Ich fragte meine Eltern. Dann fuhr ich bei Tommäs' und Rikes kürzlich noch gemeinsamer Wohnung vor, mit weißen Radkappen und Spoiler, schlimmer als ihr Ex-Freund.

«Gott erbarme», sagte sie, aber das Auto sah sie gar nicht, «siehst ja aus wie ein Strahlenopfer.»

Nachdem wir geparkt hatten und durch die schwüle Stadt zur Spätvorstellung gelaufen waren, wusste ich schon ziemlich alles vom Ende ihrer «Beziehung». Niemals hätte Rike – dabei würgte sie Tränen herunter, während sie sich über Tommäs in Rage redete – von Liebe gesprochen.

«Mein Gott, ich hab dich so zugequatscht», sagte sie im

Foyer. «Was genau ist denn bei dir eigentlich los? Komm, ich hol uns erst mal ordentlich Popcorn. Einer muss dich ja wieder aufpäppeln.»

Etwas leiser quatschte Rike dann auch im Saal weiter. Wir waren nicht zum ersten Mal zusammen im Kino, sie beurteilte ständig alles, bei ihr störte mich das nicht. Ich griff ins Popcorn, stopfte mir den Mund voll, das alte, ekelhafte Vergnügen. Erst kamen die deprimierenden lokalen Werbe-Dias, dann endlich Wrigley's Spearmint Gum Gum Gum und Bacardi auf Breitwand. Länger nicht im Kino gewesen, kannte man trotzdem noch jeden Werbespot. Ich fühlte mich neben meiner alten Freundin irgendwie zurückversetzt, auch wenn selbst Rike irgendwie neu war. Eine Erleichterung verspürte ich, als hätte nicht sie, sondern ich mir ihr gegenüber alles von der Seele geredet.

«So dämlich», sie stieß mich an, kommentierte irgendeine Werbung. Die Allianz. Marlboro. Dann kam doch etwas Neues. Ich kannte nur die Musik. Ein junger Mann in Unterhose ließ ein Rollo herab, machte Klimmzüge, zog eine Jeans an. Endlose Sekunden, in denen es mir unmöglich war zu verstehen, was da auf der Leinwand überhaupt angepriesen wurde. Ich konnte einfach nicht folgen. Es lag an der Musik. Da lief der Song, den die Top Star Passengers gespielt hatten. Anne in der Mainacht auf der Landstraße. Das Lied, das wir zusammen gesungen hatten. Anne und ich – «Don't know much about history ... don't know much biology ... don't know much, la la la la la la la ... what a wonderful world this would be.»

«Ganz cool, oder?», fragte Rike. «Sagt man eigentlich Lieveis oder Lävis? Ich sag immer Lävis.»

Umgestülpt wie die Jeans, die der Werbeschauspieler vor dem Anziehen von links auf rechts gedreht hatte, sagte ich: «Lieveis.»

Jetzt lief bereits Langnese, dann ging das Licht an. Rike winkte der Verkäuferin. Bei mir saß Anne auf den Schultern und fragte: «Warum heulst du nicht?» Trotzdem kaufte ich Eiskonfekt. Der Film begann, er hieß «Die Zeit nach Mitternacht». Spontan verabredet, hatten Rike und ich kaum eine Ahnung, was uns erwartete. «Denk an mich!», befahl Anne. Ich fraß Konfekt. Dabei spürte ich Rikes nackte Haut an meinem Arm, hatte sie wahrscheinlich schon öfter gespürt, im Sommer mit ihr im Kino. «What a wonderful world», sang Anne. Der Film ging rasant los, war sofort spannend, auch ernsthaft lustig und merkwürdig. Anne war jetzt endlich still, während Rike mich ständig anstieß, damit ich mitlachte. Ebenso fieberten im Saal alle anderen mit. Wir lachten uns schief und steckten uns gegenseitig damit an und rannten mit diesem Film durch eine völlig verrückte Regennacht in New York, weit, weit weg, bis zur Erschöpfung.

Auf der Fahrt zurück befeuerten Rike und ich uns gegenseitig mit Szenen. Total bescheuert schon der Anfang im Taxi, als diesem Paul der Geldschein aus dem Fenster geflattert war. Dann der blondierte deutsche Freund von dieser einen Künstlerin, namens Horst, natürlich. Und als Paul dann im Club Berlin fast ein Zwangs-Iro verpasst worden war. Und dieser Schluss, wo er wie eine Mumie eingegipst war in dieser Skulptur, die aussehen sollte wie *Der Schrei* von Edvard Munch.

«Hast du eigentlich Dienst morgen?», fragte Rike.

Wir schlichen zu mir nach oben, ich, um Wein zu holen, noch mal runter in den Keller. Unterm Dach waren es noch an die dreißig Grad, draußen grollte es. Wir hörten Costello auf Zimmerlautstärke, tranken im Halbdunkeln unterm weit geöffneten Dachfenster. Rike quatschte und quatschte. Sie brachte mich gar nicht in Versuchung, mehr zu offenbaren als HATs Irrfahrten ins Eetcafé. Übergangslos bezweifelte sie erst, dass sie in ihrer Wohnung bleiben könne, die ja der Tante von Tommäs gehörte, danach den Sinn irgendeines Mathescheins, unnötig wie ein Kropf – sie studierte Grundschullehramt –, dann klagte sie ausgiebig wieder über ihren Ex-Freund. Irgendwann gähnte Rike und fragte: «Kann ich bei dir schlafen?»

Zu meiner Schande galt mein erster Gedanke meinen Eltern. Seit ich fünfzehn war, hatte ich ein breites Bett, aber nie hatte ein Mädchen bei mir übernachtet. Jetzt mit neunzehn war mir dennoch vollkommen klar, niemals, keinesfalls wäre mein Vater damit einverstanden.

Rike sah mir irgendetwas an. «Ich dachte ... ich hab nur so das Gefühl, ich kann heute unmöglich allein schlafen. Versteh mich nicht falsch», sie lächelte breit, «nur unter Freunden.»

«Klaro», sagte ich.

Es begann ein entsetzliches Aneinandervorbeigehampel. Wasser ins Gesicht, Toilette, mein winziges mit Teppich ausgelegtes Badezimmer mit Schiebetür. «Ich spar mir heute mal das Zähneputzen», sagte Rike. Ich lag dennoch als Erster im Bett, halbwegs zugedeckt, sah gar nicht hin, als sie vor mir stand und sagte: «Puh, wird und wird nicht kühler, ich glaube, da kommt noch was. Du, ich schlaf bei so ner Hitze immer ohne Oberteil. Macht dir nichts aus, oder?»

«Nö», sprach ich, trug selbst kein *Oberteil.*

Dann lag sie neben mir.

«Hopsa», sie verschränkte die Arme hinterm Kopf, berührte mich mit dem Ellenbogen. Ich wusste mit meinem Ständer nicht, wohin, es war entsetzlich heiß unter der Decke. Rike legte die Arme wieder neben sich ab, seufzte. Ein bisschen lag sie da wie Anne, dachte ich, wie aufgebahrt – nur ohne Schlafsack.

«Nicht müde?», fragte Rike.

«Zu heiß.» Mir schlug das Herz bis zum Hals.

«Ja.»

Warum seufzte sie?

«Und du?»

«Geht.»

Rike wollte einfach nicht allein sein. Sondern *unter Freunden.* Es dauerte, bis ihr Atem dann ein wenig lauter und regelmäßiger wurde. Als sie zuckte, sagte sie «Huch» und dann «Gute Nacht, du», drehte sich auf die Seite, abgewandt. Ich konnte kein Auge zutun. Seitdem ich an sie hatte denken müssen, lag auch Anne zwischen uns. Dann weckte mich doch der Regen, der auf den Tisch prasselte. Als ich das Fenster schloss, zog Rike die Decke über sich. Ich versuchte, an ihr zu riechen. Wieder und wieder, es gelang mir nicht. Das musste ein Traum gewesen sein.

Morgens brauchte ich einige Zeit, bis mir klar war, dass ich allein dalag. Jemand war verschwunden, ahnte ich. Ich schreckte hoch, dachte wie üblich: «Anne!» Es lag noch ein winziger Hauch von Rikes Vanille-Parfüm in der Luft.

Auf dem Tisch fand ich einen Zettel: «Du bist süß. Iss mehr!»

An der Haustür war Rike noch meiner Mutter begegnet. «Grundsätzlich ist die ja wirklich nett», sagte meine Mutter, sie kannte Rike schon ewig.

Am Abend stritten wir dennoch. Meine Mutter verlor nicht viele Worte, pflichtete lediglich meinem Vater bei. Der aber gab sich richtig Mühe, veranstaltete ein Riesentheater.

Endlich begann der Dienst wieder. Frühmorgens schien mir immer möglich, dass Anne einfach um die nächste Ecke geschlurft kam. Oder ich betrat ein Zimmer, und sie teilte es plötzlich mit irgendjemandem. Schließlich war sie mir schon mal wie ein Geist erschienen. Dabei wäre das eigentlich doch die Erlösung, musste ich mir sagen. Nämlich Annes Rettung. Was zum Teufel wollte ich eigentlich?

Jeden Tag, wenn im Laufe des Dienstes dann die böse, glückliche Überraschung wieder weniger wahrscheinlich wurde, peinigte mich stattdessen die Ratlosigkeit, wie eigentlich Neues über Anne herauszubekommen war. Denn bei jedem Versuch machte ich mich verdächtig. Rein gar nichts war schließlich vorbei, und noch immer stand unser Zelt an der Ems und schimmelte vor sich hin. Zwei Mal schon hatte ich mich beinahe auf den Weg gemacht, doch meine lachhafte Angst hatte mich abgehalten. Davor, dass Anne wieder dort kampierte? Oder doch davor, dass, wenn das Zelt weg, auch endgültig alles zu Ende war.

Auf Station hingegen war von Anne keine Rede mehr. Als wäre sie nicht weggelaufen, nicht spurlos verschwunden, sondern ganz regulär verlegt oder entlassen, wie Tausende vor ihr. Wo waren eigentlich ihre Sachen, die Kamera, ihre Fotos? Hatten ihre Eltern die schon abgeholt?

Dennoch. Man schob Dienst, und es war Tag für Tag dasselbe. Notgedrungen gewöhnte man sich. Man spielte mit den Patientinnen «Mensch ärgere Dich nicht» oder Malefiz, Mühle oder Dame, verteilte Essen, reinigte Gebisse, bezog Betten und sang Lieder. Täglich lernte man neue, kranke, ganz normale Frauen kennen.

An irgendeinem dieser Tage hielt mir Häschen meine Uhr ins Gesicht. Wir waren nach dem Mittagessen in der Küche zugange, eben noch hatte sie mit dem Handtuch die Arbeitsflächen poliert. Jetzt streckte sie mir die Uhr entgegen. Unverkennbar meine Kommunionsuhr. Und sie war beschlagen. Zuletzt hatte ich sie an Annes Handgelenk gesehen. Ich wagte nichts, wusste auch nichts zu sagen. Häschen schüttelte die Uhr.

«Meine Uhr?», fragte ich dämlich.

«Ich hab sie nicht kaputt gemacht.»

«Woher hast du sie denn?»

«Ich hab sie sofort erkannt.»

«Ja, aber woher hast du sie?»

«Willst du sie wiederhaben?»

Es klang, als habe Häschen erst mal drei Aufgaben für mich, und ich müsste dafür in die Welt ziehen.

«Klar will ich sie wiederhaben. Sehr gern.»

«Aber ich lass mir das nicht in die Schuhe schieben.»

«Ist klar. Was denn eigentlich?»

«Dass sie kaputt ist.»

«Will dir doch keiner in die Schuhe schieben!»

«Doch, du!»

«Nein, überhaupt nicht ...»

Häschen überreichte mir die Uhr mit spitzen Fingern.

«Weil du mir deine kaputte Uhr schickst.»

«Du hast sie per Post bekommen?»

Sie nickte. Ich gab mir Mühe, gänzlich beschwichtigend auszusehen, legte die Uhr in aller Ruhe an, dabei hätte ich sie lieber in der Kitteltasche verschwinden lassen. Verzweifelt versuchte ich, mir einen Reim auf diese Geschichte zu machen.

«War kein Brief dabei?»

Sie sah mich zweifelnd an.

«Kein Absender? Hast du denn den Umschlag noch?»

Sie schüttelte den Kopf, man sah ihr an, dass ich ihren Verdacht nicht aus der Welt schaffte. Mein Detektivspiel schuf erst recht kein Vertrauen.

«Sicher hat jemand gesehen, wie ich sie beim Spaziergang verloren hab», wollte ich sie beruhigen, «und der wusste zwar, wo ich arbeite, kannte aber meinen Namen nicht. Aber er kannte deinen, darum hat er sie dir geschickt.»

Sie schien zu überlegen. «So ein Quatsch», schimpfte sie.

Doch mir fiel nichts Gescheiteres ein, schließlich kapierte ich selbst kaum, was völlig klar war: nämlich dass die Uhr von Anne kommen musste.

«Häschen?», ich sprach sie eigentlich nie mit diesem Namen an. Irgendwie musste ich sie unverdächtig danach fragen, ob sonst noch jemand von der Sendung wusste. «Häschen, glaub mir bitte, ich wollte dir nichts in die

Schuhe schieben. Jemand hat dir die Uhr geschickt, damit du sie mir wiedergibst. Du hast es getan. Ich danke dir!»

Sie putzte bereits wieder. «Das ist gern geschehen.»

«Wenn ich eins noch fragen darf», begann ich.

Sie blickte mich an, irgendetwas amüsierte sie, ließ sie erstrahlen, wahrscheinlich, dass sie genau wusste, was jetzt käme, dass sie so glasklar meine Gedanken lesen konnte. Ich hatte sie unterschätzt.

«Das sage ich niemandem», beruhigte sie mich, «Postgeheimnis.»

Natürlich dachte ich bis Dienstschluss an nichts anderes mehr. Anne hatte mir meine Uhr geschickt. Anne hatte die Sendung anonym an Häschen adressiert. Und zwar damit ich nicht aufflog. Es war das ersehnte Zeichen von Anne. Das Zeichen, dass sie an mich dachte. Dass sie in Sicherheit war.

Ich fuhr dann gar nicht erst nach Hause, sondern wartete vorm Geschäft des Uhrmachers.

Als der alte Mann nach der Mittagspause endlich öffnete, stürzte ich hinein: «Diese Uhr ist von hier, von Ihnen.» Plötzlich war ich nervös und fürchtete, sie wäre nicht mehr zu retten. «Die hat mein Patenonkel, wann war das, wann hat man noch mal Kommunion, hier bei Ihnen gekauft, ich wollte unbedingt ne Taucheruhr.»

«Mit neun.»

«Bitte?»

«Mit acht oder neun hat man Kommunion.»

Er nahm die Uhr und hielt sie hoch. «Nebelinderuhr.»

«Bitte?»

«Nebelinderuhr.» Er hatte sich eine Art Lupe ins Auge gesetzt und sprach seine Diagnose wie ein einziges Wort aus. «Nebelinderuhr» – Nebel in der Uhr.

«Ich rufe Sie an», siezte er mich, «unterbreite Ihnen einen Kostenvoranschlag.»

«Wie viel denn ungefähr, hundert?», fragte ich. «Zweihundert?»

«Nein, so viel nicht.»

«Dann ist's schon okay.»

Beim Hinausgehen ertönte eine Glocke. Was immer mich danach noch vor die Auslage zog, ich stand sehr lange dort und verlor allmählich wieder jegliche Gewissheit. Diese Post von Anne, so brütete ich vor den ausnahmslos hässlichen Uhren und Schmuckstücken, diese Post bedeutete nichts. Ich war doch weiterhin völlig ahnungslos. Ich hatte Nebelinderuhr. Und was es auch kostete, das wollte ich um jeden Preis reparieren lassen. Anne hingegen konnte vielleicht völlig kaputt sein. Das kostete mich nichts.

Den ganzen Nachmittag und Abend über war ich so fahrig und aufgewühlt wie seit Wochen nicht. Die Nacht dann schlief ich durch, denn ich hatte einen Entschluss gefasst.

Ich musste mich erst erkundigen, wo es zu finden war, in seinem Arztzimmer hatte ich Dr. Preuss noch nie aufgesucht. Sein «Herein» klang gedämpft. Als ich drinstand, war die Tür tatsächlich von innen gepolstert.

«Ach, unverhofft kommt oft. Was kann ich für dich tun?»

Es hingen auffällige Zeichnungen an der Wand. Ich betrachtete sie eingehend, denn so lange musste ich noch nicht sprechen.

«Abschiedsgeschenke», erklärte er, «man kann nicht immer Nein sagen. Die Korbarbeiten gehen allesamt an den Basar, doch wenn mir wirklich was gefällt, kommt es auch schon mal an die Wand hier. Aber nimm Platz! Schieß los.»

Einfach und ehrlich nach Anne zu fragen, hatte ich mir vorgenommen. Sollte es gut gehen oder nicht. Notfalls würde ich gestehen.

«Mich treibt noch immer diese Patientin um», sagte ich, «Sie erinnern sich, die, die mir weggelaufen ist.»

«Natürlich. Aber sagen wir, du konntest sie nicht aufhalten.»

«Ich hab sie jedenfalls als Letzter gesehen. Und ich fühl mich immer noch ein bisschen dafür verantwortlich. Damals war ja sogar die Polizei bei uns zu Hause.»

«Die waren bei dir?»

«Ja, und ich mach mir immer noch Sorgen. Das ist wahrscheinlich nicht professionell. Sie haben das ja mal gesagt: ‹Sorgen sind nicht professionell.› Aber auf Station haben wir dann nie wieder von ihr gehört. Tut mir leid, mich treibt das noch ein bisschen um. Haben Sie denn noch mal was von ihr gehört?»

«Das soll ich gesagt haben? Sorgen sind nicht professionell? Sei's drum … aber gut, dass du gekommen bist. Wann war das noch mal ungefähr?», er legte die Hand auf irgendwelche Papiere.

«Am 30. April.»

«Ach, so genau weißt du das noch. Hilf mir bitte auch mit dem Namen noch mal auf die Sprünge.»

«Anne Schmidt.»

«Na klar, das Fräulein Schmidt, ich erinnere mich, so einen Namen kann man schon mal vergessen. Unser Fräulein Schmidt, natürlich ... Ende April war das. Da ist die Akte längst in der Verwaltung», er kramte dennoch auf seinem Schreibtisch herum. «Und wir wissen immer noch nicht, wo sie ist? Nun, das ist nicht schön, aber ich kümmer mich drum.»

Er hob den Blick. «So eine verschwindet ja nicht vom Erdboden, ganz sicher ist die wieder aufgetaucht. Hätte ich auch selbst draufkommen können und mal nachfragen ... Du wirst mal ein guter Arzt!»

«Danke», sagte ich und korrigierte ihn nicht. Dann war ich schon wieder draußen. Offensichtlich musste ich irgendeinen Preis noch immer nicht zahlen – was mich seltsam wenig erleichterte. Hingegen fragte ich mich, wie Preuss sich denn kümmern würde. Und wann. Und ob überhaupt.

«Klopf, klopf», grüßte er schon kurz nach dem Mittagessen ins Schwesternzimmer, «ist ja ne 1-a-Stimmung hier bei Ihnen!»

Wir saßen alle zusammen, Blandina heute bester Laune.

«Und da komme ich noch mit einer guten Nachricht. Das Fräulein Schmidt, Sie erinnern sich? Unsere nicht ganz risikolose junge Dame, die damals vom Spaziergang nicht zurückgekommen ist. Ende April. Dreimal dürfen sie raten. Sie ist wieder da. Fräulein Schmidt ist unversehrt wieder bei ihren Eltern aufgetaucht. Es geht ihr nicht gut, aber bis auf Weiteres behilft sich die Familie ambulant.»

«Schön, schön», Blandina blickte mich an, «da sind wir beruhigt.»

«Ach die. Und seit wann?», fragte Ingeborg.

«Seit Wochen schon. Also alles halb so schlimm», sagte Preuss. «Ihr junger Mann hier hat mich heute Morgen aufgesucht und daran erinnert, noch mal nachzufragen. Ihm ging die Sache noch nach. Ich finde, das ehrt ihn.»

Ich versuchte, halbwegs normal auszusehen. Alle glotzten mich an. Natürlich hatte ich noch hundert Fragen, doch ich stellte keine einzige. Schon eine Minute später war ich überzeugt, dass mich mein Schweigen erst recht verdächtig gemacht hatte.

Kurz darauf, im Arbeitsbadezimmer, sinnierte ich, dass es völlig offensichtlich war: Die Meute, vor der Anne eine solche Angst gehabt hatte und ich anscheinend ebenso, sie hetzte uns nicht! Im Gegenteil. Die Meute wollte überhaupt nichts von uns wissen.

Nachmittags lieh ich mir dann das Auto von meinen Eltern, fuhr zur Ems und baute das Zelt ab. Dort war jetzt nichts mehr zu hoffen oder zu fürchten. Alles lag völlig unberührt, unser Chaos unverändert. Und ich fand die Kodak Instamatic.

Woher ich plötzlich mit all den nassen Campingsachen kam, die ich überall ausbreitete, wollten meine Eltern gar nicht so genau wissen. Der heftige Streit nach Rikes Übernachtung war nur ein Aufwallen alter Gewohnheiten gewesen. Allgemein war jetzt viel mehr Platz zwischen uns, eine triste, hundehaarlose Ruhe. Wir hatten überall Teppich, selbst im Bad, und meine Mutter sagte, sie sauge nun zweimal weniger pro Woche. Mein Vater war viel im Keller und versuchte sich an einem neuen Hobby, Tiffany-Glaskunst. Er gestaltete Fensterbilder aus Glasresten. Meine Mutter freute sich, sagte sie, als die Campingausrüstung endlich komplett trocken und verstaut war, vor allem über die Rückkehr ihrer Tupperdosen.

WENN WIR NICHT GESTORBEN SIND

Als Kind war ich oft mit der halben Verwandtschaft am KÜ baden. KÜ bedeutete Kanalüberführung, Baden nannte man in unserer Familie Plümpsen. Clemens kannte beide Begriffe. HAT waren am KÜ verabredet. Die Kanalüberführung war ein Aquädukt, man konnte dort oben in der Brücke schwimmen. Stemmte man sich aus dem minzgrünen KÜ-Wasser und machte zwei, drei Schritte ans Brückengeländer, dann sah man zwanzig, dreißig Meter hinab auf die emsfarbene Ems.

Clemens war überraschend mit einer Clique aus seiner Schule gekommen, Mädchen und Jungen. Sie lagerten neben dem Aquädukt am Kanal auf einem schmalen Streifen Grün. Erst war ich verunsichert, dann legte ich mich einfach zu ihnen. Einundzwanzig Kilo hatte ich inzwischen weniger und fühlte mich in Badehose unglaublich. Innen wie eh und je, war ich außen ein taumelndes, unbeschriebenes Blatt, das überall dazwischenpasste.

Katze kam verspätet. «Wieso läuft hier eigentlich die Hälfte nackt rum?», maulte er. «Und fast nur die Männer.»

«Ist hier auch ein Schwulentreff, glaube ich», sagte Clemens.

«Echt?», fragte ich. Die Nackten, tatsächlich vor allem

Männer, waren schon immer hier gewesen, nie hatte ich mir Gedanken darüber gemacht, ebenso wenig wie früher wohl meine Verwandtschaft.

«Ist ja ekelhaft», lachte Katze. Er war in seltsamer Stimmung und zum ersten Mal ohne Halsband.

Wir starteten einen Arschbombenwettbewerb. Ich ging eindeutig als Sieger hervor, bildete ich mir ein. Nur darin war ich schließlich die fetten Jahre über als Sportler wirklich gut gewesen – Tischtennis und Arschbomben. Das Wasser war noch ziemlich kühl, das Wetter kalifornisch, so nannte Katze es. Er hielt sich beim Springen die Nase zu. Zu dritt saßen wir dann nebeneinander auf der morschen, hölzernen Kanalkante, und Katze steckte uns mit seiner seltsamen Trübsal an.

«Was ist eigentlich los?», fragte Clemens.

«Nix. Was soll los sein», sagte Katze, glitt in den Kanal, rief lachend: «Alles, alles ist los, alles!», und patschte dabei wie ein wütendes Kind aufs Wasser.

Clemens rief: «Hey, lass das arme Wasser in Ruhe», sprang ihm hinterher, versuchte ihn unterzutauchen. Katze, kein guter Schwimmer, schlug heftig um sich, setzte sich erfolgreich zur Wehr. Nach dem Kampf war seine Laune besser.

Im Verlauf des Nachmittags gingen Katze und ich unmerklich in Clemens' Clique auf. Irgendjemand hatte einen Rekorder dabei, und eine Kassette mit scheußlicher italienischer Musik wurde immer wieder umgedreht, was irgendwie magisch in Ordnung ging. Dann war Katze plötzlich verschwunden. Das war, lange bevor wir anderen aufbrachen, Mädchen und Jungen, sonnendurchwirkt.

An einem Regentag ging ich zum Seifenplatz, um den Film aus der Kodak Instamatic abzuholen. Reichlich Zeit hatte ich verstreichen lassen, gemessen daran, dass ich mir das Foto von uns beiden am Nil einst so sehnsüchtig herbeigewünscht hatte. Jetzt, im Drogeriemarkt, glotzten meine Mutter und ihre Kegelschwestern mich an. Der Film war jahrealt, begriff ich. Auf den Fotos lauter Frauen, die ich kaum kannte und die bei miesem Wetter alkoholisiert durch irgendeinen Wald spazierten. Alle Abzüge ging ich durch, das letzte Drittel war komplett dunkel. Ich kontrollierte die Negative. Der Film war einfach zu alt gewesen. Kein Foto von uns. Oder Anne hatte gar nicht abgedrückt. Ich warf den ganzen Mist in den Mülleimer und zahlte keinen Pfennig. Eine Verkäuferin hatte mich die ganze Zeit beobachtet. Sie nahm es hin.

Plötzlich war Evis letzter Arbeitstag gekommen. Und gleich darauf bereits der Tag ihres Umzugs. Dass sogar Blandina als Umzugshelferin dabei war, warf mich um. Als hätte ich bisher gemeint, es gäbe sie außerhalb des Krankenhauses gar nicht, außerhalb der Hülle. Sie lächelte dann in Evis Wohnung auch ganz ungewohnt unsicher und nannte schwere Kartons «Männersache», was aus ihrem Mund, weil auf Station ja kaum Männer die schwere Arbeit taten, wirklich seltsam klang. Hier und jetzt waren die einzigen Männer jener Judo-Achim, den ich vom Geburtstag kannte, und ich. Evi gehörte anscheinend tatsächlich fast nichts, und so gab es viel zu viele Hände für ihre wenigen Sachen. Selbst den Flokati, auf dem ich gekämpft hatte, nahm Evi nicht mit. Er fand ausgerechnet in Blandina eine etwas zögerliche Abnehmerin, und schließlich trugen wir den Teppich in Ingeborgs nachbarliche Wohnung, damit sie ihn später dort abholen konnte. Danach war Achims Kombi komplett beladen, Evi bereits in Ledermontur. Sie wollte ihm hinterherfahren, insofern zog sie am Ende tatsächlich beinahe «mit dem Bock» um.

Jedem schüttelte Evi die Hand. Als ich dran war, zog ich meine liebe, lederknarzende Kollegin an mich, bereute plötzlich sehr, die blöde Kiste Jever nicht längst mit ihr getrunken zu haben. Auch Evi schloss mich fest in ihre Arme.

«Hey, hey», sagte sie, «meine neue Nummer haste ja.»

Vorher in ihrer Wohnung hatte sie mir noch, ohne dass es jemand mitbekommen hatte – «Hab ich im Schrank gefunden. Könnte dir passen» –, ein T-Shirt vermacht. Darauf zwei ineinander verkeilte Kämpfer unter dem Wort JUDO.

«Bedeutet ‹der sanfte Weg›», hatte Evi erklärt, «*Judo*, siegen durch nachgeben.»

Mit einer sanften Bewegung befreite sie sich zum Abschied effektiv aus meinen Armen. «Leute, ein letztes Mal in die Runde: Tschüss!» Triumphierend setzte sie den Helm auf, legte die Handschuhe an und gab Achim ein Zeichen. Sie hob den Daumen und fuhr los.

«Dein Fräulein Schmidt ist wieder da.»

Ingeborg sagte das.

Wir hatten Spätdienst. Ich hatte wegen irgendwas wieder die Übergabe verpasst. Ich fragte nicht: Wer? Ich fragte auch nicht: Wieso *mein*?

«Der Anruf letztens», sagte Ingeborg, «der Anruf von

Preuss bei ihrer Familie, das hat sich gerächt. Jedenfalls haben wir die junge Dame jetzt wieder an der Backe. Gestern, mitten in der Nacht, wie gehabt, ist sie aufgenommen worden. Ordentlich Wahnspannung, wie gehabt. Preuss will sie wohl diesmal von der Pike auf neu einstellen.»

Ingeborg ahnte nichts, ich war sicher. Sie hatte «dein Fräulein Schmidt» gesagt, weil ich es gewesen war, der sie beim Spaziergang verloren hatte.

«Ist sie fixiert?», fragte ich, wusste selbst nicht genau, warum. Nicht auszuschließen, dass mich vor allem interessierte, ob ich ihr unversehens auf dem Flur begegnen konnte.

«Nö», sagte Ingeborg. «Die hat nicht allzu viel geboten.»

Ich musste wieder raus, Küche, Kaffeewagen, Tagesraum. Die Zimmertabletts verteilte zum Glück Ingeborg. Später war Spielen angesagt. Eine Patientin erzählte begeistert, «Mensch ärgere Dich nicht» käme eigentlich aus dem Orient, in Sultanspalästen sei es mit echten Menschen, Sklaven und Dienern als Figuren gespielt worden. Ich hörte zum ersten Mal davon, hielt es für ersponnen. Kurz darauf kam Anne aus ihrem Zimmer wie eine Spielfigur. Von fern war sie kaum zu erkennen, zumal sie, völlig ungewohnt, ganz in Weiß gekleidet war. Ich erkannte sie vor allem am Schmatzen ihrer Schlappen. Sie füllte ihren Becher am Teewagen, schlurfte dann zurück, konzentrierte sich ein wenig länger auf die Klinke und war wieder verschwunden.

Etwas Dümmeres, Peinlicheres, als jetzt heulen zu müssen, konnte ich mir kaum vorstellen. Doch war es einfach komplett anders, sie gesehen zu haben, als nur zu wissen, dass sie irgendwo da war. Ich entschuldigte mich, ich müsse mal aufs Klo. Unmöglich konnte ich ihr da draußen gegenübertreten, dachte ich. Auf dem Flur, vor aller Augen. Ich im schmuddeligen Kittel, sie in ihrem blitzweißen Schlafanzug. Wo das Kinopublikum uns Liebende nur so erwartete. So fühlte es sich an. Als fieberte alles auf unser Wiedersehen. Wie wir aussahen. Was wir sagen würden. Dass uns die ersten Worte um die Ohren flogen.

Ich schlug mir Wasser ins Gesicht und lief zurück zum Spieltisch. Dort lag ich ziemlich in Führung, fand sofort eine Ersatzfrau, die für mich übernahm. Danach ging ich den Flur hinunter, vorbei am Schwesternzimmer, nahm darin die Anzahl der Kolleginnen wahr. Ich klopfte bei Anne nicht an, ging einfach hinein ins Zimmer und schloss hinter mir so behutsam die Tür, wie es Anne mit Tee in Händen sicherlich auch selbst getan hatte. Das zweite Bett war leer. Ich ließ meine Hand noch auf der Klinke. Plötzlich war wieder unklar, wozu ich eben noch so entschlossen gewesen war. Es roch nach Putzmittel.

Die Augen abgewandt, wartete ich. Worauf? Anne lag schwer krank im Bett, ich war gesund. Als ich mich zu ihr wandte, sah ich sie kaum, so hingestreckt lag sie unter der Decke, wie begraben. Ein Armgurt hing vom heruntergeklappten Bettgitter. Auf dem Nachttisch stand noch das Kaffeetablett, der Pflaumenkuchen nicht angerührt. Ich könnte also vielleicht einfach nur hier sein, um das Tablett abzuholen. Das war ja mein Job. Jetzt stand ich dicht neben ihr.

War sie enttäuscht? Oder trotzig? Entschieden glotzte

sie an die Decke. Wann aber wäre Anne je enttäuscht oder trotzig gewesen? Jenes eine Mal fiel mir ein, als sie gesagt hatte, dass ich mir meinen Liebesscheiß irgendwohin stecken könnte. Vielleicht hatte sie es etwas anders gesagt. Sie glotzte nicht meinetwegen an die Decke, das wusste ich. Es tat mir leid. Anne war einfach mit ihren kranken Gedanken und Gefühlen abwesend, mit ihrer Seele woanders. Dass mich ihre Anwesenheit trotzdem flashte, dass sie mich zittern ließ, war meine Krankheit.

Annes Haut glänzte. Schon wieder eine neue Frisur, ganz kurz, ein Kinderhaarschnitt.

«Anne», flüsterte ich. Noch mal: «Anne, hörst du mich?»

Sie sah mir plötzlich in die Augen. «Ja, Kuli.»

Es überwältigte mich. Kurz lag ihr Gesicht bloß, wie nackt auf die Straße gezerrt.

«Darf ich?», fragte ich.

«Und was?»

«Darf ich kurz zu dir?»

«Kurz zu mir?» Anne drehte sich bereits auf die Seite, blickte mich nun wieder gläsern an, rückte mit dem Rücken bis an die Wand und hob die Decke an. In diesem Moment sah ich kurz ihren Schlafanzug. Weiß mit farbigen Bündchen und ganz ohne Motive, komplett ohne Aufdruck. Keine Früchte oder Blumen, auch nichts Kindliches, keine Hampelmänner, Seejungfrauen, weder Tiere noch Sternchen, Blüten oder Häuser. Aus Frottee, wusste ich, lange bevor ich ihn berührt hatte. Annes Augen hielten Abstand. Ich legte mich zu ihr, spürte unter mir das Magnetschloss des Bauchgurts.

«Ich lieg zum ersten Mal in einem psychiatrischen Bett», sagte ich.

«Ja?», fragte sie völlig ernst.

Ich schloss die Augen, zwischen uns war ein Graben. Darüber hinweg atmete Anne.

«Und wenn einer kommt?», fragte sie.

«Ist mir egal», behauptete ich. In Hollywood hätte man sicher «Schätzchen», ich hier hätte «Liebling» anhängen können, doch das hatte schon am blauen Nil nicht funktioniert.

«Du bist süß, Kuli», sagte Anne.

Ja, dachte ich inmitten der Annewolke. Möglich. Vielleicht war ich wirklich süß.

«Du bist süß, aber lass mich.»

Ich legte sanft meine Hand in ihre Taille, aufs Frottee, auf ihre Frotteehaut.

Anne erschauderte, jedenfalls bewegte sie sich.

«Ich habe die Uhr bekommen», sagte ich, und Annes gelähmtes Gesicht hellte sich auf.

Plötzlich tat es mir schrecklich leid, dass sie die Uhr nicht lieber behalten hatte. Oder hätte doch wenigstens ich den Nebelinderuhr behalten und das Ding nicht am gleichen Tag noch in Reparatur gegeben.

«Kuli», drängte sie mich. Es war klar, sie fühlte sich unwohl.

Ich stellte mir vor, wie jemand hereinplatzte, die Situation in die Katastrophe verwandelte, nach der sie aussah. Dann löste ich meine Hand, wandte mich ab. Schließlich stand ich auf. Anne lag noch immer mit dem Rücken zur Wand wie ein schiefes Minuszeichen. Die Decke war verrutscht. Vielleicht hätte ich Mitleid haben sollen, aber ich kannte sie ja gar nicht anders. Hatte sie nie kennengelernt im, wie sagte man, Vollbesitz ihrer Kräfte. Dass ich sie liebte, dachte ich. Mit Wohlgefallen sah ich sie an. Dass ich sie aufrichtig liebte, dachte ich. Keine Ahnung, was Liebe war. Ein Gefühl für die Bedeutung ihres Frotteeschlafanzugs für die Ewigkeit.

Ich nahm das Kaffeetablett.

Anne sagte: «Danke, Kuli.»

Diesmal verlief alles erheblich schneller als beim ersten Mal. Zusehends wurde Anne gesünder. Womöglich gelang es Preuss jetzt tatsächlich besser, sie ganz neu einzustellen. Anne nahm an Mahlzeiten und Raucherpausen teil, bald auch an Spaziergängen und Therapien. Immer müheloser schwammen wir aneinander vorbei. Keine drei Wochen nach Wiederaufnahme kam sie auf die Offene. Diesmal fragte ich einfach nach, auf welche Station sie verlegt wurde, rein interessehalber, direkt bei Blandina. Was daran war verdächtig?

So begann mein vorletzter Dienstmonat. Ein paar Mal begegneten wir uns auf meinen Wegen, einmal schien Anne mir zu winken, und nur ganz kurz verspürte ich den Drang, sofort wie ein Hund zu ihr zu rennen. Ein andermal, sie kam offenbar mit anderen Patientinnen von der Sporttherapie, sah sie rosig aus und verschwitzt. Ich war mit dem Essenswagen unterwegs, Anne sagte nichts, lächelte aber. In der Großküche, wo alle Fenster offen standen und die grelle Mittagsglocke hereinließen, nagte heftig das Gefühl an mir, dass sie nicht *mich* angelächelt hatte, sondern einfach nur diesen FSJler, diesen Jungen oder Mann, den jungen Mann, den sie nun schon von einigen Aufenthalten her kannte, echt netter Typ. Dann wurde mir klar, dass ich so etwas an ihr überhaupt noch nie gesehen hatte – ein Lächeln über das ganze Gesicht.

Es wurde heiß, richtig Sommer. Man war noch mal davongekommen. Die ersten Wochen nach dem größten anzunehmenden Unfall waren völlig hysterisch gewesen. Nach wie vor nannten sie in den Nachrichten die Messwerte. Tausende Tonnen verseuchte Molke wurden in Hunderte Zugwaggons geladen. Na und? Man ging baden. Am KÜ traf ich beinahe täglich Clemens und seine Clique.

Wir lagen an den schmalen Badestellen, und manchmal träumte ich, wir täten es hier draußen nackt, wie die Schwulen, und bekämen danach an ganz neuen Stellen Sonnenbrand. Öfter gingen wir vom Baden aus direkt ins Kino. Zwei Mal in einer Woche waren wir in «Stranger Than Paradise». Bald kam ein zweiter Film von Jim Jarmusch, wir fanden die Vorschau cool. Doch nicht mal im Programmkino entging man dem Levi's-Spot, und jedes Mal war ich froh über die Dunkelheit. «Wonderful World» lief nun sogar ständig im Radio, hatte es durch die Werbung bis in die Top Ten geschafft, wenn nicht Top Five.

Meine Eltern verbrachten den Sommer vor dem Fernseher. Erst fieberten sie mit der Fußballnationalmannschaft in Mexiko, dann mit Boris Becker bis zu seinem zweiten Triumph in Wimbledon. Ihre Tennisleidenschaft war neu.

Als ich mal fragte, ob sie sich einen neuen Hund wünschten, sagten sie: «Wir genießen die Freiheit.»

Meine Mutter brachte mir einen Stapel frischer Wäsche aufs Zimmer. Sie hielt ein Hemd gegen das Licht, mein kariertes Fifties-Hemd, das ich in diesem Sommer kaum noch auszog. «Der Fetzen hier hat's aber allmählich auch mal hinter sich, Herr Kuli», sagte sie.

«Was?»

«Guck doch mal richtig hin. Kann man durchgucken. Ich weiß, das ist zweite Hand. Aber das Ding hat schon ein richtiges Loch. Eins ... hier, guck mal, sogar zwei.»

«Ich meinte, wie du mich genannt hast.»

«Wieso genannt?»

«Was du gesagt hast. Herr ...? Der Name.»

«Kuli?» Sie sah mich an. «Steht hier auf dem Schildchen. Hast du das nie gelesen? Kann man kaum noch entziffern. Fand ich immer witzig.»

Ich nahm das Hemd. Nie hatte ich vergessen, mit wem ich es im Altkleiderschrank entdeckt hatte. Aber das Namensschild war mir nie aufgefallen. Dennoch kam mir der Anblick vertraut vor. Schwach, aber deutlich genug las ich: «KUHLY». Davor, fast weggewaschen, die Buchstaben H und R, ohne Punkt. Und genauso hatte Anne mich doch beim ersten Mal genannt. Nicht einfach Kuli, sondern Herr – HR KUHLY.

«Was ist denn mit dir?», fragte meine Mutter.

Das Ende von HAT war absehbar, kam aber dennoch plötzlich. Katze verkündete bei einer Probe, er ginge «als

Au-pair in die Staaten». Dass er das noch dreimal exakt genauso formulierte, «als Au-pair in die Staaten», zeigte den Ernst der Lage. Schon kommenden Monat wäre es so weit.

«Allein?», fragte ich.

«Na klar. Als Au-pair in den Staaten hast du ja Familie.»

Es klang, als wünschte er sich dringend eine. Ich konnte mir das überhaupt nicht vorstellen, dass man sich nicht heraus-, sondern in eine Familie hineinwünschte. Noch weniger konnte ich ihn mir als Babysitter vorstellen. Aber ich beneidete ihn um seinen Mut. Sogar um den Mut, mit dem er uns, seine Band, jetzt in die Tonne trat. Wie wenig ich Katze kannte. Was wusste ich von ihm, außer dass er im Supermarkt jobbte? Bekanntlich mochte ich Bands, die er hasste, und umgekehrt. Sonst? Er liebte Bassläufe, die zu spielen er technisch nicht in der Lage war. Er spielte sie trotzdem.

Unser Sänger und Schlagzeuger reagierte völlig ungerührt. Vielleicht wusste Clemens schon längst Bescheid, und sie hatten nur mit mir noch nicht gesprochen. Vor ein paar Wochen hatte Clemens allen Ernstes gesagt, er fahre mit seiner neuen Freundin zum «Anti-WAAhnsinnsfestival» nach Süddeutschland. Das war ja politisch völlig in Ordnung, eigentlich sogar toll. Dort spielte allerdings alles, was im Deutschrock Rang und Namen hatte. Und das zu verabscheuen, war immer unser kleinster gemeinsamer Nenner gewesen.

«Komm doch mit», hatte Clemens zu mir gesagt.

Die Band war am Ende.

Als unser Schlagzeuger jetzt einzählte, implodierten

lautlos, bei der üblichen Affenlautstärke, Het Amalfi Tigers. Nur ich schien untröstlich, ein paar Tage lang.

Dr. Preuss gab seine letzte Vorstellung – die letzte für mich. Zunächst ging er mit uns, seinen Studenten, in die Küche und hielt ein Schwätzchen mit Häschen. Danach begann er im Tagesraum sein Programm. Erst am Ende der Lehrveranstaltung machte er den Sinn unserer Küchenvisite klar.

«Zum Schluss zum Thema Langzeit», erklärte er. «Das letzte Fallbeispiel kommt nicht in unsere Runde. Sie haben die Dame nämlich schon eingangs in der Küche kennengelernt. Unser Häschen. Kurz und direkt: Was war Ihr Eindruck?»

«Schizophrenes Residuum?», fragte jemand.

«Sehr gut. Wir können Affektverflachung beobachten, auch kognitive Beeinträchtigungen. Aber, und das konnten Sie ihr natürlich nicht ansehen, da müssen Sie mir jetzt vertrauen: Seit langer, langer Zeit sehen wir auch den nahezu vollständigen Rückgang aller Positivsymptome. Und da sind wir beim Thema Langzeit und ebenso beim Thema: historischer Triumph der Psychopharmakologie. Denn dass es sich um einen Triumph handelt, wird von unseren Kritikern allzu gerne vergessen. Deshalb waren Sie heute alle in der Küche und haben dort unser Häschen kennengelernt. Häschen, das ist hier ihr gängiger Name – sie nennt sich selbst so. Und ich will Ihnen jetzt mal das Geheimnis dieses Namens verraten. Unser Häschen arbeitet seit vielen Jahren schon hier auf der Station. Die Dame ist unsere wunderbare Küchenhilfe, auch die gute Seele, nicht wahr, Häschen ist die gute Seele der Station?»

Das war an mich gerichtet. Mir war unangenehm, jetzt den Häschenexperten geben zu müssen, doch ich nickte beflissen.

«Sie wohnt in unserer Außenwohngruppe Station Josephus. Professor Simoneit, unser Chefarzt, der war als junger Arzt selbst noch dabei, quasi beteiligt, als in den Fünfzigerjahren eine Offenbarung namens Chlorpromazin, später dann auch Haloperidol eingeführt wurde. Vor Haldol saß unsere liebe Küchenhilfe nämlich tagaus, tagein irgendwo draußen in den Rabatten. Ja, ja, das ist gar nicht lustig. Jeden Tag im Grünen, ohne ein Wort. Immer! Vielleicht war sie's zufrieden. Falls, so vermute ich, war sie aber wie ein Häschen zufrieden. Nicht wie ein Mensch.» Er machte eine Kunstpause.

«So, Herrschaften, dann kam Haldol. Das Ergebnis konnten Sie alle besichtigen. Nennen Sie das meinetwegen schizophrenes Residuum, ist ja fachlich völlig richtig. Aber ich nenne es auch den Triumph der Psychopharmakologie. Irgendwelche Fragen?»

Preuss ließ sogar eine kurze Diskussion zu.

Ich hatte im Anschluss wieder Küchendienst und arbeitete dort mit dem erörterten Fallbeispiel zusammen. Es fühlte sich an wie ein Treuebruch. Während sie Geschirr und Besteck in die Durchreiche stellte, versuchte ich sie mir in den Fünfziger- oder Sechzigerjahren zu denken. Sie konnte damals nicht viel älter gewesen sein als ich jetzt. Auch wenn wir inzwischen ein Geheimnis zusammen hatten, fand ich, dass ich mich viel zu wenig für sie interessiert hatte, mein ganzes Jahr lang. Jetzt fing ich damit an.

«Was ich dich immer schon mal fragen wollte. Also, tut mir eigentlich leid, dass ich dich danach noch nie gefragt habe … aber wieso eigentlich Häschen? Warum nennen dich alle so?»

Die Antwort kam wie aus der Pistole: «So hat mich schon meine Mutter genannt. Ich hab als Kind schon furchtbar gern Salat gegessen.»

Damit hatte ich nicht gerechnet. Es klang, vorgetragen mit ihrer Comicstimme, wie auswendig gelernt. Doch ich durfte ja wohl kaum Zweifel an dieser Antwort äußern. Vielmehr fragte ich mich, wie weit man Preuss überhaupt glauben konnte. Seine Häschen-Geschichte schien mir plötzlich doch ein bisschen zu lehrreich in seinem Sinne, so superexemplarisch.

«Und wie heißt du wirklich?», fragte ich.

«Was?»

«Vor Häschen, dein Taufname.»

Sie zögerte, sagte dann schnippisch: «Barbara.»

Danach verebbte das Gespräch schnell wieder, wir hatten auch viel zu tun. Später fragte ich noch mal bei Blandina nach Preuss' Version.

«Ja, das stimmt», bestätigte sie. «Deshalb nennt man sie Häschen.»

«Haben Sie das denn damals selbst gesehen, Häschen im Garten, in den Rabatten?»

«Für wie alt hältst du mich denn?», lachte sie. «Ist ja ein Ding. Jetzt sag mal, wie alt bin ich denn deiner Meinung nach?»

Offenbar lag ich ziemlich falsch, auch das bereits seit fast einem Jahr. Meine Mutter war vierundvierzig, Blandina schätzte ich ein bisschen jünger. Und selbst meine Mutter war schätzungsweise beim «Triumph der Psychopharmakologie» noch ein Teenie im Petticoat gewesen.

«Sag schon!»

«So Ende dreißig?»

«Danke schön ... ich werde dreiunddreißig. Als Häschen hier bei uns draußen noch ein Häschen war, da war ich noch auf der Grundschule.»

Mein Vater hatte den Anruf angenommen. «Deine Uhr ist wieder heile, kannst sie morgen beim Uhrmacher abholen. Was war denn kaputt?»

«Ging immer vor», log ich. Das wurde zur Gewohnheit.

Mein Vater lobte seine Quarzuhr.

Tags darauf sprach der Uhrmacher mit mir kaum das Nötigste, hatte sein schönes Ein-Wort-Gedicht nicht mal auf den Umschlag geschrieben, in welchem er mir die Uhr überreichte. Stattdessen las ich dort «Feuchtigkeit». Selbst der Rechnungsbetrag war bescheiden.

Im düsteren Ladenlicht sah meine alte Taucheruhr aus wie neu. Ich legte sie an. «Ist die jetzt wieder dicht?»

Der alte Mann blickte mich an, als wüsste er alles. Wahrscheinlich fand er einfach die Frage unfassbar naiv.

«Nein», schüttelte er lächelnd den Kopf. «Nein!»

Draußen im Tageslicht erst sah ich im Glas und an der Lünette die altvertrauten Kratzer.

Achensee wie «Ach n See» – Preuss machte den Witz nicht zum ersten Mal, als ich mich endgültig von ihm verabschiedete. Täglich klagte er über den bevorstehenden

Familienurlaub in Österreich, als würde er ungefragt mitgenommen wie ein Kind. Wenn Dr. Preuss danach zurückkam, war mein FSJ zu Ende.

«Pass auf», er zupfte an meinem Kittel, «dass du nicht ganz vom Erdboden verschwindest, dass zumindest noch ein kleiner Rest von dir übrig bleibt. Und jetzt Studium? Das wird die Zeit deines Lebens! Das sag ich nicht nur so. Mein Studium war die beste Zeit meines Lebens … meine wirklich allerbeste Zeit! *Carpe diem*, Junge! Pflücke den Tag!»

«Danke», sagte ich.

«Bitte», grinste er.

Ich mochte ihn trotz allem. Er war arrogant, sicher kein Vorbild, aber arrogant war ich vielleicht selber. Für irgendwas war ich ihm dankbar, wenn auch sicher nicht für seine Ratschläge, sein fucking *carpe diem*. Inzwischen war ich an der Uni in Münster für Deutsch und Geschichte eingeschrieben. Für die beste Zeit meines Lebens? Trotzdem. Ich stand in der Küche. Alles glänzte. Häschen war auf Josephus. Es gab für mich nicht mehr viel zu tun.

Zum letzten Mal begegnete ich Anne. Sie stand mit ihren Eltern an der Pforte. An ein Belastungswochenende konnte man denken, aber es war mitten in der Woche. Sie hatten noch irgendetwas mit der Pfortenschwester zu regeln. Niemand nahm mich wahr, und ich wusste nicht, ob ich auf mich aufmerksam machen sollte. Ein heißer Tag, zum ersten Mal seit Langem sah ich Anne wieder im Blumenkleid. An ihren Handgelenken zeichneten sich ihre Adern ab. Meine Uhr trug nun wieder ich, nebelfrei.

Als sie mit der Pförtnerin fertig waren, entdeckte mich

Annes Mutter. Ich war der großen Frau nur einmal begegnet, damals am Tag von Annes Aufnahme, doch erinnerte ich mich an die Augenblicke, als ich mit ihr zu telefonieren gemeint hatte, dem Kollaps nahe. Seufzend hob der Vater Annes rote Reisetasche vom Boden auf. Er grüßte. Vielleicht erkannte er mich.

Jetzt erblickte mich Anne. «Was machst du denn hier?»

«Komm gerade vorbei.»

Ich wusste ja, wie viel beweglicher Annes Gesicht inzwischen sein konnte. Ganz sicher wäre es deutlicher zu sehen, wenn sie sich über mich gefreut hätte. Es schien ja auch komplett absurd, dass ich nur zufällig vorbeikam, kaum zu glauben.

«Es geht nach Hause», sagte ihr Vater.

«Für immer?», fragte ich. Das klang hier in den Pfortengemäuern ziemlich pathetisch.

«Na ja», Anne grinste.

«Es geht ihr so viel besser», sprach ihr Vater.

«So gut ging's ihr noch nie», sagte ihre Mutter.

Mir klang in den Ohren, wie Anne das gesagt hatte, exakt diese Sätze: *«Es geht mir so viel besser, so gut ging's mir noch nie.»* Am Nil allerdings hatte sie es gebrüllt.

«Dann also ... wie sagt man?», fragte Anne.

«Auf Nimmerwiedersehen?», sagte ich.

Großes Gummy Smile.

Ihre Eltern waren schon fast zur Tür hinaus. «Die warten», sagte sie.

Es waren über dreißig Grad. Ich sah den dreien in der späten Mittagshitze beim Ausparken zu. Es war tatsächlich ein Mercedes, wenn auch alles andere als fabrikneu. Mein Fahrrad glühte. Ich stand in der prallen Sonne und verfolgte ihr Parkmanöver. Und dabei erzählte ich Anne, meinetwegen auch ihren Eltern, all das, wonach ich nie gefragt worden war.

Von der Judoparty, von meiner anschließenden Verrücktheit, von Blinki, der Kadavertonne. Wie Franz halb Hamm angerufen hatte. Dass Monate später erst unser Zelt abgebaut war. Warum Sam Cooke zwanzig Jahre nach seinem Tod mit «Wonderful World» noch mal einen Hit hatte. Dass unser Foto vom Nil nichts geworden war. Von der Bedeutung ihres Frotteeschlafanzugs für die Ewigkeit. Es war so viel, etliches ging mir durcheinander.

Sie waren dann schon losgefahren, da winkte Anne. Zumindest machte sie eine Handbewegung. Oder ich hatte es mir zumindest gewünscht. Genau jetzt wäre ich los, ihr im Affenzahn hinterher, um als Allerletztes noch loszuwerden, es herauszuschreien, dass ich am Ende sogar das Geheimnis meines Namens gelüftet hatte. In Hollywood hätte dieser Mercedes dann wahrscheinlich angehalten, wäre umgedreht, sie stieg aus ... Aber in dem Legoland, wo ich zu Hause war, war alles bereits wieder auf Miniaturmaß geschrumpft, war schon halb vergessen, jedenfalls mein Name. Kuli war ein Name wie Barbara.

Irgendwann im Herbst verschwand die Levi's-Werbung aus den Kinos. Dann, nur sechs Monate nach seiner letzten Platte, kam überraschend ein neues, rotziges, völlig countryfreies Costello-Album heraus, eine Explosion. Ich bemühte mich, wieder halbwegs normal zu essen. Ende

November schließlich war eine Hülle für den Reaktor von Tschernobyl fertig. Die Nachrichtensprecherin nannte es einen Sarkophag. Genau zweihundert Tage habe man daran gearbeitet. Das klang gut, viel eher nach Tausendundeiner Nacht als nach Atomphysik.

Als ich Anne zum letzten Mal begegnet war, hatte es sich angefühlt, als wären wir gemeinsam entlassen. Doch ich hatte noch genau zwanzig Tage vor mir. Von diesen drei Wochen ist mir kaum noch etwas gegenwärtig. Blandina umarmte mich zum Abschied, meine ich. Jedenfalls schenkte sie mir ein Foto, das habe ich noch. Es zeigt die kleine Gruppe, die damals von unserer Station zur Karnevalsfeier entsandt worden war, Blandina selbst, mich und eine Handvoll Patientinnen. Darunter, mit Sonnenbrille, meine erste Liebe.

DANK

Für die Unterstützung meiner Arbeit danke ich besonders herzlich Martina Göken, Marlene Berges und Theo Göken. Martina Göken danke ich zudem für kritisches Lesen und viele inspirierende Gespräche. Für beides gilt ebenso mein Dank Petra Lindner.

Frieda Berges danke ich für die großzügige Erlaubnis, ihr Leben ähnlich frei zu verwenden wie mein eigenes.

Für Interviews zur Jugend in den 80er-Jahren und daraus resultierende Ideen danke ich Ali Lindenberg, Christian Uekötter, Silvia Eichholt, Christian Wübben, Guido Schmidt, Johannes Bellmann und Matthias Sandmann. Für Schreibunterkunft danke ich Carmen Methling und Dirk Meyer.

Frank Matakas und Axel Schmidt sei Dank für psychiatrische und psychiatriehistorische Expertise. Dank an Kandea Schikora für Rat in Sachen Niederländisch und Gabriele Kubisch für Erinnerungsmaterial. Ekki Maas und Wolfgang Proppe danke ich für so manches und für Geduld.

Sehr viel verdankt dieser Roman (und sein Autor) meinem Lektor Wilhelm Trapp. Ganz besonders herzlich danke ich auch für langjährige Projektentwicklung und kreative Begleitung Gunnar Schmidt. Dank an das gesamte Team von Rowohlt Berlin sowie Michaël Bugmann von Tom Produkt. Dank an Clare Rae für das Coverfoto.

Für die Unterstützung meiner Arbeit danke ich herzlich dem Team der Deutschen Akademie Rom Villa Massimo und Antonietta Mampieri, ebenso Familie Clausing und dem Team der Bleiche im Spreewald.

Die Arbeit an diesem Roman wurde gefördert mit einem Arbeitsstipendium des Landes Nordrhein-Westfalen.

Ein großes Dankeschön.